禽兽为邻

外国经典散文名家名译

谢大光◎主编

天津出版传媒集团
百花文艺出版社

图书在版编目（CIP）数据

禽兽为邻 / 谢大光主编. -- 天津：百花文艺出版社, 2014.3
(外国经典散文名家名译)
ISBN 978-7-5306-6402-5

Ⅰ. ①禽… Ⅱ. ①谢… Ⅲ. ①散文集-世界 Ⅳ. ①I16

中国版本图书馆 CIP 数据核字(2014)第 033687 号

选题策划：李家文 **装帧设计**：刁子勇
责任编辑：李家文 **责任校对**：陈 凯

出版人：李华敏
出版发行：百花文艺出版社
地址：天津市和平区西康路 35 号 **邮编**：300051
电话传真： +86-22-23332651（发行部）
+86-22-23332656（总编室）
+86-22-23332478（邮购部）
主页：http://www.bhpubl.com.cn
印刷：唐山天意印刷有限责任公司
开本：787×1092毫米 1/32
字数：143 千字 **插页**：3
印张：9.875
版次：2014 年3 月第1 版
印次：2014 年3 月第1 次印刷
定价：23.00 元

目录

动物素描

〔法国〕布封

马

人类所曾做到的最高贵的征服,就是征服了这豪迈而彪悍的动物——马:它和人分担着疆场的劳苦,同享着战斗的光荣;它和它的主人一样,具有无畏的精神,它眼看着危急当前而慷慨以赴;它听惯了兵器搏击的声音,喜爱它,追求它,以同样的兴奋鼓舞起来;它也和主人共欢乐,在射猎时,在演武时,在赛跑时,它也精神抖擞,耀武扬威。但是它的驯良不亚于勇毅,它一点不逞自己的烈性,它知道克制它的动作:它不但在驾驭人的手下屈从着他的操纵,还仿佛窥伺着驾驭人的颜色,它总是按照着从主人的表情方面得来的印象而奔腾，而缓步，而止步，它的一切动作都只为了满足主人的愿望；这天生就是一种舍己从人的动物，它甚至会迎合别人的心意，它用动作的敏捷和准确来表达和执行别人的意旨，人家希望它感觉到多少它就能感觉到多少，它所表现出来的总是在恰如人愿的程度上；因为它无保留地贡献着自己，所以它不拒绝任何使命，所以它尽一切力量来为人服务，它还要超出自己的力量，甚至舍弃生命以求服从得更好。

以上所述，是一匹所有才能都已获得发展的马，是天然品质被人工改进过的马，是从小就被人养育、后来又经过训练、专为供人驱使而培养出来的马；它的教育以丧失自由而开始，以接受束缚而告终：这种动物的奴役或驯养已太普遍、太悠久了，以至于我们看到它们时，很少是处在自然状态中：它们在劳动中经常是披着鞍辔的；人家从来不解除它们的羁绊，纵然是在休息的时候；如果人家偶尔让它们在牧场上自由地行走，它们也总是带着奴役的标志，并且还时常带着劳动与痛苦所给予的残酷痕迹：嘴巴被衔铁勒成的皱纹变了形，腹侧留下一道道的疮痍或被马刺刮出一条条的伤疤，蹄子也都被铁钉洞穿了。它们浑身的姿态都显得不自然，这是惯受羁绊而留下的迹象：现在即使把它们的羁绊解脱掉也是枉然，它们再也不会因此而显得自由活泼些了。就是那些奴役状况最和婉的马，那些只为着摆阔绰、壮观瞻而喂养着、供奉着的马，那些不是为着装饰它们本身，却是为着满足主人的虚荣而戴上黄金链条的马，它们额上覆盖着妍丽的一撮毛，项鬣编成了细辫，满身盖着丝绸和金碧，这一切之侮辱马性，较之它们脚下的蹄铁还有过之无不及。

天然要比人工更美丽些；在一个动物身上，动作的自由就构成美丽的天然。你们试看看那些繁殖在南美各地自由自在地生活着的马匹吧：它们行走着，它们奔驰着，它们腾跃着，既不受拘束，又没有节制；它们因不受羁勒而感觉自豪，它们避免和人打照面；它们不屑于受人照顾，它们能够自己寻找适当的食料；它们在无垠的草原上自由地游荡、蹦跳，采食着四季皆春的气候不断提供的新鲜食品；它们既无一定的住所，除了晴明的天空外又别无任何庇荫，因此它们呼吸着清新的空气，这种空气，比我们压缩他们应占的空间而禁闭它们的那些圆顶宫殿里的空气要纯洁得多：所以那些野马远比大多数家马来得强壮、轻捷和遒劲；它们有大自然赋予的美质，就是说，有充沛的精力和高贵的精神，而所有的家马则都只有人工所能赋予的东西，即技巧与妍媚而已。

这种动物的天性绝不凶猛：它们只是豪迈而犷野。虽然力气在大多数动物之上，它们却从来不攻击其他动物；如果它们受到其他动物的攻击，它们并不屑于和对方搏斗，仅只把它们赶开或者把它们踏死。它们也是成群结队而行的，它们之所以聚集在一起，纯粹是为着群居之乐；因为，它们一无所畏，原不需要团结御侮，但是它们互相眷恋，依依不舍。由于草木足够作它们的食粮，由于它们有充足的东西来满足它们的食欲，又由于它们对动物的肉毫无兴趣，所以它们绝不与其他动物作战，也绝不互相作战，也不互相争夺生存资料；它们从来不发生追捕一只小兽或向同类劫夺一点东西的事件，而这类事件正是其他食肉类动物通常互争互斗的根源；所以马总是和平生活着的，其原因就是它们的欲望既平凡又简单，而且有足够的生活资源使它们无须互相妒忌。

这一切，我们只要看看人家放在一块儿饲养，并且成群放牧着的那些小马，就可以观察得很清楚：它们有温和的习性及合群的品质；它们的力量和锐气通常只是在竞赛的表现中显露出来；它们跑起来都要努力占先，它们争着过一条河，跳一道沟，练习着冒险，甚至于眼看危险当前便更加起劲；而凡是在这些自发的练习当中奋勇当先，肯做榜样的马，都是最勇敢、最优良的，并且，一经驯服，常常又是最驯顺、最温和的❶……

在所有的动物中，马是身材高大而身体各部分又都配合得最匀称、最优美的；因为，如果我们拿它和比它高一级或低一级的动物相比，就发现驴子长得太丑，狮子头太大，牛腿太细太短，和它那粗大的身躯不相称，骆驼是畸形的，而最大的

❶作者在这里引了四五十个作家，描写欧亚两洲的野马，并说明训练小马的方法。

动物，如犀，如象，都可以说只是些未成形的肉团。颚骨过分伸长本是兽类头颅不同于人类头颅的主要一点，也是所有动物的最卑贱的标志；然而，马的颚骨虽然很长，它却没有如驴的那副蠢相，如牛的那副呆相。相反地，它的头部比例整齐，却给它一种轻捷的神情，而这种神情又恰好与颈部的美相得益彰。马一抬头，就仿佛想要超出它那四足兽的地位；在这样的高贵姿态中，它和人面对面地相觑着；它的眼睛闪闪有光，并且目光十分坦率；它的耳朵也长得好，并且不大不小，不像牛耳太短，驴耳太长；它的鬣毛正好衬着它的头，装饰着它的项部，给予它一种强劲而豪迈的模样；它那下垂而丰盛的尾巴覆盖着、并且美观地结束着它的身躯的末端：马尾和鹿、象等的短尾，驴、骆驼、犀牛等的秃尾都大不相同，它是密而长的鬃毛构成的，仿佛这些鬃毛就直接从屁股上生长出来，因为长出鬃毛的那个小肉桩子很短。它不能和狮子一样翘起尾巴，但是它的尾巴虽然是垂着的，却于它很适合；由于它能使尾巴两边摆动，它就有效地利用尾巴来驱赶苍蝇，这些苍蝇很使它苦恼，因为它的皮肤虽然很坚实，并且满生着厚密的短毛，却还是十分敏感的。

天 鹅

在任何社会里，不管是禽兽的或人类的社会，从前都是暴力造成霸主，现在却是仁德造成贤君。地上的狮、虎，空中的鹰、鹫，都只以善战称雄，以逞强行凶统治群众；而天鹅就不是这样，它在水上为王，是凭着一切足以缔造太平世界的美德，如高尚、尊严、仁厚等等。它有威势，有力量，有勇气，但又有不滥用权威的意志、非自卫不用武力的决心；它能战斗，能取胜，却从不攻击别人。作为水禽界里爱好和平的君王，它敢于与空中的霸主对抗；它等待着鹰来袭击，不招惹它，却也不惧怕它。它的强劲的翅膀就是它的盾牌，它以羽毛的坚韧、翅膀的频繁扑击对付着鹰的嘴爪，打退鹰的进攻。它奋力的结果常常是获得胜利。而且，它也只有这一个骄傲的敌人，其他善战的禽类没一个不尊敬它，它与整个的自然界都是和平共处的：在那些种类繁多的水禽中，它与其说是以君主的身份监临着，毋宁说是以朋友的身份看待着，而那些水禽仿佛个个都俯首帖耳地归顺它。它只是一个太平共和国的领袖，是一个太平共和国的首席居民，它赋予别人多少，也就只向别人要求多少，它所希冀的只是宁静与自由。对这样的一个元首，全国公民自然是无可畏惧的了。

天鹅的面目优雅、形状妍美，与它那种温和的天性正好相称。它叫谁看了都顺眼。凡是它所到之处，它都成了这地方的点缀品，使这地方美化；人人喜爱它，人人欢迎它，人人欣赏它。任何禽类都不配这样地受人钟爱：原来大自然对于任何禽类都没有赋予这样多的高贵而柔和的优美，使我们意识到它创造物类竟能达到这样妍丽的程度。俊秀的身段，圆润的形貌，优美的线条[1]，皎洁的白色[2]，婉转的、传神的动作，忽而兴致勃发忽而悠然忘形的姿态，总之，天鹅身上的一切都散布着我们欣赏优雅与妍美时所感到的那种舒畅、那种陶醉，一切都使人觉得它不同凡俗，一切都描绘出它是爱情之鸟[3]；古代神话把这个媚人的鸟说成为天下第一美女的父亲[4]，一切都证明这个富有才情与风趣的神话是很有根据的。

我们看见它那种雍容自在的样子，看见它在水上活动得那么轻便，那么自由，就不能不承认它不但是羽族里第一名善航者，并且是大自然提供给我们的航行术的最美的模型[5]。可不是嘛，它的颈子高高的，胸脯挺挺的、圆圆的，就仿佛是破浪前进的船头；它宽广的腹部就像船底；它的身子为了便于疾驶，向前倾着，愈向后就愈挺起，最后翘得高高的就像船

---

❶古希腊诗人奥维德形容美女迦拉蒂(Galatee)说："比天鹅的羽毛还柔美。"(见《变形记》第十三)——布封原注

❷"白如天鹅"，各民族都有这样一句成语。古希腊人是这样说的。古罗马诗人维吉尔也说："迦拉蒂白得赛过天鹅。"在古叙利亚人的语言里，"白"和"天鹅"两名词是同一个字。——布封原注

❸古罗马诗人贺拉斯说，爱神之母——美神维纳斯用天鹅拉车。——布封原注

❹据古代传说，美女海伦(Hélène)是蕾妲(Léda)和一只天鹅交配而生的，原来这天鹅就是大神朱比德的幻形。希腊悲剧家欧里庇得斯形容海伦说，她具有"天鹅一般的体貌"。——布封原注

❺古时的船舶上画着天鹅的最多。天鹅出现在船前，舵手就认为是好兆头。——布封原注

舢；尾巴是道地的舵；脚就是宽阔的桨；它的一对大翅膀在风前半张着，微微地鼓起来，这就是帆，它们推着这艘活的船舶，连船带驾驶者一起推着跑。

天鹅知道自己高贵，所以很自豪，知道自己美丽，所以很自好。它仿佛故意摆出它的全部优点：它那样就像是要博得人家赞美，引起人家注目。而事实上它也真是令人百看不厌的，不管是我们从远处看它成群地在浩瀚的烟波中，和有翅的船队一般，自由自在地游着，或者是它应着召唤的信号，独自离开船队，游近岸旁[1]，以种种柔和、婉转、妍媚的动作，显出它的美色，施展出它的娇态，供人们仔细欣赏。

天鹅既有天生的美质，又有自由的美德；它不在我们所能强制或幽禁的那些奴隶之列[2]。它无拘无束地生活在我们的池沼里，如果它不能享受到足够的独立，使它毫无奴役俘囚之感，它就不会逗留在那里，不会在那里安顿下去。它要任意地在水上遍处遨游，或到岸旁着陆，或离岸游到水中央，或者沿着水边，来到岸脚下栖息，藏到灯芯草丛中，钻到最偏僻的湾汊里，然后又离开它的幽居，回到有人的地方，享受着与

---

[1]天鹅游得很优雅，它愿意的时候，也能游得很快；谁招呼它它就游到谁的跟前。——布封原注

[2]院子里关着的天鹅经常是愁郁的；沙砾会伤它的脚：它费尽心机要逃走、要飞掉，如果它每次换毛时你不剪短它的翅膀，它就真的扬长而去了。——布封原注

人相处的乐趣——它似乎是很欢喜接近人的，只要它在我们这方面发现的是它的居停和朋友，而不是它的主子和暴君。

天鹅在一切方面都高于家鹅一等，家鹅只以野草和籽粒为生，天鹅却会找到一种比较精美的、不平凡的食料；它不断地用妙计捕捉鱼类；它做出无数的不同姿态以求捕捉的成功，并尽量利用它的灵巧与气力。它会避开或抵抗它的敌人：一只老天鹅在水里，连一只最强大的狗它也不怕；它用翅膀一击，连人腿都能打断，其迅疾、猛烈可想而知。总之，天鹅似乎是不怕任何暗算、任何攻击的，因为它的勇敢程度不亚于它的灵巧与气力。

驯天鹅的惯常叫声与其说是响亮的，毋宁说是浑浊的；那是一种哮喘声，十分像俗语所谓的"猫咒天"，古罗马人用一个谐声字"独楞散"[1]表示出来，听着那种音调，就觉得它仿佛是在恫吓，或是在愤怒；古人之能描写出那些和鸣锵锵的天鹅，使它们那么受人赞美，显然不是拿一些像我们驯养的这种几乎喑哑的天鹅做蓝本的。我们觉得野天鹅曾较好地保持着它的天赋美质，它有充分自由的感觉，同时也就有充分自由的音调。可不是嘛，我们在它的鸣叫里，或者宁可说在它的嘹唳里，可以听得出一种有节奏、有曲折的歌声，有如军号的响亮，不过这种尖锐的、少变换的音调远抵不上我们的鸣

---

[1] Drensant，拉丁文，出自动词 drensare，"（天鹅）鸣，叫"。

禽的那种温柔的和声与悠扬朗润的变化罢了。

此外，古人不仅把天鹅说成为一个神奇的歌手，他们还认为，在一切临终时有所感触的生物中，只有天鹅会在弥留时歌唱，用和谐的声音作为它最后叹息的前奏。据他们说，天鹅发出这样柔和、这样动人的声调，是在它将要断气的时候，它是要对生命作一个哀痛而深情的告别；这种声调，如怨如诉，低沉地、悲伤地、凄黯地构成它自己的丧歌❶。他们又说，人们可以听到这种歌声，是在朝暾初上、风浪既平的时候；甚至于有人还看到许多天鹅唱着自己的挽歌，在音乐声中气绝了。在自然史上没有一个杜撰的故事、在古代社会里没有一则寓言比这个传说更被人赞美、更被人重述、更被人相信的了；它控制了古希腊人的活泼而敏感的想象力：诗人也好，演说家也好，乃至哲学家❷，都接受着这个传说，认为这事实在太美了，根本不愿意怀疑它。我们应该原谅他们杜撰这种寓言；这些寓言真是可爱，也真是动人，其价值远在那些可悲的、枯燥的史实之上；对于敏感的心灵来说，这都是些慰藉的比喻。无疑地，天鹅并不歌唱自己的死亡；但是，每逢谈到一个大天才临终前所作的最后一次飞扬、最后一次辉煌表现的

❶据毕塔哥拉斯(Pythagore，公元前六世纪)说，那是一个欢乐之歌，因为天鹅庆幸自己将转入一个更好的生命。——布封原注

❷在柏拉图的著作里，苏格拉底是相信这事的，连亚里斯多德也是相信的，不过他们都是接受的民间传说，并根据外国记载。——布封原注

时候，人们总是无限感慨地想到这样一句动人的话：“这是天鹅之歌！”

狼

狼是那些食肉的馋欲最强烈的野兽之一；虽然它从大自然方面，和这贪馋的胃口同时，接受到了满足这胃口的一切方法，虽然大自然曾赋予它以武器，以狡诈，以矫捷，以气力，总之，曾赋予它为了寻获、攻击、战胜、攫取和吞食其他动物所必需的一切手段，然而，它还常常饿死，因为人类对它宣战了，甚至于悬赏缉拿它，因而逼着它不能不逃窜，不能不匿居在树林里；在树林里，它只能发现几只野生动物，而这几只动物跑得又快，使它追不到，它只能碰机会或靠耐性偶然捕到它们，所谓碰机会，靠耐性，就是在那些动物所要经过的地方伺守得很久，而这样的伺守往往还是落空。它是生来就粗笨而怯懦的；但是，迫于需要时它也有机智，迫于情势时它也能大胆：肚子饿急了它就冒险，它就跑来攻击人看守着的牲畜，特别是它容易衔走的牲畜，如小绵羊、小山羊、小狗之类；它一次得手，就常常再来打劫，直到它被人和狗打伤了或驱逐了，吃了苦头，它才改变方针；于是它白天藏在窝里，夜晚才出来，在田野里到处跑着，在住宅四周徘徊着，劫掠被遗弃的动物，或来找羊栏下手。它用爪子在门下面扒土、挖坑，一钻进来就发狂，在选择和带走它的食物之前把全栏的羊都咬死。当这种夜游一无所获的时候，它就回到树林深处，窥伺着、寻觅着、跟踪着、猎捕着、追赶着其他的野兽，希望有另一只狼来把这些野兽拦截住，在它们的奔逃中捕捉到它们，然后两狼共同分赃。此外，当它真正饿到极点的时候，它就不顾一切，连妇女小孩都要攻击，甚至有时还扑到成年男子身上，这种过度的残暴使它变成疯狂，其结果，通常都是疯癫而死。

狼，不论是身体的外部或内部，都太像狗了，就仿佛是一个模子套出来的；然而狼所显示出来的至多也不过是印模的背面，它从完全相反的方面表现着同样的印纹：如果模子是相似的，从模子里套出来的结果却是互相抵触的：狼和狗的天性是这样地不同，以至于它们两个不但不能相容，并且自然而然地互相憎恶着，本能地互相敌对着。一只小狗初次见狼就颤栗；它一闻到狼的气味就逃，这种气味，虽然是它从来没有闻过的，并且它还不知道究竟是什么，就已经使它忍耐不住，全身战抖着逃到主人的胯下了；牧狗是知道狼的气力的，它一见狼就耸起毛来，愤怒起来，勇敢地攻击着，要把狼赶跑，并且尽一切力量解除这种使它憎恨的接触；牧狗和狼相遇，没有不互相逃避或互相搏斗的，并且搏斗起来就打得不可开交，直拼到你死我活。如果狼打胜了，它就撕裂敌人，吞噬敌人；狗胜了呢，它就与狼相反，它比狼宽厚些，所以打胜了也就算了，它不认为“打死的敌人的尸体是喷香的"[1];它把狼尸留给老鸹吃,或者让别的狼吃;因为狼是互相吞噬的,当一只狼受了重伤的时候,别的狼都循着血迹跟上去,大家集拢起来结果它的性命。

狗,就是野生的,也不是天性粗野:它很容易驯服,它依恋主人,一直忠于主人。狼,从小时捉到家里来,可以养驯,但是绝不依恋:自然的力量比教育的力量要大些;它渐渐长大,就恢复它的酷性,一有可能,就回到它的野生状况。狗,纵然是最粗鲁的,也要找别的动物一块相处,它生性就是要跟随着别的动物,并且陪伴它们,它之所以会带领牧群,看守牧群,完全是由于本能,并不是出于教育。狼则相反,它仇恨任何群居生活;连同类的动物它都不肯陪伴:要是有人发现有几只狼在一起,那并不是一个和平的社会,却是一种战争的结合,这种结合的进行是喧嚷不堪的,发着骇人的嗥声,同时,它们一结合就是表示有计划要攻击一个大兽,如鹿,如牛,或者是要解决一只可怕的牧狗。它们的征伐一完成,它们就各自西东,不声不响地回到各自的孤寂中去了。

狼有很大的气力,特别是在身躯的前半截各部位,在颈部与颚部的筋络中。它可以口衔一只绵羊,不让它拖到地上,

---

[1]古罗马暴君维台吕斯(Vitellius,公元一世纪)巡视战场时,随从将校都说尸体太臭,他却残忍地回答说:"敌人的尸体总归是喷香的,如果这敌人是个同胞,就尤其香。"

同时跑得比牧人还快，因此，只有狗能追得上它，迫使它松口。它咬起来很残酷，并且经常是对方愈不抵抗，它就咬得愈猖狂；因为，遇到力能自卫的动物，它倒也会谨慎行事的。它怕丢掉性命，只是遇有必要时才搏斗，从来不勇气一动就打起来。当人家持枪打它，子弹打断它一条腿的时候，它就嗥鸣；然而，当人家拿棍子结果它的性命时，它倒不像狗那样哀鸣了：它比狗严酷，不如狗那样敏感，却比狗健壮些；它整天地走着，跑着，徘徊着，并且夜以继日；它是不知疲乏的，也许在所有的兽类中，狼是最不容易在它奔跑中逼着它停下来的。狗是温和的，勇毅的；狼虽然凶狠，却很胆怯；当它落到陷阱里的时候，它便惊骇得那么痴呆，那么长久，以至于人家打死它，它也不知道自卫，活捉它，它也不知道抵抗；人家可以把它套上颈圈，系上链条，戴上口罩，然后牵着它，要到哪里就到哪里，它连一点愤怒的样子，甚至连一点不快的样子都不敢表示出来。

狼的五官感觉力都是很强的，眼睛，耳朵，特别是鼻子；它时常嗅得比看得更远；屠杀的血腥气味可以从一法里[1]以外把它引来；它也能从远处嗅到活的动物，甚至能循着活动物的气味追寻它们。当它要走出树林的时候，它从不忘记先闻闻风；它在林边停下来，四面闻闻，就这样嗅到风从远处

[1]合 4,444 米，约为两公里半。

送来的死或活的动物的气味。它爱吃活肉，不爱吃死肉，然而垃圾堆里最臭的腐肉它也吞噬。它爱吃人肉；也许，如果它比人更厉害的话，它会非人肉不吃哩。有人看见过许多狼随着军队走，大群地来到战场，战场上的尸体都只是马马虎虎地掩埋了的，它们就把尸体扒开，大吞大嚼，更没有个吃饱的时候；而这些狼，吃惯了人肉，就向活人身上扑，不攻击牧群而攻击牧人，吞噬妇女，衔走儿童，可说是无恶不作。这种坏狼被人们称作“慎防狼”，就是说人应该谨慎提防的狼[1]。

这种兽，浑身一无是处，只有皮好；人家拿狼皮做成粗裘，既暖和又经久。它的肉太坏了，所有动物都怕吃它，只有狼肯吃狼肉。狼嘴里发出一股臭气；它为着疗饥，不管找到什么东西都吞下去，腐肉也吃，骨头也吃，兽毛也吃，连硝制的皮、上面还满盖着石灰都吃，唯其如此，所以它时常呕吐，倒空肚子的时候比装满肚子的时候还要多。总之，狼的一切，低蹙的面容，生野的模样，骇人的叫声，难闻的气味，邪恶的天性，凶暴的习惯，这一切都是讨人嫌的，狼是一个道地可憎的野兽，生而有害，死而无益。

[1]“慎防狼”，原文为 loups garoux，源出于盎格鲁－撒克逊语 vere wolf；据民间迷信，vere wolf 为一种鬼怪，日则为人，夜则为狼；所以通常译为“人狼”。布封的解释并不正确。

鹰

鹰在体质上与精神上和狮子有好几点相似：首先是气力，因此也就是它对别的鸟类所享有的威势，正如狮子对别的兽类所享有的威势一样；其次是度量：它和狮子一样，不屑于和那些小动物计较，不在乎它们的欺侮，除非鸦、鹊之类喧闹得太久，扰得它不耐烦了，它才决意惩罚它们，把它们处死；而且，鹰除了自己征服的东西而外不爱其他的东西，除了自己猎得的食品而外不贪其他的食品；再次是食欲的节制：它差不多经常不把它的猎获品完全吃光，它也和狮子一样，总是丢下一些残余给别的动物吃。它不论是怎样饥饿，也从来不扑向死动物的尸体。此外，它是孤独的，这又和狮子一样，它住着一片荒漠地区，保卫着入口，不让其他飞禽进去打猎；在山的同一部分发现两对鹰也许比在树林的同一部分发现两窝狮子还要稀罕些：它们彼此离得远远的，以便它们各自分占的空间能够供给它们足够的生活资料；它们只依猎捕的生产量来计算它们王国的价值和面积。鹰有闪闪发光的眼睛，眼珠的颜色差不多与狮子的眼珠相同，爪子的形式也是一样的，呼吸也同样地强，叫声也同样地有震慑力[1]。既然二

[1]“我们曾以鹰比狮，以秃鹫比老虎；人们都知道狮子的头颈都盖着美丽的长鬣，而老虎和狮子相较，可以说头颈都是净光的；鹰与秃鹫的分别也是如此：秃鹫的头颈都没有羽毛，而鹰的头颈则羽毛丰满。”——布封原注

者都是生来就为着战斗和猎捕的，它们自然都是同样地凶猛，同样地豪强而不容易制伏，除非在它们很幼小的时候就把它们捉来，否则就不能驯服它们。像这种小鹰，人们必须用很大的耐性、很多的技巧，才能训练它去打猎；就是这样，它一长大了，有了气力，对于主人还是很危险的。我们由许多作家的记载里可以知道，古时，在东方，人们是用鹰在空中打猎的；但是现在，我们的射猎场中不养鹰了：鹰太重，架在臂上不免使人吃力；而且永远不够驯顺，不够温和，不够可靠，它一时高兴或者脾气一上来，可能会使主人吃亏的。它的嘴和爪子都和铁钩一般，强劲可怕；它的形象恰与它的天性相符。除掉它的武器——嘴、爪而外，它还有壮健而厚实的身躯，十分强劲的腿和翅膀，结实的骨骼，紧密的肌肉，坚硬的羽毛[1]，它的姿态是轩昂而英挺的，动作是疾骤的，飞行是十分迅速的。在所有的鸟类中，鹰飞得最高；所以古人称鹰为“天禽”，在鸟占术中，他们把鹰当作大神朱彼特[2]的使者。鹰的视力极佳；但是和秃鹫比起来，嗅觉就不算好：因此它只凭眼力猎捕，当它抓住猎捕品的时候，它就往下一落，仿佛是要试一试重量，它把猎获品先放到地上，然后再带走。虽然它的翅膀很强劲，但是，由于腿不够灵活，从地上起飞不免有些困难，特别

[1]“有人说，鹰的羽毛是这样地坚硬，如果把鹰羽和其他的鸟羽放在一块，鹰羽就会把其他的鸟羽磨坏。”——布封原注

[2]Jupiter，古罗马神话中的神国之王，即古希腊神话中的宙斯(zeus)。

是载着重的时候：它很轻易地带走鹅、鹤之属；它也劫取野兔，乃至小绵羊、小山羊；当它搏击小鹿、小牛的时候，那是为着当场喝它们的血，吃它们的肉，然后再把零碎的肉块带回它的“平场”；“平场”是鹰窝的特称，它的确是一坦平的，不像大多数鸟巢那样凹下去：通常它把“平场”建在两岩之间，在干燥且无法攀登的地方。有人肯定地说，鹰做了一个窝就够用一辈子：那确实也是个一劳永逸的大工程，够结实，能耐久。它建得差不多和楼板一样，用一些五六尺长的小棍子架起来的，小棍子两端着实，中间横插一些柔软的树枝，上面再铺上几层灯芯草、石南枝之类。这样的楼板，或者说这样的窝，有好几尺宽广，并且很够牢固，不但可以禁得住鹰和它的妻儿，还可以载得起大量的生活物资。鹰窝上面没有盖任何东西，只凭伸出的岩顶掩护着。雌鹰下卵都放在这“平场”中央，它只下两三个卵，据说，它每孵一次要三十天的工夫；但是这几个卵里还有不能化雏的，因此人们很少发现一个窝里有三个雏鹰：通常只有一两个。人家甚至还说，雏鹰稍微长大一点，母亲就把最弱的一只或贪馋的一只杀死。也只有生活艰难才会产生出这种反自然的情感：父母自己都不够吃了，当然要设法减少家庭人口；一到雏鹰长得够强壮、能飞、能自己觅食的时候，父母就把它们赶得远远的，永远不让它们再回来了。

范希衡　译

模样简直叫那些小鸟害怕。只有一只黑色的鸟住在他稀疏的叶丛中间。

可是园子的其余部分长着许多繁花披篱的小树，树枝上栖息着无数五颜六色的快乐轻盈的鸟儿。

这些年轻的树似乎老是在笑老胡桃树。他们时时给他扔过去一群鼓噪的小鸟，好像拿一连串话在嘲弄他。

麻雀，椋鸟，山雀，燕雀，轮番地过去骚扰。他们用翅膀碰撞他的枝梢，到处都响起了一片啁啾、喧嚣，然后又一溜烟飞走了，于是另一帮子讨厌的家伙又从小树上向他袭来。

他们蔑视他，吱吱直叫，发出呼啸，直嚷得声嘶力竭，爱怎么搞就怎么搞。

从清晨到黄昏，就这样，像射过去多少讽刺的词句一样，燕雀，山雀，椋鸟和麻雀从无数小树中向老胡桃树猛冲。

但是偶尔老胡桃树也生气，他摇晃着树梢，把宿在上面的黑鸟抖落下来，回敬了一句：

“乌鸫！”[1]

二

松鸦：可怜的乌鸫，你怎么老穿着一身黑！

---

[1] Merle！乌鸫！然而作者在这里用这个词却令人想起一句骂人的话：merde！（狗屁）

乌鸫：区长先生，我可是只有这套衣裳。

云雀

我从来没有见过云雀，尽管我黎明即起，也是徒然。云雀不是地上的鸟儿。

从今天早晨起，我就踏着泥块和干草到处寻觅。

一群群灰色的麻雀或鲜艳的金翅鸟在荆棘篱笆上飘来飘去。

松鸦穿着省长礼服在检阅树丛。

一只鹌鹑从苜蓿地上掠过，在空中划出一道笔直的墨线。

牧羊人比妇女还要精巧地打着毛线，他身后跟随着一色的羊群。

这一切都浸润在清新的朝晖之中，即使从来不预报吉兆的乌鸦也令人含笑。

听吧，像我这样倾听吧。

您听见，在那上面，某个地方，正在金杯里捣碎一颗颗水晶细粒吗？

谁能告诉我云雀在哪里歌唱？

如果我仰望苍穹，太阳光会烧灼我的眼睛。

我只好不去看她。

云雀生活在天上，在天上的飞鸟中，唯有你，歌声闻于人间。

黄鹂

我对他说：

"给我这颗樱桃。"

"好。"黄鹂回答。

他吐出樱桃，可是就跟这樱桃一道，他一年中吐出了三十万个害虫的幼蛹。

天鹅

他在池塘里滑行，像一只白色的雪橇，在云霞里遨游。他追踪絮团状的云朵，他凝视着它们升起，浮动，随即又消逝在碧波间。他渴望得到一朵云。他用喙唼喋，把他那雪白的脖子蓦地扎进水中。

然后，像妇女的手臂脱出衣袖那样，脖子又抽了回来。

他什么也没有得到。

他再一看：那受了惊的云朵全没了。

刹那间他似乎感到有些幻灭，但是云随即又回来了，噢，那边，在那片涟漪渐渐消尽了的地方，不是又现出了云霞了吗？

轻悄悄地，天鹅端坐在他的羽绒坐垫上，划着水，向云靠拢过去。

他全力在捕捉这些浮光幻影，累极了，兴许，还没有弄到一朵流云，他就会死去，这幻象的牺牲者啊！

可是我这在说什么啊？

你瞧，他每回钻入水中，用嘴去搜索那膏沃的塘泥，总要带出一条虫来。

因此他才像鹅那样，养得肥肥胖胖。

翠　鸟

今晚，鱼不上钩，但是我带回家一份不寻常的激情。

当我端着钓竿的时候，一只翠鸟飞来栖息在钓竿上。

没有什么鸟儿比他更光艳夺目的了。

仿佛一朵蓝色大花开放在细长的枝梢上。钓竿被他压得有点弯曲。我屏气静息，看到我的钓竿被翠鸟当作树枝，感到十分自豪。

我相信他的惊走不是因为惧怕，他只以为是从一根树枝跳上了另一根树枝。

鮈 鱼

他沿着细石累累的路，溯激流而上：因为他既不喜欢污泥，又不喜欢青草。

他发现河底沙碛上横躺着一个瓶子，里面盛满了水。我故意忘记了放进鱼饵。鮈鱼围着净打转转儿，找入口处，一下子被捉住了。

我把瓶子提上来，把鮈鱼扔掉。

在表层水里，他听见响声。他不但不逃避，反而好奇地靠拢过来。是我闹着玩的，赤脚在水里踩，用一根撑杆在网边搅动深深的水底。这执拗的鮈鱼总想穿过网眼。他落网了。

我拉起网来，又把鮈鱼扔掉。

在深水里，突然一阵骚动牵动了我的钓丝，把系在线上的双色浮子直曳入水底。

我提起钓竿，还是他。

我把他从鱼钩上脱下来，再把他扔掉。

这一回，总不会再上来了吧。

他一动也不动，待在我脚下那清澈而明净的水里，他那宽阔的脑袋，呆滞的眼睛和一抹口须，我看得清清楚楚。

经过这么一番波折，他嘴唇裂开了，他动动嘴，然后用力呼吸。

可是什么也不能叫他学点乖。

我又重新放下装着同一条小虫的钓丝。

这条鮈鱼立刻又咬钩了。

我们两个究竟谁先感到厌倦呢?

好鱼啊,他们都坚决不愿上钩。他们不晓得今天是钓鱼人开市大吉的第一天吗!

鲸

她嘴里肯定有些什么变成了女式紧身褡吧,不过,像她这么魁梧胖大的腰围怎么穿得上!……

山鹑

山鹑跟庄稼人和平地生活在一起,庄稼人在犁后头,山鹑待在紧邻的苜蓿地里,他俩总保持着一定的距离,互不干扰。山鹑挺熟悉庄稼人的声音,任他怎么叫喊,詈骂,她心里都不害怕。

犁铧咯吱咯吱作响,牛咻咻地吐气,驴放开喉咙大叫,她知道这没什么。

然而这份平静气氛被我破坏了。

我一到,山鹑就飞起了,庄稼人也不安宁,牛也不行,驴也不行。我开了一枪，我这个讨厌的人造成了多少喧嚣，整个大自然都给搅乱了。

这些山鹑，起初被我从残余着麦茬的地里赶出去，随后又被我从苜蓿地里赶出去，后来我又从草地里，沿着篱笆，从树林的一角赶出去，再后来呢……

忽然，我停下来，汗流浃背，我大声叫道：

“啊！野东西，净让我这样跋涉奔波！”

我老远就瞥见草地中间那棵树脚下有点什么。

我走近篱笆，展眼一望。

我仿佛看见树荫底下有只鸟儿，脖子高高耸起。我的心跳加快了。这草丛中一定有不少山鹑。那只母山鹑听见我走近，一声招呼，小山鹑都卧倒了。母山鹑也伏下身去，只有脖子还仍然昂首，她的守望。那脖子一动不动，我怕弄错，因此犹豫着不向树根开枪。

这儿那儿，围绕着大树，有不少黄色印迹，是山鹑还是一堆土块，真使我有点眼花缭乱。

如果我把山鹑轰起，树枝肯定会挡住我开枪的视线，我真想贴地面开它一枪，也顾不得犯了被正规猎人称之为谋杀的行径了。

但是被我看作山鹑脖子的那个东西总是纹丝不动。

我观察了好久。

如果这真是一只山鹑，那么她这份静坐、警觉功夫就真了不起，其余的山鹑都学她的样，真配得上这位守望者，一动都不动。

我做了个假动作。我把整个身子隐藏在篱笆后头，我不再去窥视了，因为我凝望山鹑多久，她也同样盯住我看多长时间。

现在我们俩彼此都望得见，四外，死一样的寂静。

然后，我又再注视她。

啊！这一回，我拿稳了！山鹑以为我不在，高高地昂起脖子，随即蓦地把头一缩，这一下可暴露了自己。

我慢慢地把枪托贴上我的胸膛……

晚上，又疲惫又厌倦，在进入一个猎物丰富的美梦以前，我想起这一天所打到的山鹑，我想象她们正度过怎样的夜晚。

她们陷于一片慌乱。

为什么有的会不在了呢？

为什么有的会痛苦地啄着自己的伤口，站立都站立不稳了呢？

为什么人们已经开始叫她们害怕了呢？

现在，当她们一落地，那放哨的鸟儿就发出警报。快走，赶快离开草丛，离开这片麦茬地。

快快地逃吧，甚至听到平素熟稔的喧声，她们也感到胆战心惊。

她们不再跳跳蹦蹦，到处嬉游了，她们不吃也不睡。

她们什么也不知道。

如果把一只受了伤的山鹑身上落下的羽毛插在我引以自豪的猎帽边檐，我绝不觉得这过于张扬。

自从下雨太多或是天气太干旱之后，我的狗什么也嗅不出了，这样我射击起来愈来愈不准确，而山鹑也变得难以接近了，我相信自己是处在正当防卫的状况下。

有些鸟类，如喜鹊、松鸦、乌鸫、画眉，富有自尊心的猎人是不打的，我这个人就挺自尊。

我只喜欢打山鹑。

她们非常机灵！

她们这份机灵，就是我还没有到呢，老远就飞开了，不过我还是抓得住她们，教训她们一番。

她们往往等猎人走过去，然后才从身后展翅飞起，飞早了猎人会折回的。

或者她们躲在浓密的苜蓿丛中，而猎人却径直走去。

或者是飞一个弧圈形，但是这样她却反而越来越靠近。

或者只跑不飞，当然她们跑得比人要快，不过还有狗呢。

或者在人们把她们冲散之后互相鸣叫召唤，可是她们这就也唤来了猎人，对于猎人来说，没有什么比她们的歌声更悦耳的了。

这对年轻的伴侣已经开始单独在一处生活了。这天晚上，我从一块耕过的田地边沿走过，偶然撞见了他们。他俩紧紧偎依着比翼腾起，我开枪打死一只，另一只也倒栽下来。

一只什么也看不见了，早已丧失了感觉，而另外一只还能看到她的伴侣死去，并且也感到自己即将死在他的身边。

他俩，在大地的同一个地方，遗留下一点爱情，一泓鲜血和几滴眼泪。

猎人只发了一枪，却打下了两只鸟儿；你快回去告诉你家里的人吧。

一窝雏儿被消灭了，去年的两只老的还互相爱抚着不减青春，我也不猛追他们。偶然，被我打死一只。随后我又寻找另外一只，也被我击中了，多么可悲！

这一只有一只脚已经折断，耷拉在那儿，就好像被我用一根线系着似的。

另外一只起初还随着别的鸟儿飞翔，直到她的翅膀支撑不住了；她挣扎着，尽在地上扑腾，奋力在狗的前面快跑，轻捷地滚入犁沟中间。

这一只头上中了一个铅子儿。她离了群，冲上天空，晕头转向，飞得比树木，比钟楼顶上的风向鸡还高，朝着太阳飞去。猎人，心里万分焦灼，一会儿就望不见鸟儿了，正在这时候，那鸟儿由于脑袋沉重，终于栽了下来。她收敛双翼，嘴先着地，像一支箭。

那一只落下，了无声息！好像人们驯狗时扔给狗的一块碎布。

那一只，枪声一响，就像一只小船似的微微一晃，翻倒下去。

谁也不知道这一只怎么死的，那创伤隐藏在羽毛底下吧。

我连忙把鸟儿放进了我的猎袋，就像是我害怕被瞧见，我怕她看到我似的。

不过我一定得掐死这只不愿死去的鸟儿。她在我的手指之间空搔着脚爪，张着嘴喙，她那细巧的舌头在不断颤动，但是在她的眼睛上，就像荷马[1]所说的，正降下一层死亡的阴影。

那边，庄稼人听见我的枪声，不禁抬起头来望我。

这个在田间劳动的人才是审判者呢；他将要跟我说话，他将用他沉重的声音使我因此而感到惭愧。

---

[1]荷马，古希腊史诗诗人。

可是不：有时我碰见的是一位挺喜欢嫉妒的庄稼人，他因为没有像我这样行猎而感到恼火；有时却是一位我最爱跟他逗趣的正直的庄稼汉，他指给我被我打中的山鹑落在何方。

从来我不曾遇到一个大自然意志的愤怒的代言人。

今天早晨，我跋涉了五个小时，又回到家里，我猎袋空空，只顾耷拉着脑袋，拖着一支沉重的枪。天气闷热得像快起风暴了，我的狗也疲惫不堪，在我面前碎步走着，他沿着篱笆，经常在树荫下面坐坐，等等我。

忽然，当我穿过一块青翠的苜蓿地的时候，他跌倒了。他伏在地上，定定地不动，像植物那样；只有尾巴上的毛还颤动不已。果然，就在他鼻子底下好多山鹑。山鹑紧紧地挤在一起，躲风，躲太阳。她们看见了狗，也看见了我。兴许她们认出了我，直惊愕得动弹不得。

我从迟钝中猛醒过来，我准备好，等待着。

我的狗和我，我们都不先动。

蓦地，几乎是同时，这群山鹑飞了：身子紧贴在一道，像一只鸟儿那样，我赶忙对着鸟群就是一枪，像一拳打过去似的。其中一只被击中了，旋转着滚下来。狗跳过去，给我衔来一块鲜血淋淋的半只山鹑。另外一半被密集的铅子儿打烂了。

好吧，我们并不是一无所获！狗欢跳着，我得意洋洋地摇晃着身子。

唉！我屁股上真该挨一枪！

徐知免　译

禽兽为邻

〔美国〕梭罗

有时，我钓鱼有人做伴，此人从城的那一头，穿过了村子到我的家里来。两人共同进餐固然是社交，但是两人一起垂钓，捕了鱼来佐餐，也算是一种社交活动。

隐士：我不知道这世界现在怎么啦。三小时来，我没有听见什么，就连羊齿植物上的蝗虫的爬声也听不到。鸽子在鸽房里睡熟了，它们的翅膀都不扑一扑。此刻，在林子以外吹响的，是不是农夫中午歇工的号角声？田里工人陆陆续续地回来吃煮腌牛肉，玉蜀黍面包，喝他们的苹果酒了。为什么人要这样自寻烦恼呢？不吃不喝，就可以不必工作了。不知道他们的收获有多少了？谁愿意住在那种地方，狗吠得叫人都不能思想了？啊，还有家务！要把恶魔门上的铜把手擦亮，如此风光明媚的日子，可是还得躲在家里擦浴盆！还是没有家室之累的好。不如住在空心的树洞里；至于早上的访问和夜间的宴会呢，什么都没有，只有啄木鸟的啄木声！啊，那边的人烟是太稠密了，太阳又太热，那种人又入世太深，为我所不喜。我汲泉而饮，架上一块棕色面包，也够我果腹的了。听！我听见树叶里那一阵瑟瑟的声音。是什么村中饿慌了的狗，忍不住又施展它的追猎的兽性了，这声音难道是那只迷失的小猪的脚步声吗？据说它逃跑到森林里来了，下雨后我还看过它的脚迹呢。脚步声越来越近了，我的黄栌树和石南在震颤了——呃，诗人先生，是你吗？你觉得今天这个世界怎么样？

诗人：看这些云，悬垂的姿态多美，这就是我今天所看见的最伟大的东西了。古画里看不到这样的云，外国也看不到，——除非我们是在西班牙海岸之外。这是一个真正的地中海的天空❶。可是我既然要维持生活，而今天却没有吃过东西，我想到钓鱼了。这是诗人最好的工作。这也是我唯一懂得的行业，来吧，我们一起去。

隐士：我不能拒绝你。我的棕色面包几口就吃完，我就可以欣然同行。可是我正在思索一个严重的问题，现在正是到了结论的阶段。我想我很快就可以想完了，所以，请你让我孤

---

❶本文中隐士乃梭罗夫子自道，诗人乃张宁 Ellery Channing，此人于霍桑《古屋杂忆》中亦曾出现。张宁于 1846 年曾去地中海一带旅行。

独一会儿。可是大家免得耽误起见,你可以先掘出一些钓饵来。这一带很少有能作钓饵的蚯蚓,因为土上从没有施过肥料,蚯蚓几乎快要灭绝了。挖掘鱼饵,实在是同钓鱼差不多的一种游戏,尤其在人的胃口不太好的时候。这个游戏今天你一个人去做吧。我劝告你,把铲刀在那边落花生丛中掘下去;那边狗尾草正在摇摆,我可以担保,你每翻起三块土来,就可以捉到一条蚯蚓,但是你得在草根里仔细找寻,好像你是在除败草一样。或者你愿意走远一些,那也未始不是一个好办法,因为我发现一条定律:好的钓饵的增加,几乎同距离的平方成正比。

隐士自白:让我看,我想到什么地方了?我看我的想法大致是如此;我对周围的世界的看法是如此。我还是要上天堂去呢?还是要去钓鱼?如果我立刻可以把我的沉思告一段落,难道以后还会有这样一个可爱的机会吗?我刚刚几乎和万物的本体化为一体,我一生中从来没有过如此深刻的经验。我怕我这种思想是不会再回来了。如果吹口笛有用,我要吹口笛把它召唤回来。思想来引动我们的时候,我们偏偏说:"让我来想想看。"这是不是聪明的办法呢?我的思想一点痕迹都不留了,我也不再能找到我的思路了。我刚才在想的什么呢?这是一个很不明朗的日子。还是来试一试孔夫子的三句话吧,他的话也许会恢复我刚才的思路。我不知道那是一堆垃圾呢?还是一个开始抽芽发枝的欢乐。同一种类的机会是只有一次的。

诗人：隐士，怎么啦；我是不是太快了？我已经捉到了十三条整的，还有几条不全的。它们用来捉小鱼也可以，它们不至于把钓钩盖没得太多。那些村子里的蚯蚓实在长得太大了；银鱼大嚼一顿之后，还找不到那支串肉的针在什么地方呢。

隐士：好的，现在我们走吧。我们要不要到康格河去？如果水位不太高，就可以玩个痛快了。

为什么只是我们看到的一些事物，构成了这个世界？为什么只有这样一些禽兽才能做人的邻居，好像天地之间这样一个罅隙，只有一座房子才能把它填满似的？我想皮尔贝[1]之流的人物，把动物利用得好极了，到了他们手里，一切动物可能都成了负载之兽——它们都是负载着我们的一些思想的。

角逐在我房中的老鼠不是平常的那种，平常的那种据说是从外面带进此地乡野里来的，可是这种是土生的野鼠，在村子里是找不到的。我寄了一只给一个著名的生物学家，他对它发生了很大的兴趣。在我造这座房子的时候，有一只老鼠就在我的屋子下面做了窝；我楼上的地板还没有铺好，刨花还没有扫出去之前，每到午饭时分，它就到脚边来吃面包

[1]皮尔贝(Pilpay & Co.)之流，为寓言作家。

屑。也许它从来没有看见过人，我们很快就亲热起来，它奔过我的皮鞋，而且爬上我的衣服。它很容易就爬上屋侧，只几蹿就上去了——像松鼠，连动作都相似的。到后来，有一天我用手肘支在凳上，它奔上我的衣服，沿着袖子而下，在我盛放食物的纸碟边，不断地打转，我把纸碟往身边一拖，不让它走近，一下子又推到它面前去，这样同它耍着玩。最后，我在拇指与食指之间，拈起一块乳酪来，它过来了，坐在我的手掌之中，一口一口地咀嚼，之后，它像苍蝇似的，擦擦脸，又擦擦前掌，扬长而去。

不久就有一只京燕来我屋上做窠；一只知更鸟在我屋侧的一棵松树上巢居着，求我保护。六月中，鹧鸪这样怕羞的飞鸟也带了她的幼雏飞过我的窗子，从我屋后的林中飞到我的屋前，像一只老母鸡一样，咯咯地唤她的孩子们，从她的行为看来，真是林中的老母鸡。你走近了它们，母鸟发一个信号，它们就一哄而散，好像一阵旋风把它们吹走似的。鹧鸪的颜色又真像枯枝败叶，常常有些旅行家，一脚就踏在鹧鸪的幼雏中间，只见老鸟拍翅飞走，发出焦虑的呼号，噗噗地扇动翅膀，好吸引他的注意——此人怎能想到附近有这么一窠的小鸟呢？母鸟有时羽毛很不整齐的在你面前打滚打旋子，以致你忽然看不出它是什么动物了。幼雏们静静的扁扁地蹲着，常常把头伸在一张叶子底下，什么都不管，只理睬母亲从远处投来的信号，就是你走近了它们，它们也不奔走，因此也不会被发觉的。你的脚踩上了它们，眼睛还望了它们一会儿，可是还不知道踩的是什么东西。有一次也是很偶然的，我把它们放在我张开的掌中，而它们所服从的只是它们的母亲与自己的本能，因此它们只是照旧蹲着，不觉得恐惧，也不打战。这种本能真是完美之至，我后来把幼雏又放回到树叶上去，有一只由于不小心侧着跌了下去，可是十分钟之后，我发现它跟别的几只雏鸟一样，好好地蹲着。鹧鸪的幼雏和别种鸟类的幼雏一样，它们鲜有毛羽不丰满者，它们比其他幼鸟发展得都为成熟，甚至比雏鸡还要早熟。它们睁大了宁静的眼睛，表情显得很成熟，可是又很天真，你看见了，永远不会忘记。这种眼睛之中似乎反映着一切的知性，它们不仅表示出婴孩期的纯洁，还表示出给经验洗练出来的智慧。这样的眼睛不是鸟儿与生俱来的。它是与它所反映的天空同其久远。像它们眼睛一样的宝石，山林里还没有产生过？旅行家们也不常能看到这样一口清澈的井。无知的或是鲁莽的猎人时常在这种时候把母鸟射杀了，使这无告的一群幼雏成为恶兽猛禽的牺牲品，或逐渐地混入了那些和它们非常相似的枯叶，同归于尽。据说，这些幼雏要是给一只老母鸡孵出来，它们稍受惊扰，便一散而走，从此失踪，因为它们听不到母鸟召唤它们的声音。这些便是我的母鸡和幼雏。

森林之中，有多少动物出没其间，它们的生活是秘密的，可也是奔放而自由的；最值得称道的是：它们就在附近觅食为生,可是除了猎人之外,别人谁也想不到它们的存在。在这里,水獭过着如何僻隐的生活!它长到四尺长,像一个小孩子一样大,可是也许从来没有人看见过它。在我屋子后面的森林中,我以前看到过一些浣熊,现在晚上似乎仍旧听到它们的嘤嘤之声。通常我上午栽种,中午在一个阴凉的地方休息一两个小时,吃午饭,在一道泉水旁边读读书;那泉水是从我的田地半里之外,勃立斯特山中流出来的,附近的一个沼泽和一条小溪的水源都出于此。到这泉水边去,得穿过一连串草木蓊蔚的洼地(那些地方长满了脂松的幼树),最后到达沼泽附近的一片较大的森林。林中某处有白松一棵,亭亭覆盖,荫翳浓密,非常僻隐,树下有一片清洁而坚实的草地,可以就座。泉水周围的土经我挖过,给我造成了一口井,井水呈灰色,可是不减其清澈,即使把吊桶放下去打水,井水也不致混浊;仲夏之时,我几乎每天都在那边乘凉;湖边是太热了。非但我常来,山鹬带了它的一群幼雏也常到这里来,在泥土中翻寻蚯蚓,母鸟飞得很低,在土丘之下飞,离地面不过一英尺,幼雏则排了队在下面奔跑。可是后来母鸟看见我了,她就离开她的幼雏,绕着我盘旋地飞,越来越近,在我身边只有四五英尺的距离,假装着断翅折腿的样子,好吸引我的注意力,让她的孩子们逃生;那时它们已经单行排列,轻轻细细地尖叫,照了母鸟的指示,通过了沼泽。或者可以这样说:我看不见母鸟在我身边飞的时候,我就听见幼鸟的细声。斑鸠也在这里的泉水上栖止下来，或者从头顶上白松树的一根柔枝，飞到另一根柔枝。红色的松鼠，从最近的枝桠上盘旋下来，特别的和我亲热，也特别的好奇，在山林中风景优美的地方，你只要时间坐得够长了，当地的禽兽居户就会轮流出来，摆样子给你看。

可是大自然并非全是一片升平气象，有时候我也看见一些比较不大和平的事情。有一天，我到我那一堆木料(或者说是一堆树根)去的时候，我看见两只大的蚂蚁在恶斗，一只是红的，另一只大得多，几乎有半英寸长，颜色是黑的。它们一交手，就谁也不肯放松；挣扎着，角斗着，在木片上不断打滚。再望远一点看，我发现木片上到处有这样的战士，看来这不是决斗，竟是一场道地的战争，红蚂蚁总跟黑蚂蚁斗，时常还是两个红蚂蚁对一个黑的。在我放置木料的庭园中，高处低处却是这些玛密同大军[1]，地上满布了已死和奄奄待毙的蚂蚁，红黑都有。这是我所亲眼目击的唯一的一场战争，也是在激战正酣的时候，我曾经踏进的唯一的一个战场；这是一场惨烈的战争，红蚂蚁是共和派军队，黑蚂蚁是帝国派军队。两方面都奋勇作殊死之战；虽然什么声音我也听不到，人类的

[1]玛密同——希腊英雄阿基琉斯之部下大军称为“玛密同”。见荷马史诗“伊利亚特”。希腊联军攻特洛伊时，阿基琉斯曾因细故与统帅阿伽门侬不睦，“独自一个在营帐里发脾气”，后其好友柏特洛克罗斯出战阵亡，阿基琉斯始奋发神威，击毙特洛伊之英雄赫克托。

战争从没有打得这样坚决的。木堆中有一处阳光明亮的小山谷,我看见有两个战士正死抱住不放开,现在是正午,它们准备战到日落,或生命消逝为止。那红色的勇士,身材虽然较小,却像老虎钳似的,把仇敌的脑门咬住不放,一边在战场上翻身,一边咬住了对方一根触须的根,一瞬也不放松,另外一根触须早已给它咬断了;那黑蚁呢,体魄较为强壮,把红蚁提了起来,这边那边的乱撞,我走近仔细一看,原来已经把红蚁的肢体咬残了好几处了。它们临敌不退的精神比斗犬还要厉害,没有一方面表示丝毫退却的意思。显然它们战争的口号是"不战胜,宁战死"。正在那个时候,在山谷高处的边上,出现了一只孤独的红蚂蚁,显然是满怀激昂,要不是它已经解决了一个敌人,便是它还没有参加战斗;但是它的肢体仍是完整的,想是尚未参加作战。它出战之前,它母亲想必曾经教训过它:假如不能带着盾牌胜利的回家,不如战死了,躺在盾牌上让人抬了回去的好❶。它也许是一位阿基琉斯,独自一个的在营帐里发脾气,现在它出来搭救它的好友柏特洛克罗斯,或者替它复仇来了。它从远处望见了这强弱不等的战斗——因为黑蚂蚁身材大于红蚂蚁的一倍,它急急忙忙奔向前来,走到离那些战士只有半英寸之遥,它就摆好架势,跃跃

❶据传说:斯巴达人好战,男儿出征时,其母必叮嘱,如不能战胜携盾回来,则当战死(卧于盾牌之上),由人抬回。

欲试；最后，觑定了下手的机会，它就向一员黑色战士扑去，从它的前腿的根部，开始它的军事行动；敌人要向它身上那一部分反噬；它也悉听尊便。三只蚂蚁纠缠一起决斗，双方的斗志好像是一种新发明的结合力，其力量之强大远在一切铁锁和水门汀之上。那时我想象：在形势比较高耸的木块上，双方一定各有军乐队，吹奏它们各自的国歌，激励落伍之士，同时替战死者歌颂；假如我真是发现了这种乐队，我也不会惊讶的。我真把它们当人看待，因此心里也相当激动。你越往这方面想，越觉得人蚁之间并无多少不同，无论从战斗人员的人数来说，无论是战场上所表现的爱国心和英雄主义上说，美国历史上至少我们康格人所记载的那一场战争，是绝不能和蚂蚁之战相提并论的。论参战人员之众多与双方伤亡之惨重，这场战争俨然是奥斯特里茨之战，或德累斯顿鏖兵呢。康格之战算是什么战争！爱国人士方面只有两人捐躯[1]，受伤者仅一名，名曰路德·勃朗却尔特[2]。这里每只蚂蚁都同我们的爱国志士波特利克一样，高声呼唤："开枪！为了上帝，大家开枪吧！"而成千上万的蚂蚁，都同我们那两位志士——台维斯和霍斯曼尔一样，战死沙场了。战士个个出于自愿，没有一个

---

❶奥斯特里茨之役——1805 年拿破仑大破俄奥联军于奥国之奥斯特里茨。德累斯顿在德国，1813 年，拿破仑与联军大战于此，双方死伤惨重。

❷Luther Blanchard，此处所指乃美国独立战争，美国人拒缴茶叶税，与英军于康格首先开火。

是雇佣兵。我深信那些蚂蚁也是为主义而战,就同我们的祖先一样,并不是不愿意出那三便士的茶叶税。这一场战争的结局,对于参战双方,一定关系重大,将要永志不忘,就像我们的彭克尔山之战❶。

我把那上面所描写的木片拿了起来,连三只大战方酣的蚂蚁一起带进我屋内,放在我的窗口,罩在一个大杯子下面,以便考察结局。我用放大镜,先来看那最初提起的红蚂蚁,我看见它虽然把敌人剩下来的一根触须也已咬断,现在正猛咬它的左前腿,可是它自己的胸脯却完全给撕裂了,它的小脏小腑完全处于黑色武士的凶吻的威胁之下,而黑蚁的胸前铁甲甚厚,不是它所能击破;这只受伤惨重的蚂蚁,红黑色的眼珠发出凶光——只有战争才能激发出的凶光。它们在杯子下面挣扎了半小时,我再去看的时候,那黑色战士已经把两个敌人都杀得身首异处,可是那两个头颅的生命显然并没有完全丧失,依旧紧咬不放,它身边两旁挂着两个头颅,好像马鞍边挂着两个可怕的首级。它自己的触须已经全部丧失,大腿也只剩一条了,遍体有数不尽的伤,它现在正用它微弱的力量,努力想把那两个头颅摆脱掉。再隔了半小时之后,它总算把这件事做成。我把玻璃杯掀开,它就在这种残废的状态下,

---

❶彭克尔山(Bunker Hill),在波士顿。彭克尔山之战为美国独立战争中有名之一役(1775 年 6 月 17 日)。

爬过了窗楣，经过这场战斗之后，它是否还能活着，是否能在“荣军之家”消磨它残余的生命，我就不知道了。可是我想它以后所能效劳者也不会很多了。我也不知道究竟是哪一面战胜的，也不知道这场大战的起因为何，可是我看了那场大战之后，那天一整天，心里兀是紧张而难过，那场战争如此凶险，伤亡如此惨重，好像有千军万马在我们面前厮杀过一样。

吉尔贝和斯班司[1]告诉我们：蚂蚁的战争很久以来就备受称道，大战的日期史册上也有记载，虽然据他们说：近代作家中目击过蚂蚁大战的，只有余贝[2]。他们说：“依易尼斯·薛尔维乌斯曾经仔细描写一场大蚂蚁和小蚂蚁之间的苦战，战事是在一株梨树干上发生的；此人于描写过后，接下来添注了这几句话：‘大战之发生，是在教皇攸琴尼斯四世治下，观察者是名律师尼拉斯·毕斯托利安西斯，他很忠实地把这场战争的全部经过转述出来。’大小蚂蚁之间还有一场类似的战争，乌拉乌斯·玛格纳斯曾记载其事，结果小蚂蚁战胜了，据说它们把自己的尸首埋葬了，可是它们的大敌人的尸首却暴露不葬，给飞鸟享受。这一战事发生于克利斯蒂恩二世

---

[1] 吉尔贝（Willism Kirby）与斯班司（William Spence）曾合著《昆虫学》（An Introduction to Entomology or Elemeuts of the Natural History of Insects），1818年伦敦出版。

[2] 余贝 Franscois Huber（1750—1831），瑞士生物学家。

被逐出瑞典之前。"我所目击的那场战事发生于波尔克[1]总统任内,时维韦勃司特氏的"逃亡奴隶法案"通过之前五年也。

村子里的牛,行动颟顸,只配在储藏食物的地窖里追逐乌龟的,可是它们也常常会瞒着主人,到森林里来运用它们笨重肢体;它们也会嗅嗅狐狸的老窟和土拨鼠的洞穴,它们这样乱嗅乱寻,当然不会有什么结果;引牛入林的向导,恐怕是一些瘦小的恶狗,恶狗身材灵活,经常在树林里穿来穿去,林中鸟兽对它们自然有一种恐惧。现在那头牛老远的落在向导的后面了,有一只松鼠,看见它来了,就爬到树上去,对它细细地看着,它则像一只狗似的,对着松鼠狂吠;吠毕之后,它然后以轻快的步伐跑开, 那笨重的躯体把树枝都压倒了,它自以为在追踪一些迷了路的跳鼠。有一次,我很惊奇地发现了一只猫,在湖边的石岸上散步,猫是难得离家走出这么远的。猫看见了我,也有惊奇之感。然而,就是最驯服的猫,整天都躺在地毡上的,一进森林,也好像回到老家了;从她那偷偷摸摸狡猾的行动上看来, 她是比那些土生的森林禽兽,更能适应荒野的环境。有一次我在森林里采集苹果,遇见一只猫,还带领了她的小猫,全是野性未驯的;她们母子一群,个个弓起了背,凶恶地向我吐口水。在我迁入之前不多几年,在

[1]波尔克 James K.Polk,美国第十一任总统。

林肯[1]那儿的湖边，吉利安·培克先生的田庄内，有一只所谓"飞猫"。1842 年 6 月，我专程去拜访它(我不能确定这只猫是公的还是母的，但是猫儿用女性代名词代表，似乎比较普通一点)，可是那飞猫照例"飞"到林中去猎食，据女主人说，这只猫是一年多以前，在四月间，来到这儿附近的，后来他们家给收容了。猫身深棕灰色，咽喉上有个白点，脚也是白的，尾巴很大，蓬松松的，像狐狸。到了冬天，毛越长越浓，向她身旁两侧平扁地伸出，形成了两条十至十二英寸长，两英寸半阔的带子；在她下巴底下，毛长成了一个像毛手筒，上面的毛比较松，下面的却像毛绒一样的结叠着；到了春天，这些附属物就落掉了。她的"翅膀"，他们给了我一对，我至今还保存着，上面似乎并没有膜。有人以为，这猫的血统一定有一部分是飞松鼠，或者是另外什么野兽；这并非不可能的，因为据生物学家说，貂和家猫交配，可以产出许多样的杂种。如果我养猫的话，这种猫对我是最合适了；因为诗人的马既然插翅能飞[2]，他的猫为什么不能飞呢？

秋天里，潜水鸟来了，照常在湖里褪毛并洗澡，我还没有起身的时候，森林里已响起了它奔放的笑声。一听到它已经来到，磨坊水闸附近的猎人全部出动，有的坐马车，有的步

---

❶林肯 Lincoln，美国地名林肯者甚多，此处当指麻州之小镇林肯。
❷希腊神话中飞马(Pegasus)之蹄所蹴之处，诗人之灵泉汩汩而出。

行，三三两两，带着猎枪、子弹，还有望远镜。他们在树林里走过，飒飒的响，像秋天的树叶一样，一只潜水鸟至少有十个猎者。有的放哨在湖岸这一边，有的站岗在湖岸那一边，因为可怜的潜水鸟不能够四处同时出现；如果它从这里潜水下去，它定要从那边上来。可是十月的秋风，忽然吹起来了，给鸟很大的帮助；树叶吹得飒飒的响，湖面吹起了皱纹，潜水鸟的敌人尽管用望远镜扫视水面，他们的枪声尽管在林中震荡，但是鸟儿的踪迹不见，鸟儿的声息也听不到了，水波大量涌起，冲击着湖岸，毅然为一切水鸟尽起保护的责任，我们的猎人只得空手回到镇上店里，干他们未完成的事务了。但是他们总是得手的时候多。黎明我到湖上汲水的时候，常常看到这种姿态堂皇的鸟，从我所处身的湖湾游出，距离不过数"竿"❶。如果我想看它如何活动，驾船追上它，它总是潜下水去，全身消失，一直到当天下午方才再现身相见，可是假定它不潜下水去，在水面上我是对付得了它的。它常常在一阵雨中飞去。

十月一天的下午，微风不兴，水波平静，我在湖的北岸划船，这种日子，潜水鸟常常像乳草的柔毛一样，浮游在湖面之上，可是那天我四处观望，一只潜水鸟也没有看见，突然间却有一只从湖岸出来，向湖心游去，只在我面前几竿之遥，狂笑

---

❶竿——英国长度单位，一竿之长抵十六英尺半。

一阵，让我注意了，我划桨追去，它潜入水中，等它冒出来的时候，我和它愈加接近了。它又潜入水中，可是我把方向估计错了，这一次它再冒起来，我和它之间，已经相隔五十竿了。距离这样的拉长，是我自己造成的，它又大声哗笑了半天，这次当然笑得更有理由了。它载浮载沉，身段矫捷，我想尽办法，也划不到距离它五六竿的地方。每一次它冒到水面上来的头忽左忽右地转，它显然正在冷静地考察水陆的形势，它正在替自己挑选一条航线，使它下次冒出水面时，恰巧正是水面最为宽阔，距离我那小船最远的地方。惊人的是：它运筹决策，费时极短，而实际运用时，又绝不三心二意。它很快地把我诱入湖面最宽阔的地方，我再也没有办法把它骗回到湖边上去了。它在脑中盘算的时候，我也极力在揣度它的思想。这真是一局大好的棋局，在波平如镜的湖面上，一人一鸟正在对弈。突然敌方把棋子下在棋盘底下了，问题是你得猜它下次在什么地方出现，你的子也得下在离它最近的地方。一下子它在我对面升起来了，显然是在我船底下穿过的。它的一口气真长，它又不知疲倦，它潜游了很长的一段距离，可以无须喘息地又钻到水底下去了，湖水既深，湖面又平，它在水底能够急泅如鱼，任你智慧再高，也猜不透它游到什么地方去了；因为湖底下不论多深的地方，它都无须换气，任意遨游。据说在纽约州的湖中，深八十英尺的地方，它曾给捕鲈鱼的钩子钩住的，然而瓦尔登之深，绝不止八十英尺的。水底群鱼看见这一位怪样怪状，从另一世界降来的不速之客，居然在它们之中急速游过，我想它们一定要惊奇不已的。然而它在水底和水面上一样能认路，而且可以游得更快。有一两次，我看到它接近水面时激起的水花，刚把脑袋探出来观察一下，立刻又潜没了。我觉得与其估计它下次出现的地点，反不如停下桨来，等它自行出水；因为一次又一次，当我向着某一个方向望穿秋水地观望时，它在我身后忽然一声怪笑，害得我吃了一惊。可是它既然如此狡猾，出没无常，为什么每次钻出水面，一定要高声大笑，使得自己形迹败露呢？难道说它的白色的胸脯，还不够使它被人发现吗？我想它真是一只呆鸟，它出水的时候，我通常总听得见它拍水的声音，因此总能侦察出它的所在。可是，这样玩了一个小时，它的生气勃勃，不减当初，潜水时兴高采烈，游泳愈游愈远。它钻出水面时，胸羽一丝不乱，又游开去，其神态之庄严真叫人吃惊，它是在水底下就用自己的脚蹼把胸上的羽毛抚平的。它通常的声音是一种恶魔般的狞笑，多少和一般水禽有类似之处；但是有时候它的鸣声很是特别，每当它很得心应手躲到老远再钻出水面时，它就发出一声长长的怪叫，不像鸟鸣，简直是像狼嗥；就像是一只野兽，嘴咻咻地啃着地皮故意发出来的呼号。这是它的特征，这一带所能听到的声音，要以潜水鸟的怪叫最为粗犷，其声远播，整个森林都受到震动。我相信它是用笑声来嘲笑我的无用，同时得意洋洋的夸示自己的足智多谋。此时天色虽然阴沉，湖面却很平静，即使我在听不见它叫声的时候，仍旧看得见它钻出水面的行动。它的胸毛雪白，空气静寂，湖水平静，使它无所遁形于天地之间——这一切本来都是与它不利的。最后它又冒出水面，离开我约有五十竿之遥，它忽然又发出一声长嗥，仿佛它在召请潜水鸟之神，出来援助它；立刻，东方吹来了一阵风，吹皱了湖水，天地间都是迷迷蒙蒙的雨点；我觉得印象深刻极了，似乎潜水鸟的召唤已经得到了响应，它的神已经生了我的气。于是我离开了它，让它在汹涌的波浪上任意远飏。

秋天里，我常常花几个钟头，观察那些野鸭如何狡猾地在湖里忽东忽西地游来游去，它们始终在湖的中央，跟猎人离得很远。以后它们飞到南部去，在路易斯安那的河汊里，大约不必要这样的操演阵势的。它们必须起飞时，一定也在湖的上方相当的地方，盘旋不已，像是天空中的黑点。它们从这样的高度，想必很容易看到别处的湖沼和河流；可是当我以为它们早已飞向远处去的时候，它们却突然之间斜飞而下，飞了约有四分之一英里的光景，又降落在湖心一处比较不受人惊扰的地方。它们飞到瓦尔登湖的中心来，除了为了安全起见，还有没有别的目的呢？这个我不知道，也许它们也有和我同样的理由，深爱着这片湖水吧。

夏济安　译

林中客人

〔俄罗斯〕普里什文

林中深渊

一只巨大谷蛾似的灰蝴蝶，坠落在深渊中，仰浮于水面，成三角形，仿佛两翅活活地给钉在水上。它不停地微动着细腿，身体也跟着扭动，于是，这小小的蝴蝶就在整个深渊中荡起微波，密密地一圈一圈四散开去。

蝴蝶附近有许多蝌蚪，自管游着，对于水波并不在意，一些小甲虫像骑手在陆地上驰骋一般，在水中泼风也似的转着圈子，石头旁边阴影中的一条小梭鱼，却像小木棒一样，在水里竖着，——多半是想捉那蝴蝶吃，它在下面大概是不知道有微波的。当然，水底下还有什么微波！

但是，这只蝴蝶挣扎在静静的深渊中所频频激起来的微波，却在水面的上空仿佛引起了普遍的注意。野醋栗把硕大的还是青的果子垂到了水边，凋谢了的款冬花让朝露和水把自己的叶子洗得鲜莹明洁，翠绿的新生的蛇麻草绕在挺拔而枯凋的、绿须披挂的云杉树上愈爬愈高，而下面那蝴蝶抖动起来的水波到达不到的石头后边，倒映着陡岸上的一带林木和澄碧的天空。

我料定那小梭鱼迟早会从呆然若失的状态中清醒过来，注意到这遍及整个深渊的一道道水圈。但是看着这蝴蝶，我不禁回想起自己当年的奋斗：我也曾不止一次地弄得仰翻了身体，绝望地用两手、两脚以及随便可以抓到的东西想争得自由。我回想起自己那阵失意时日之后，便往深渊里丢了一块石头，石头激起了一层水波，掀起了蝴蝶，把它的翅膀整平了，送它飞上了空中。这就是说自己经历过艰辛，也就能理解别人的艰辛。

乌鸦

我试枪的时候，打伤了一只乌鸦，——它飞了几步路，落在一棵树上。其余的乌鸦在它上空盘旋一阵，都飞走了，但有一只降了下来，和它落在一起。我走近前去，近得一定会把那只乌鸦都惊走的。但是那一只仍然留着。这该如何理解呢？莫非那乌鸦留在伤者身旁，是出于彼此有某种关系的感情吗？就好像我们人常说的，出于友谊或者同情？也许，这受伤的乌鸦是女儿，所以为娘的就照例飞来保护孩子，正像屠格涅夫所描写的那只母乌鸡，虽然身受重伤，鲜血淋漓，还奔来救那囮鸟。这种感人的事情，在鹑鸡目动物中是屡见不鲜的。

可是转念一想，眼前是食肉的乌鸦啊，我脑子里不禁又有了这样不愉快的想法：那停落在伤者身边的第二只乌鸦，也许是嗅到了血腥味，醺醺然一心妄想马上能饱餐一顿血食，所以就越发挨近死定了的乌鸦，强烈的私心使它丢不开垂危的同类。

如果第一个想法有拟人观，也就是把人类感情搬到乌鸦身上去的危险，那么第二个想法就有"拟鸦观"的危险，也就是说，既然是乌鸦，那一定是食肉者无疑了。

松鼠的记性

我在想着松鼠：如果有大量储备，自然是不难记住的，但据我们此刻寻踪觅迹看来，有一只松鼠却在这儿的雪地上钻进苔藓，从里面取出两颗去年秋天藏的榛子，就地吃了，接着再跑十米路，又复钻下去，在雪上留下两三个榛子壳，然后又再跑几米路，钻了第三次。绝不能以为它隔着一层融化的冰雪，能嗅到榛子的香味。显然它是从去年秋天起，就记得离云杉树几厘米远的苔藓中藏着两颗榛子的……而且它记得那么准确，用不着仔细估量，单用目力就肯定了原来的地方，钻了进去，马上取出来。

三个兽洞

今天在一个獾洞旁边，我想起了卡巴尔迭诺——巴尔卡里亚在黄峭壁上的三个兽洞。我曾在那儿把沙地上的足迹细细考察了一番，得知了獾、狐狸和野猫同居的一个极有趣的故事。

獾为自己挖了一个洞，狐狸和野猫却来和它同居。不干净的狐狸浑身恶臭，不久就把獾和野猫撵了出去。獾只得在稍高的地方再挖一个洞，和野猫住在一起，那臭狐狸仍旧留在老洞里。

梭 鱼

一条梭鱼落进我们安设的网里，吓呆了，一动也不动，像根树枝。一只青蛙蹲在它背上，贴得那么紧，连用小木棒去拨，半天也拨不下来。

梭鱼果然是灵活、有力、厉害的东西，可是只要停下来，青蛙就立刻爬了上去。因此，大概作恶的家伙是从来也不肯停手的。

田 鼠

田鼠打了一个洞,把眼睛交还给了大地,并且为了便于挖土,把脚掌翻转过来,开始享受地下居民的一切权利,按照大地的规矩过起日子来。可是水悄悄地流过来,淹没了田鼠的家园。水为什么要这样做呢?它根据什么规矩和权利可以偷偷逼近和平的居民,而把它赶到地面上去呢?

田鼠筑了一道横堤,但在水的压力下,横堤崩溃了,田鼠筑了第二次,又筑了第三次;第四次没有筑成,水就一涌而至了,于是它费了好大的劲,爬到阳光普照的世界上来,全身发黑,双目失明。它在广阔的水面上游着,自然,没有想抗议,也不可能想到什么抗议,不可能对水喊道:“看你!”像叶甫盖尼对青铜骑士喊的那样。那田鼠只恐惧地游着,没有抗议;不是它,而是我这个人,火种盗取者的儿子,为它反对奸恶的水的力量。

是我这个人,动手筑防水堤。我们人汇集来很多,我们的防水堤筑得又大,又坚固。

我那田鼠换了一个主人,从今不依赖于水,而依赖于人了。

啄木鸟

我看见一只啄木鸟，它衔着一颗大云杉球果飞着，身子显得很短(它那尾巴本来就生得短小)。它落在白桦树上，那儿有它剥云杉球果壳的作坊。它嘴衔云杉球果，顺着树干向上跳到了熟悉的地方。可是用来夹云杉球果的树枝分杈处还有一颗吃空了的云杉球果没有扔掉，以致新衔来的那颗就没有地方可放了，而且它又无法把旧的扔掉，因为嘴并没闲着。

这时候，啄木鸟完全像人处在它的地位应该做的那样，把新的云杉球果夹在胸脯和树之间，用腾出来的嘴迅速地扔掉旧的，然后再把新的搬进作坊，操作了起来。

它是这样聪明，始终精神勃勃，活跃而能干。

落后的野鸭

小河流进了葱茏郁茂的赤杨林里，两岸渐渐陡峭起来，河面窄得可以一跨而过。这儿的河水由于森林中的温热和流速较大，不曾冻结。一只落后的野鸭就滞留在这儿，打发着冬天来临之前的最后的日子。它隐藏在林彩沉荫中，我们看不见，只听见振翅声和叫声。当它飞到赤杨树的高空时，我们才总算开枪打到它。一颗霰弹击中了翅膀，把它打断了，野鸭就活像瓶子,一头倒栽下来。

断翅的野鸭通常都往水里逃生,它钻进水里,躲在树根之间,只把黑色的不显眼的小嘴露出水面。猎人明明看见它掉下来了,却怎么也找不到,往往都弄得筋疲力尽。

我们打伤的那只野鸭飞落的地方,正是河的转弯处,水势开阔,像个池塘,在这宁静的地方结着一层冰,只在表面还保留着完全透明的水的样子。

那野鸭看见自己向这水面倒栽下去,心想潜入水里躲起来,不料一头碰在冰上。冰倒没有被碰碎。受惊的野鸭一骨碌爬起来,踏着红脚掌就走。皮尤什卡[1]看见了,追了去,可是它的脚老陷到冰下面去,只得回来,后来犹豫了一会儿,伸开脚爪,撇着脚尖,又慢慢地走去,走去,终于抓到了……

蜘 蛛

绵绵阴雨,令人心烦。夕阳在浑厚的蓝幕中西沉,晚上不见得天会转好。我心焦地等了一天,总想在傍晚时分太阳能露一下脸,好让我夜里安然入睡,指望明天有一个期待已久的清露辉映的早晨,可以拍摄水珠璨璨的蜘蛛网。不!太阳一

[1]狗名。

沉落,蓝幕就破碎了,在蓝幽幽的底色上,出现了一只红色的鸟,另一处跑出了一个身着红衣的骑手。

我和主人家的儿子谢辽查一起在草棚里过夜,那草棚在采伐迹地的旁边,我就是在这采伐迹地上观察森林中的织工的生活的,——那织工,就是身如小酒桶,背上有一个十字记号的善结网的蜘蛛。远处闪烁的电光透进草棚的壁缝,穿过我的闭阖的眼皮,在我的头脑中演出了好些荒诞的故事。譬如说,我梦见人们似乎想要用蜘蛛网来做什么东西,为了叫蜘蛛夜间工作,就用探照灯把林木照得通亮。次日一清早,太阳还没有升起,谢辽查的母亲道姆娜·伊万诺芙娜就到草棚里来叫谢辽查:

"该打麦子去了,起来吧,谢辽查!"

"蜘蛛织网了吗?"我问道。

我的女主人已经习惯了,对我的观察很感兴趣。她过了一会儿答道:

"不大看见。"

"嗯,既然不大看见,"我说,"大概就要下雨了,可你们的麦场子都是没有顶棚的啊。"

"没有办法,"道姆娜·伊万诺芙娜回答说,"剩下的面粉连做一个小圆面包也不够了,得赶紧打,打多少是多少,不然要饿肚子了。"

谢辽查起身打麦子去了。

我从草棚里出来，只见天空中日光在和乌云相争，看起来太阳是会得胜的。露水已经很大。阴沉的早晨，露水却大，这真是不平常的事情。

我因早晨露水蒙蒙，天气阴沉，倒觉得十分愉快，就出去拍那织网的蜘蛛，巴不得不受太阳反光的影响，一心想在恶劣天气中延长曝光时间拍出来的照片，能比有太阳的快照还要好。谁知道来到昨天的地方之后，非但没有新的网，连旧的也不见踪影了。我猜想，那些网过了一日一夜，自然破损了，被蚊蚋撕坏了。那些蜘蛛，想必是在黎明前时分织网的。但是昨天后半夜，恰好有闪电，显然会有一场阴雨。

所以它们就没有工作。

不过也不能说它们全然没有工作：不少地方，尤其是在地面上，也可以见到蜘蛛网，然而和平日灿烂的早晨比起来，却实在少得可怜。见了这不多的蜘蛛结的网，我就想到：看来蜘蛛也不都是一个样的，有的比较聪明，有的比较愚笨。

日光和乌云斗争了一个钟头以后，太阳终于获胜了。

也许蜘蛛本来会开始工作的，只是露水太大了。不！最可能是还在黎明前的时分，蜘蛛就已经预感到天要下雨了。

鸟儿也没有往常那样活跃。野乌鸡一语不发。这可都不是在骗人。白鹤无声地栖息在河湾里。连鹞鹰都很少见到了。后来一切都静悄悄的，空气也闷热，撩人愁思，正是一番风雨欲来时的情景。大气中的变化是如此之快，非但不及回家，连找一棵可以躲大雨的云杉都几乎来不及了。

我刚安顿好，天空便雷电交加，大雨倾盆了。幸喜我找的那棵云杉，就是下一整天暴雨，也滴不到我一点。我是多么爱在这样大雨中，坐在云杉树下，沉思默想。那些小兽和鸟儿，这时候也一定是这样坐着，而且，也在遐想……但是最好还是能够不想，再进一步呢，那就是欣然超然，能够对自己说："别想了，就这样坐着，空气多么芳香，再好好听吧！"于是就默坐着，什么都不想，一味地听，闻。大概，禽兽们也是这样坐着的。

不料雨下个没完，我只得从云杉底下爬起身，走出来，冒雨回家。村子里经历了一场忙乱、所有的人都受了天气的欺骗，现在全身湿淋淋的，嘴里骂着，收工回家。我看见了女主人，就说："您看，道姆娜·伊万诺芙娜，蜘蛛原来比我们都懂事，没有几个出来工作的，我们却全给骗了。""可不是？"道姆娜·伊万诺芙娜答道，那双小得像蚂蚁头一般的眼睛盯着我看。

傍晚，村中谷物干燥房里发出阵阵香味。橙黄色的晚霞迟延不褪，长久地衬托出村舍、谷物干燥房和柳枝的侧影。白茫茫的浓雾偷偷地低低降临草地，不久便是星斗满天的夜晚了。

客人们

我们有满堂的客人。附近的柴垛（躺在那里等发大水达两年之久)中有一只鹡鸰鸟向我们走了过来,它纯粹是出于好奇心，只想看一看我们。那劈柴估计够我们烧五十多年——看有多少！它们在风里,雨里,烈日中白白地躺了几年,都发黑了,许多垛都歪歪倒倒,有的已如画地塌下来了。无数昆虫在腐朽的劈柴中繁殖起来,其中有大量的鹡鸰。我们很快就发现了一种方法,能在短短的距离中拍摄这些细小的鸟儿:如果鸟儿落在柴垛的背面,要把它呼唤过来时,我们就得从远远的地方露一下身,再立刻躲起来。那时鹡鸰为好奇心所驱使,就跑到柴垛的边上来,从转角处向你窥视,而你看见它正好是在照相机预先对准了的那块木柴上。

这真好像做击棒游戏一样，只不过那是孩子们玩的,这儿却是我老头儿和小鸟儿玩了。

飞来一只白鹤,在黄色的沼泽中小丘之间流过的小河对岸落下,低头散起步来。

鱼鹰飞了来,微微扇动着翅膀,停在空中,专心察看下面的猎物。

尾巴头上呈凹形的老鹰飞来,在高空翱翔。

鵟鸟也飞来了,它最爱吃鸟蛋。它来后,所有鹡鸰都从柴垛中出来,像蚊子一样跟在它后面飞。一会儿看家的乌鸦也加到鹡鸰群中去。巨大的猛禽露出一副很可怜的样子,这庞然大物也居然惊慌失措,东西乱窜,恨不得立刻逃脱。

林鸽们发出“咕咕——咕咕”的声音。

松树林中有一只杜鹃不倦地啼啭着。

苍鹭从干枯了的老芦苇丛中猛地跃起。

野乌鸡就在附近喋喋不休地叫着。

芦鹀发出啾啾声,停在一枝细细的芦苇上摇来摆去。

鼩鼱在落叶堆中吱地叫了一声。

天气再暖和一些以后，稠李的叶子也宛如绿翼的小鸟，飞来做客,并且歇下来了,紫色的银莲花也来了,瑞香也一直待到树林各层都长满嫩绿的叶芽的时候。

还有早春的杨柳,它上面落了一只蜜蜂,一只丸花蜂嗡嗡叫着,还有一只蝴蝶折起了翅膀。

毛茸茸的狐狸像有什么心事,在芦苇丛中闪了一下。

蝮蛇蜷伏在小丘上,发干了。

这令人销魂的时刻,好像没有尽头。但今天我在沼泽上从一个小丘跳到另一小丘行进的时候，发现水里有一种东西,弯腰一看,原来是数不尽的像蚊子一样小的鞭毛虫。

这些鞭毛虫过不多久会长出翅膀,从水中出来,用腿立在对它们说来是硬的水面上,然后再一鼓作气飞起来,嗡嗡不休。那时,由于这吸血鬼,艳阳天就变成了阴天。不过也要说,这支大军倒能捍卫沼泽森林的童贞,不让避暑的人来消受这处女地的美丽。

一条斜齿鳊在游着。两个渔人划着一只小船来了。我们只得依依不舍地收拾东西离开,他们却立刻在我们的地方生起篝火，挂上提锅，把鳊鱼刮了做鱼汤，一会儿做得了，三两口吃光，没有吃面包。

在这个唯一干燥的小地方，可能原始的渔人也生过篝火的，而现在我们却把汽车开到了这里。我们的帐篷里有一个旅行灶，在我们把帐篷收起来以后，芦鹀就飞了来，在搭帐篷的地方啄食什么东西。这是我们最后的客人。

潘安荣　译

鸟的音乐

〔英国〕赫德逊

许多人听到鸟语啁啾而竟然无动于衷，或听你谈起鸟的音乐的魅力和美而感到不耐烦，看来难以相信，这对爱听鸟音的人是不可思议的。在许多情况下大概这种漠然的态度是城镇生活的结果，是刺耳的噪声所造成的听觉迟钝，也是习惯于乐器演奏音乐的高音量的结果。我们的文明是一种喧噪的文明，由于噪音的加强，那必须在安静的环境中聆听的较小较精粹的乐器因而就失去了它们古老的魅力，最后以致无人问津了。这是一种向高音乐器和密集音响发展的趋势；钢琴受到普遍爱好，如今你听到它愈是隆隆然，人们就愈喜欢它。

在这件事上如同在别的事情上一样，我们所得亦即所失；如果人创造的最甜美最精致的乐器，由于其音量小都不使我们感到悦耳动听甚至难以忍受，那么鸟类的最好的自然音乐，如鹡鸰、鹨、黑喉石鹏、赤胸朱顶雀、苇莺发出的细细的精美的歌声又怎么能使我们引以为乐呢？最能说明这种纤细美妙的旋律的，是用多卵石小溪的轻轻的淙淙声，或树叶间飒飒的风声或霖雨的淅沥声来加以比拟，那真是沁人心脾。

另一个产生淡漠态度的原因是有些人觉得这类声音呆板单调。

我们知道如果过去的快乐时光以及快乐本身已被遗忘，却依然还有点什么留在我们心里，一种模模糊糊的快感，它可以由大自然中过去跟这一快乐联系起来的任何情景，物体、旋律、言语、景象或声音所引发。正是这种神圣的光轮，这种从某一事物借来的光彩才使它得到表现。有些人说他们在某一景象或声音中发现一种难以确切表达的魅力或美，殊不知一般不是这一事物本身的性质使他们为之感动，他们的愉快几乎完全是由于联想的缘故，在这种情况下，他们接受的只是他们所给予的东西。

任何自然事物和声音对我们所产生的这种魅力的一例是吉尔伯特·怀特[1]所描写的昆虫。“田野间蟋蟀的鸣声虽然尖锐刺耳，却引起某些听者奇妙的乐趣，使他们在心目中充溢一连串有关夏天的感觉，乡村的种种旺盛的、欢快的东西

---

[1]吉尔伯特·怀特(1720—1793)，英国博物学家。

的想法。"如果一个人的一生，或他的最快乐的，印象最深刻的早年生活消磨在跟农村情景无关的地方，那么就不可能有这样的一连串的想法，也不会由于鸟音引起的联想而产生模模糊糊的愉悦之感。他听到的鸟音如果音质不错，也许好听，却是单调的。

对于别的一些人，尤其是那些从婴儿时代起就跟大自然生活在一起而又一直是爱好自然的人，即使是一声轻微的鸟音也可以产生神奇的效力。我这就想起一次这类的经验，那是两三个夏天前在哈罗盖特亲身品味过的。

从哈罗盖特漂亮的外貌和从经常到那里去的漂亮的观光者的人数判断，我应当说哈罗盖特是受到喜爱城市的人们的高度评价的；然而这是个寄生性的城市，仅仅就因为这一点它就使我觉得讨厌，更糟糕的是我在这个城市发现自己周围有为数众多的进香的病人，他们从各地来朝拜那个水池，他们天真地以为这就能治好他们的病。也许他们并不都希望完全治好；他们当中有很大一部分是营养充足，中年或老年的有身份的人物，面孔刺目地发红，或者说像红葡萄酒那样，眼睛里充满分泌液，腿脚不灵便，走路吃力，有的依靠两根手杖，有的则扶着两根拐杖，许多人靠在躺椅上。我认为这些富有的、饮食良好的先生们是痛风与风湿病的牺牲品。

在这批还夹杂许多时髦仕女的受难者当中，只有我，由于处在一种不适宜的环境下，意气消沉，要不是有一只小鸟，更确切地说，要不是有一只小鸟的声音，我本来是可怜巴巴的。每天我要到花园的泉水畔去喝一酒杯镁氧水，坐在那里消磨一个小时左右，这时候我就听到同一的玲珑、飘忽、轻倩的声音，同一只鸟，一只柳莺的纤细哀怨的调子，它选中这个地方作为它夏末的家。我不是指歌；一只小鸟在换羽的时候，藏在浓密的灌木丛里，是无心唱歌的；那只是习惯的低弱悲伤的呼声。

人们每天在一定的时候成群地到泉边和凉亭来喝水，一组一组地坐在一起聊天、调情、欢笑，或在人行道上踱步，同时儿童则在草地上到处奔跑，蹦跳游戏，或在流水上放小船玩；快到吃饭时，人群就开始散去，花园里静下来，空悠悠的，但这只小鸟总是在那里，虽然藏身在长得最浓密的矮树丛里，却并不是完全看不到。每隔一阵，在丛生的密叶间的小小空隙处，它的细小的、影子般疾飞的身躯能辨识出来，你看见它，不过转眼间又飞走了，即使这地方满是人，谈笑声最高的时候，间或那悲伤的细微无力的声音透过四周的喧闹仍然可以听到。有意无意地听到它，有时瞥见那小小的奔忙不息的生物在我的座位附近深深的绿荫里，我的精神上会产生一种奇异的变化，那种对周围一切不满和格格不入之感会成为过去；亭子，东方式凉亭，铺上沙砾的小路，令人讨厌的花坛，穿着整齐的残疾人和闲人，人工化的景观，背景上大旅舍的楼房，我感到都成为由幻觉产生的东西——一幅脑海里我可以随时把它排除掉的画面，一阵风一吹或一朵浮云把太阳遮住就会使它消逝的幻景。坐着或在我周围挪动的人群实际并不存在；那里只有我，以柳莺为侣，也并不是坐在漆成绿色的铁椅上而是坐在一棵老橡树或山毛榉的树根上，或铺满松针的地上，呼吸着松树和欧洲蕨草的清香，只有那飘忽、轻盈、温柔的声音，游丝般的声音，浮动在一片静谧之上。

这无疑是鸟音表现力的一个极端的例子，也许只有一个从童年时代起就以观察野生鸟类的生活作为他的主要乐趣，比别的声音更爱听鸟音的人才能体验到。但表现力并非一切：有些声音能具有那么大的魅力，我们初次一听就爱，它们并不跟过去的幸福快乐有什么联系；在这种情况下，我们可以假设富有感情的表现力，如果它存在的话，是间接产生出来的，仅构成产生美的效果的一种因素。

在表现力之外，还有另外一个因素，通常没有考虑进去，它使得某些鸟的乐曲比另外一些给我们的印象更为深刻——那就是心情，即情绪，我们是处在什么心情和情况下听到鸟音的。即使在由于它们内涵的美而使我们最爱听的鸟音上，也会产生差别。所以奇怪的是在格外有利的情况下听到一种特定的鸟音之后，听者竟然会坚信这种鸟音是最佳的。也许在下次听到时未必如此，可是它一度产生的强烈印象会在他的心中难以忘怀，而且这种错觉将继续存在下去。

有这类情况，种种因素形成一种气氛，在这种气氛下，所有遥远的事物似乎都在眼前，整个的大自然带有一种罕见的可爱色彩，使我们像置身于一个新的天地。也有那类情况，这时鸟音似乎比别的时候更为清纯、明朗，更能产生共鸣，某些时候，以新的和美得难以思议的性质使我们惊讶。

在夏天连续的阴雨后，通常在阳光普照的空中，有一种温柔的银色的光泽，那是大气中丰润的湿度造成的；在这样的时候，我们间或注意到鸟类的歌唱与啼鸣之间的区别，好像它们，也如其他别的东西一样，得到洗涤和净化，正像我们把清新美妙的空气吸进肺部，我们把这种新的旋律吸进灵魂。在这种情况下，刚净化过的光彩熠熠的空气和乌云过去后湛蓝的天空的景象无疑是起了重大作用的；在我们身体内的反应是由感觉器官决定，它们似乎也经过冲洗，打扫得干干净净，能够比过去创造出更真实、更光辉的意象。

再说，还有另一种原因，由于某种特殊的情况，或跟某种有利的情况协同，大自然的声音，尤其是鸟音能产生一种不寻常的效果。这纯粹出于偶然；今天的效果绝不会重复；它一去不复返；像我们亲眼目睹的美丽的夕照一样。不过，将会有更多的美丽的夕照一饱我们的眼福。

我在欣赏由于盛开的毛茛花而呈现一片金黄的草地时，曾经看到过一朵花，或者说单独的一片花瓣，远远地，也许是在这块地的中央，它一下就吸引住我的目光，——全部一模一样。成千上万的花朵当中的一朵把握住而且反映了光，使它的有黄色釉彩的表面像一块擦得锃亮的黄金一样闪闪发光。由于某种这样的机会，一首歌，一个音符可以产生这种奇异的美感，比别的什么声音都要出色得多。

一天黄昏，我在牛津附近的一个公园里散步，看到一株新开的鲜花披满枝头的山楂树，我停步来欣赏它。在一根枝丫上栖止着一只雌苍头燕雀，默默地一动也不动，这时它的伴侣很快从紧靠它的一棵榆树的顶上飞下来，在它降落时划出一道波浪形的曲线。它到达这棵灌木后仍然绕着它飞，一边放开歌喉，不是平常栖止时唱的那种高扬激昂的歌，在形式上没有不同，音符的速度依然如故，但调子低些，更为无限温柔、甜美、飘逸。当这只鸟儿轻轻地落在它的娇小的伴侣身旁时歌声就停了。

我简直不能相信我的听觉，一只我们认为在精美与表现力上远远低于某些莺类的鸣禽会唱出一支似乎如此美妙柔和的抒情歌曲。

还有一次，在四月初一个刮风的非常寒冷的黄昏，擦黑后，我走过一块荆豆丛生的空地，离我四十码以外一只石鵰用我从未从这种小鸟听到过的最甜美的歌喉放声歌唱。在间隔一会儿之后它又重复，然后一次又一次地唱。究竟是它的歌声在那个时刻格外的清纯，又如此分明，如此异样的甜美，如此出人意料，还是那个孤寂的地方的幽暗和静谧赋予它以几乎是超越尘寰的美，我说不上来，但是对我产生的影响是如此之大，致使我以后在春夜行经任何荆豆生长的地方都要怀着愉悦的心情停下来期待再听到它的歌声。

大概在这两例以及其他我可以举出的为数一打的例子中，这类歌都是偶然在恰如其时的情况下唱出来的，那就是最使人产生难忘的印象的时节，它们所引起的气氛和情绪最为有利的时节。但是歌声也能创造出情绪，如下面的例子就是如此。

我曾经听到许多乌鸫的美妙歌喉，像所有鸣禽一样，鸟类跟人没有什么不同，都各有所长，而且差别不小，对不起 A.R.华莱士博士[1]，在自然界中确有天才这么回事，不过我认为给我印象最深的鸟中的天才恰恰是一只乌鸫。当时我正待在新林地方的一户农家里，在我睡觉的屋旁有一株郁郁苍苍的乔木，每到夜晚一只乌鸫就栖息在上面，高与窗齐。这只鸟儿每天凌晨三点半钟准开始歌唱，每隔一小时就重复一次，如此持续约半小时。那时候万籁俱寂，我听不到别的小鸟啼鸣，歌声距离只五码远，从打开的窗户进来，它具有这样神奇的美，我只愿躺在那儿，头靠着枕，房间里晓色淡淡，充满夜来的花香，倾听着那圣洁的歌声，再也不想比这更有福的生活了。

林荇　译

[1] 阿尔弗列德·鲁塞尔·华莱士(1823—1913)，英国博物学家。

燕子和教堂

〔英国〕赫德逊

英格兰南部丘陵地带的乡村似乎对家燕、毛脚燕和雨燕[1]都具有极大的吸引力，必须把这三者归纳在一起。雨燕在形态与飞行习性上跟普通的家燕是相似的，在一般人的心目中，它就代表燕子而且永远代表燕子。造成这种鸟类在英国其他许多地区数量减少的原因，可能是当地的条件，却对本地区没有影响。总之，近些年来，这些种类的燕子，虽然在别的地方数量下降，在本地区中部和南部的村庄里却为数极其丰富。在它们数量最多的某些地方，从高高的窗户或隆起的

---

[1] 按动物分类学，雨燕属雨燕目，雨燕科；家燕与毛脚燕属雀形目，燕科；毛脚燕也称欧洲家燕。

高处向下朝村子里望去，这种鸟类的数量是如此之多，给人的印象犹如是一大群蜜蜂或别的昆虫，围着蜂房顶上或类似的吸引中心乱飞。在村庄中又以阿尔弗里斯顿和狄契林似乎最得毛脚燕和家燕的好感。在阿尔弗里斯顿我算了算，我所住的房子对面的小村里，有十三只毛脚燕的泥巢紧贴在一家村舍的墙上。这十三个巢，以及其他大约数百个巢都不空着，其中大部分有雏鸟；可是更多的巢正在构筑起来，如果有个妇女走出家门，把一桶脏水倒在大路上，半打毛脚燕就会迅速地飞落在刚弄湿的地方，为它们正兴建的巢衔去一小块泥浆。房顶上古老的烟囱和美丽如画的铺着红瓦的屋顶对家燕如同屋檐下的墙壁对毛脚燕一样有吸引力。它们数以百计。当我坐在窗旁，等待吃早餐时，空中似乎充满燕子四处回旋的活动，好像室内的家蝇，以及它们的啁啾声。不久又听见另一种声音，有点介乎滚筒的隆隆声和鸟儿的扑翅声之间，原来是一只燕子从烟囱飞落到或掉到房间里。我关上框格窗[1]，想抓住它，然后再把它放走，可是这只可怜的鸟儿在室内发狂地乱飞，我无法接近它。立刻我注意到虽然前方两扇擦得干干净净的窗户在外表上以两块闪亮的光体出现，开辟出通向自由的道路，而这只在朦胧的大房间里狂飞的鸟儿却一点也不接触它，别的鸟儿几乎就会立即对着玻璃直撞过去。我

[1]这是一种由两扇窗户组成，可以上下推拉的窗。

因徒劳的追逐而感到疲倦，最后，拉上一扇窗户坐下来休息：这个俘虏马上毫不怀疑地感觉到这是一条生路，能逃往从那个方向进来的更富于回旋余地的空气里。它从房间的另一边径直飞过去，飞出去了。它的动作表明，尽管它全身覆盖着羽毛，燕子却有着一种蝙蝠一样的敏锐感觉，这种敏感性使它能在不寻常的环境下在飞行中避开撞上任何物体。人们已经注意到蝙蝠在一间光线黯淡的室内飞行时，不受通过一扇玻璃窗射进来的光线的欺骗；但另一方面，它们也会在一个可以从户外穿进一股气流的锁眼或其他小小的缝隙前鼓翅扑打。

蝙蝠翅膀既是神经组织也是飞行器官，它的极度的敏感性可对幻觉加以纠正，而在别的生物幻觉是容易导致受骗的。我发现燕子也具有这一额外的感觉，这使我为之一惊。

在狄契林燕子数量的格外多和雨燕的生活比有关阿尔弗烈德大帝❶跟这个村庄的关系的古代传说使我更感兴趣；在一段长时间后也使我比对克莱芙斯的安妮（可怜的人儿）的传说❷更感兴趣。她，作为一个离婚的贵妇人，在这个地区的许多房子里都住过。狄契林地方的教堂受到艺术家跟文物

---

❶阿尔弗烈德大帝(849—899)，古代威塞克斯王，曾将丹麦人赶出盎格鲁-萨克逊人的疆土。

❷克莱芙斯的安妮(1515—1557)，英王亨利八世的第四个妻子。

家的高度赞赏；它还具有照我看使它成为整个丘陵地区最完美神圣的大建筑物的东西——也就是一个白鸮家族，它严格地受到教区牧师的保护，比它们的大部分同类都要温驯。

白鸮家族的巢，也就是育雏洞，是在屋檐下，在雏鸟孵出之后，每天黄昏，那时太阳落到大而圆的山峦后面去了，从洞里就开始发出奇异的声音——犹如一个患感冒的睡着的人，通过他的鼻子呼吸，这种呼吸声拖长，咝咝地响而又发颤，偶尔还更深沉些，好像模仿垂死的人喉咙里的咯咯咯咯声。这种声音是雏鸟发出来的，它们要求吃茶点，早餐，或者不管你叫什么名称，反正是第一顿饭。随即老鸮就笨拙地跳出去，通常啪啪地扑动双翼，不稳地两边摆动，漫无目标地在村子里到处飞翔，忽左忽右，表面上漫不经心，像是失去了它们掌握飞行的智慧，可是二十分钟到半小时后它们爪下准带着猎获物从邻近堆干草的场院归来。

每天黄昏，当我坐在一块长满苔藓的墓碑上或毗连教堂墓园的小块草地的椅子上，等待鸮鸟出来时，我发现我的目光带着难得而又不倦的兴致停留在我前面的教堂上；在同类建筑中这座教堂是如此尽善尽美，它坐落在一个小山冈上，它的位置是如此适合，成群的盖着红瓦的房屋和谐地配置在它周围，大而圆的黑魆魆的山峦和灿烂的黄昏的天色形成的背景所构成的图画是如此壮丽。

这个地区的教堂有一种强烈相似的家族特征，它们在小村里显得格外娇小玲珑，以木石为材料，低矮的四方形塔楼，上面高耸着小小的用木瓦盖的尖顶。木头和石头都同样由于饱经岁月和风霜的剥蚀而呈灰色，表露在外的木头外表上像石头一样耐磨。木瓦是由坚硬的橡树根端制成，用橡木或铜钉钉牢，确实持久耐用。在漫长而格外干燥的夏天，如1899年的那一次，木瓦收缩松弛了，在炽热的烈风中咔啦咔啦地响得这么厉害，要是有个人爬上钟楼，或许会以为它们是到该换的时候了，一阵更强的狂风不一会儿就将把它们撕碎，像蓟花的冠毛一样刮走，把它们撒得乡村里到处都是。这样的害怕心理是没有根据的，它们尽管咔啦咔啦直响，可是仍旧死死抱住，直到雨水把它们浸湿，在原来的地方又把它们绷紧；当我们对夏天的炎热和冬天的寒冷潮湿不再敏感时，若我们注意到这些木瓦并关切它们的变化，会发现它们一年四季依旧在那里安然无恙。

我忘记是谁对某处平静的乡村墓地说过这话，在这样的地方会使人爱上死亡。这里的某些村庄——如威尔明顿，培尔维克和西孚尔——也使人产生这种感觉。狄契林的墓园高出于周围的平地太多，又没有树荫遮盖，所以不容这种幻想。在炎热的天气里，于丘陵地带长时间散步时，我常常把我前方的教堂和教堂墓地想做在焦干的沙漠里浓荫覆盖的清泉。在到达这地方后我就径直走向教堂。我要很高兴地说，很多次我发现它为“私人的默思和祈祷”而开放。在这样的时候，如果我发现它的大门是对我关着的，那么这座建筑物就不再准备为原来的打算而使用，也不是神圣的，它成为一个不好客的地方，连我希望得到一杯凉水以解渴也加以拒绝，我唯一的想法就是找到一支红色的粉笔，在它的墙上留下一个标记。

要是从正午火烤般的炎热和日照下走进教堂去，那清凉似乎是多么可喜，那教堂里面永恒的，饱满的幽暗又是多么美啊！在人用双手建成的所有房子当中，只有在这个古老安静的乡村教堂里人们才知道什么是完美的安息和满足，也才知道一种超越理智理解的安宁，这种安宁是通过我们跟还没有被人糟蹋过的自然的种种交往才体会到的。

只有一次我体验到跟上面所写的一切极为不同的感情。一天中午在我偏爱的时间里，我发现丘陵地区的一座教堂的门开着。刚在教堂内约摸中间的一个位子上坐下来，我就注意到里面只有一块纪念碑——一块体积巨大的壁碑——在我右边的墙上，从上到下镌刻有文字，但一时我并未留意。不多一会儿我把目光转过去，那块刻有碑铭的巨大而孤零零的石碑引起我的注意，我开始去读那碑文，开头仅带有一点好奇心理，几乎是机械地，接着就惊讶起来，引起我的乐趣。当我终于读完时，生平第一次在教堂里禁不住一下笑出来。这就是我读到的：

1744年12月20日逝世于查尔顿之

托玛斯·约翰逊葬此不远

君早年爱好猎狐，迅成为有经验之猎手。君对此项职业之知识，无人能出其右，亦罕有其匹，以此益以其他方面之忠厚诚笃，乃得荐为诸大人君子执役，并深得赞誉。内中有康威勋爵，加迪根勋爵，高华勋爵，马尔波罗公爵，与斯宾塞公子。君最后侍从之主人并于为其效力期间辞世者乃里契蒙莱诺克斯奥比尼之查理公爵。公爵为纪念彼之忠良贤仆，爰立此碑，以作对死者之报偿与对生者之激励。

你去照样行吧。

路加福音第十章第三十七节

呜呼约君，长眠于此。同俦伤悼，谁不太息。听郊野之天籁，赞高山之壁立。哀生死之不可逃，叹人狐同归于大地。

即使现在，当我想到西威塞克斯丘陵区的那个村子，记起它的教堂内的碑文在我初次见到时产生的印象，就禁不住一下给逗乐了。不过我虽然笑却不觉得欢畅，接着而来的是厌恶之感；因为即使那些并不尊重宗教而又嘲笑它的人，确实因为他们善良的本性，依然尊敬耶稣的一言一喻，不知不觉地怀着崇仰的心情认为基督在某个场合说的这些话是美好而神圣的，用在此处就是一种亵渎。这座教堂在我离开它之前已不成其为神圣的建筑物了。那里也许有什么使考古学家感兴趣的东西；对我而言却不过是托姆·约翰逊老头儿的旧居，并不比供人坐坐歇歇的乡村小酒店好到哪里去。

在丘陵地带的别的教堂里我没有体会过这样的感情；从佩文西直到汉普郡的边界，沿途有多少个这样的教堂啊！我在酷热的夏天曾经走进去休息以恢复疲劳的精神。

身体和头脑清凉后，我从昏暗的教堂走出来踏进墓园，不管它被老树的浓荫盖得何等稠密，流动的空气和给绿叶柔化后的阳光使我立刻感到一种清新而强烈的愉快，好像我刚刚从禁闭室逃进一个地下室或地窖。在这样的时机我更爱睡眠而不是死。

我记得在费尔的清凉和浓荫如盖的墓园里，躺在一片厚厚的棕绿色草地上的一棵树下，听着乌鸫和黑冠莺的鸣啭而心旷神怡，我陷入非常愉快的片刻小睡中。我慢慢睁开眼时我的视线停留在草地上一条银灰色的斑纹上，靠近我的脸。起初我以为是一条缎带，接着又以为是一根绳子，最后才渐渐明白那是一条伪装的可怜的小蛇。它的腹部有蝮蛇的黑斑，像蝮蛇一样，不得不靠腹部爬行，但它的背部是银灰色的，象征鸽子一般的天真烂漫。它一动不动，因而我以为它死了，否则就是这地方使人昏昏欲睡的安静气息吹拂到我们身上，对人与蛇都发生了作用。不过我拾起它时，它也醒过来了，够快的，而且高高兴兴，我把它玩够就放走了。

当时使我想起一件奇怪的巧合的事情，在我遇到费尔的这条蛇之前，我还在一处墓园里遇到一条蛇蜥。这发生在新林的博尔德雷，就在这一季度的两个月前。从一座教堂里做过星期日早礼拜走出来，我跟一群小姑娘去看墓园里博尔德雷教区牧师吉尔宾[1]的墓。把挨着石头生长的常春藤推到一旁时，我们惊扰了一条浅银色的小蛇，它把这个不平凡的林区老牧师最后安息的地方变成自己的家。

让我们从教堂，鸮和蛇（或蜥蜴）回到燕子这个题目吧。在狄契林我认为于屋檐下筑巢的毛脚燕的数目有点比在烟囱旁筑巢的家燕的两倍还多。八月间，由于幼鸟有集合在村子里的电线上的习惯，还可能使人产生毛脚燕正在迅速增殖的想法。有四根电话线在村子中部的一个地方，一群幼鸟拥挤在上面，长达四十码或五十码，它的总数有三百只左右！我计算了一下，它们如果栖止在电线上，那么总是在老地方，而且总是这么多。距离不远，在村中街道的尽头又有一群，约一百五十只集合在一起。在这两群中没有以烟囱作巢的家燕，甚至也难得看到幼鸟中有两只或三只以上的成年毛脚燕。这两群均由在村中成长的毛脚燕构成，现在它们已经能自己照

[1]威廉·吉尔宾(1724—1804)，英国作家和牧师。

顾自己了，母鸟在忙于孵卵和喂养更年幼的小鸟——第二窝或第三窝。那么到八月中旬，迄今在村中已养育了四百五十只毛脚燕；由于孵育要继续下去达五或六个星期之久，至少还有一百五十多只小燕会成长起来，那么本季度毛脚燕总数会增加到六百只。再加上烟囱家燕，总共生出不下二百只，燕子的总数将至少增加到八百只。

小毛脚燕是非常温驯的，而且是村庄的一种漂亮有趣的装饰。当它们坐着梳理羽毛，在太阳下打盹，衬托着夏天湛蓝明亮的晴空，一排一排地飞翔在闹哄哄的小街上时，它们吸引着人们很大的注意，甚至感觉最迟钝的当地居民也不免。

清晨五点，我躺在床上，它们就直接在我面前，跟我的卧室打开着的窗户同一高度，我看得见它们而且羡慕它们。一天，很早的早晨，一个衣服不整、面容不洁的小男孩从对过一幢村舍里冲出来，抓住一只路过的狗逗弄，拉着它四面转悠。狗一会儿就从他的手上挣脱逃走了。于是这个淘气的孩子就看看周围有什么别的东西可以让他使用自己的精力。他一眼看到一群毛脚燕高高在他上方，他开始向它们吼叫，想把它们驱赶飞走。然后他又缘着电线杆往上爬，可是爬了几尺后总滑下来。他的下一个行动便是找一根棍子，大声地敲打电线杆。在这些努力都以失败告终后，他又高声叫嚷，他喊得这么又高又持久不断，惹得他的母亲，被喊声搞得心烦意乱，最后冲出来把他赶进屋去了。毛脚燕们一动不动地看完这整个表演。

在农村地区看到电线杆不是杀害可观数目鸟类的危险物，反倒像灯塔似的及时地成为一种有利处，为它们提供方便的栖息点或是高高的瞭望台，比树木和灌木丛在习惯上更受它们的偏爱，那是令人奇怪的。对燕子来说，这已成为天然的了，在它们的生活中提供了为大自然所忽略的一种真正的需要。同样，奇怪的是，你注意到一长排高耸笔立的电线杆和吊着的电线，有人本来会以为是大煞风景的，在许多方面却适合本地风光，成为锦上添花，反而给这片风景增加积极的美感，这么令人赞赏不已，使人想起我们海岸上的指路标，顶上还有个交叉的十字架，高高地竖立在潮汐定时涨落的沙洲上。挺拔的电线杆和旗杆，甚至较低矮的指路牌，以及在许多村庄里都有的纤细的石十字架，产生出如纤瘦的伦巴底白杨在风景里产生的效果一样，使人赏心悦目。绞架在逝去的往昔无疑也曾有过相似的审美价值吧。

基督徒的慈悲气息
吹啊，从大地吹拂过它！

诗人呼唤道；可是谁又在这些日子里，不管什么慈悲为怀，不会欢迎这种古代的装饰品卷土重来，成为此地一景，如果它只用来吊起受到普遍憎恶的大热天的脖子，直到它们死

去，死去，死去，成为乌鸦与喜鹊的食粮呢？❶

就它的声音来说农村的电报线也引起美感；它是沙漠里和一切孤寂地方的竖琴和神秘的声音。我记得，许多年以前在南美，看到一群当地人站着倾听随风起落而产生的嗡嗡声，震颤而富有音乐感，也听到他们严肃地说他们能听到距离遥远的人们相互传递信息和谈话的声音，可是不明白他们在说些什么，对我们来说，即使在那起伏的声调中有点神秘之感，不过那声音本身却是美妙而极其自然的。它跟昆虫一类生物最富音乐性和类人声的嘤嘤声非常相似，那可以在六月和八月里高丘陵地区的许多地方听到；数也数不清的蜜蜂和采蜜的蝇类，在开花的石楠属植物间发出的声音，它们小小的个体的声音融合在那也随风起伏的整个喧哗不断的嗡嗡声里。如果有人蒙上眼睛给别人领着走过丘陵地区这些鲜花盛开的地点之一，站立在炎热的微风中，他大概会以为他正在听高高的木电线杆和电线构成的合奏吧。

我注意到在丘陵区有的村子里没有雨燕；在其他的村子里和海滨城镇上则为数丰富。一次看到多达三十到四十只雨燕成群在空中横冲直撞并不稀罕，丘陵地区看来得到这些鸟儿的好感，跟家燕相同。有天早晨在一个村子里我站在园子

❶作者在这里玩弄了文字游戏，大热天的原文为scorcher，其词尾-er指人，故下文比喻为人，要吊死他。

里观看雨燕、家燕和毛脚燕成群地在头上的空中飞舞。当我的主人从屋内走出来时，我请他注意这些鸟儿。“我把它们通通叫作燕子。”他说，不管我就这一课题能告诉他的一切知识，他使我确信他根本辨识不了雨燕、家燕和毛脚燕之间的区别。“你是不是本地人？”我问。“啊不，我出生离伦敦很近，够得上是个伦敦人了。”他自豪地说。这说明他不可克服的无知。可是这个苏塞克斯人，尽管他比伦敦佬知道的东西多得多，也犯了一些可笑的错误。一天我在路依斯注意到一大群雨燕，约有二十四只，用它们通常发狂的方式，绕着圈儿乱飞，每一轮都要降下来，紧贴一幢石头房子的山墙，这幢房子是离车站不远的一所公学，它们的翅膀触及屋顶下的石墙一二码处。在飞旋五六次之后它们在空中散开，一两分钟后又重新聚拢，继续它们在同一空中路线上的狂飞。每次它们扫过时又触及那堵墙。我不久注意到有半打工人，聚成一群，站立在近处也在观看这群鸟儿，并谈论着它们。我走到他们跟前说：“我奇怪，这些发疯的鸟儿要干什么？”其中一名工人担负起对我启蒙的任务。“它们是雨燕，”他说，“但是我们这儿叫作黑杰克。它们在追昆虫吃——这是它们的粮食。我是指蝇类”，他友好地解释。然后他接着说如果看到成群的雨燕在一个地方盘旋，那是因为那里的苍蝇最多，鸟儿逮的比吃的还多。有一次他看见一只雨燕在地上用翅膀扑打，飞不起来，他把它拾起来一看，它的全身爬满了苍蝇，这么多的苍蝇逮住这只雨燕，待在它的羽毛里，它们的重量把它压到了地上。我冒昧地告诉他，他说得不对，爬满坠在地上的雨燕羽毛上的虫子是寄生性的，可能这只雨燕受到病菌的感染，被寄生虫所折磨，情况不佳，以致再也飞不起来了。这人严肃地看着我，可是没有说什么。我把他的沉默认作不相信是寄生虫的缘故，或者不高兴在他的伙伴面前纠正他对他所熟悉的黑杰克的看法。他们并不是鸟类学家。

旧的看法认为雨燕要是偶然落下来再也不能从平地飞上去是由于双翼的长度的缘故，我觉得这种说法已差不多陈腐不堪，没有人相信了，虽然偶尔还能听到。雨燕在春天常常不止一次地掉下来，往往又可以看到从地上腾空而起。最近十到十五年间，欧椋鸟在全国大量增加，它们比从前更受人喜爱，打它们的人不那么多了，既不把它们从在冬天栖居的鸟巢里赶走，也不用飞靶射击，这是一种早已不通行的捕猎方式了。欧椋鸟大量繁殖的后果之一就是在城镇和乡村，其数量特别多。四月中它们窃踞了雨燕在村舍屋檐下育雏的洞穴和类似环境中的巢洞，一到五月份雨燕到来，发觉它的旧居已被占据，就用打斗的办法去收复。于是在一大早你就可以看见雨燕与欧椋鸟互相扭打着从屋檐上掉下来，一旦掉在地上，它们又飞起来在洞口重开战斗。

雨燕现在引起博物学家的兴趣是它的生活习性或者说雄鸟的习性问题。它们于育雏过程中在黄昏很晚时愈飞愈高，直到在视野中消失，最后也听不见。据认为这些高飞的鸟儿，人们没有看到它们归来，虽然可能它们确实是在天黑后飞还的，在广大的高空以冲闯和四处飞翔来消磨夜晚，随着早晨的来临而归还。

黄昏时，如果巢中有卵或雏，就可以看到雌鸟在全力喂食或跟它们的配偶在巢的附近乱飞，雄鸟会先把她们赶进巢，然后再独自出外夜游。六月间，在西福特，这里雨燕非常之多，我看到好几对都如此。有好几个黄昏我观察到这一有趣的表演，雌鸟发狂地冲走，雄鸟拼命地追逐，一当她被赶回家，这是费了好大的劲才做到的，一转眼她又冲出去了，于是空中狂追的一幕重又开始。一次我看到一只雌鸟在给带回育雏的洞穴后又突然离开，有四次；不过在四次后她终于留在巢内，接着那个热心的好丈夫就脱身自寻快乐去了。一只在黄昏把妻子赶回家中的雨燕很容易跟一只追逐另一只嬉戏的雨燕区别开来，或不管出于什么动机老是互相追逐的雨燕区别开来。他在她整个发狂似的飞行中或突然折回中紧跟着她，直到她一直回家，然后紧守在她身边，用奇特的方式不停地鼓翅，间歇时就平稳地滑翔一段，不断发出有节奏、尖锐而清脆的啁啾声——那声音宛若反复敲打一块金属片。

在索姆塞特我听到一个奇异的小故事，对那些经常观察雨燕在夏天黄昏飞行、目的在于发现它们的秘密的人，这个故事也许会引起他们的兴趣。

四月的一个傍晚，在靠近威尔士的某地，我正沿着一条道路漫步，这条路被一道长满苔藓的石墙把它跟一片矮林分开，当时我看到一个男孩在一片深浓的树影里小心翼翼地走来走去，怀疑地看着我。

“找到什么鸟窝了吗？”我突然向他喊道。他很快回答说他不在找鸟窝，也没有看到；接着他补充解释他在找樱草。此刻他手中并没有樱草，事实上在那个独特的矮林中也没有樱草生长；可是我没有向他指出这点，因为我很想引他交谈。他是个面貌不一般的男孩，约十四五岁；非常单薄，长腿，小脑袋，并不丰满的圆脸，穿着土色的绒毛磨光露出织纹的衣服，过于小了，极不合身。由于小小的轮廓分明的脸盘，和小小的灰便帽下一双躲躲闪闪的眼睛，他显得奇异得像某种软毛动物，大概在他的身体内有一点鼬的气质吧，如果他的鼻子再长一点，我本来要补充说在他的外貌上还有一点鼩鼱的神气。

在我站着跟他说了一会儿话之后，他克服了他的不信任心理，从树影里走出来，爬到墙头，坐在那儿话非常之多起来了，他告诉我他生活的全部情况，他看到的野生动物的情况。他是个农庄工人的儿子，他的出生地是远在门狄普斯的一座古老荒凉的村子普里迪，离威尔士不十分远。自从他年龄大得足可以到处跑了，他就被雇用在他父亲干活的农庄上赶鸟，他表现出是个观察极为敏锐的孩子。谈到雨燕时，他说：“这种尖声叫的燕子是奇特的鸟。你听说过，它们整夜到处乱飞，到早晨才回来吗？”

我问他是不是有人告诉他的，他说没有，是他自己发现的。晨复一晨，他注意到，刚刚日出之后，一大群雨燕突然在老地方露面，离他必须守望的一片田野不远。这些鸟儿最初在高空中出现，然后一直俯冲下来，仿佛从天而降，直到离地几码之内，这时会冲向四面八方或开始在村中到处乱飞。他曾经产生一个念头：跟它们开个玩笑。一天早晨他带上装好的鸟枪，那原是用来吓唬白嘴鸦的，在日出前不久，守候在雨燕每次准下落的地方。日出后不大一会儿它们出现了，最初是天空里一些小小的斑点，用极快的速度飞临下降，他等待着，直到离他头上不到三十码之际，他对着鸟群的中央开火。鸟儿顿时飞散开去，但是顷刻之后它们又聚拢来，愈飞愈高，直到在视野之外的空中消失，他重又看见它们，是在一个时辰之后的白天里。

这一非常偶然的故事莫非是这个孩子捏造出来的吗？我想这极不可能；如果有人惯常守望雨燕在夏天的黄昏高飞，直至看不见，惯常倾听它们尖锐刺耳的喜悦的鸣声，愈来愈弱，直至听不到，他还会愿等候它们在早晨日出时归来的。不管怎么说，那也不错嘛。

林荇　译

鸟巢

〔英国〕杰弗里斯

“可爱极了！”“这样漂亮的颜色！”“这么整齐；小家伙是怎么用它们的嘴做的，岂不奇妙吗？”“安排这样的颜色是为了掩护它；本能太不可思议了。”如此等等。这是对一幅鸟巢的画图的评论。鸟巢是业余画家相当喜爱的题材。巢画在草中，倾向一侧展显出鸟卵，要是真的便会滚出来。那是由鲜绿的苔藓，交织着鲜花营构而成，高高的圆叶风铃草，从蔓草中伸出来悬盖在上面。没有什么比这更富诗意的了。在现实中，鲜花——如果确实曾为一只鸟利用——将会在一天之内凋谢，苔藓也从来不会有这样鲜明亮丽的色泽。画家选择了草地最可爱的色彩，把它们集中成为一束花环，把鸟巢放在当中。这不跟自然完全一样。比方说，前些天在一只旧鞋里发现一只知更鸟的巢，那鞋是一个流浪汉丢弃的，他把它扔过墙头掉进灌木。鸟巢并不总是在鲜花最稠密的地方，鸟儿自有它们筑巢的方式——完全越出常理之外。有时你搜遍每个角落和可以避开行人耳目、适合建巢的幽僻地方而无所得，却突然发现它毫无遮拦地出现在你眼前。你多半把这归结于鸟儿的狡狯，而你受了蒙蔽。其实，最大的笨伯是把巢筑得最好的鸟儿，而掏鸟蛋的运气则落到那毫不懂规律的人头上，这种事情碰巧是有的。但十二月使人甚至对笨伯的能力都没法判断，因为一旦树叶落掉，在从未受到怀疑的地方也有鸟巢成打地出现在你面前。你发现一个，没发现的却有十个。

鸟巢的不足之处是对雏鸟缺乏保护。在它们长大而感觉强健时，身体便在某种程度上超出茶杯般的鸟巢的边缘。翅膀虽则还没有发育完全，在它们掉落时张开如降落伞，使它们不致受伤，但在到达地面后无力飞起来。在草丛里它们成为白嘴鸦、乌鸦、喜鹊、渡鸦、蛇、鼠、猫等的牺牲品，无法逃生，既不能飞又不能跑——在高高的草中跑动不了。天敌常作为游戏把它们杀害又毫不在乎地吃掉。好多由于在湿漉漉的蔓草里遭到曝晒或雨淋而死亡，因为它们飞不上高枝躲避。鸟巢需要周围如鸟笼一样的结构，这样就能防止幼鸟在得以更好地保护自己之前离开。去南坎辛顿[1]参观鸟巢展览

[1]伦敦的一区，伦敦历史博物馆曾设于此。

的人，如果听到关于动物可靠的本能与进化论之间的辩论应该会想到这个问题。这两种理论实际上代表两种伟大的对立的思想路线——传统的与科学的。对鸟巢进行考察一下，如果不怀偏见，将使任何持独立态度的人相信，无论哪一种理论都解释不了这些普通的保护手段的问题。可靠的本能既未给幼鸟提供保护，千百年筑巢的经验也未教导苍头燕雀或槲鸫给它们的后代在著名的“生存竞争”问题上一个有希望的开端。想逮朱顶雀或苍头燕雀的男孩子守望着，等幼鸟差不多要挤到巢外时才把它们放到笼子里让亲鸟去喂食。没有理由解释为什么鸟巢的设计竟然不考虑雏鸟和卵的安全。以树洞为巢的鸟类经常是十分多产的，显著的例子有椋鸟，它们在森林的空心树木中孵育出成千上万一窝窝的孩子。它们的巨大的数量部分是由于幼鸟能大批免遭不测，虽然不完全如此。

乡村少年对白喉带鹀卵的价值颇为重视，因此鸟的巢不易找，卵上的斑点也不寻常。他们要刚下的卵，吹起来最好听。恰恰是在这个阶段最难发现它的巢，因为鸟儿不露痕迹。巢安置在干涸的壕沟边和斜坡上深密的草木中，常常被荨麻所掩盖。但是没有出现任何有意识的掩护的尝试。亲鸟一整天在这类地方——如树篱一带，荆棘和带刺的小灌木之下——活动觅食，在习惯已久的地点筑巢。对只进行表面观察的人可能显得狡猃，但鸟类自己并不认为如此则是肯定的。以打鱼为生的人把房子盖在海边;种麦子的人盖在平原，工匠则住在工厂附近。白喉带鹀经常飞到树篱和壕沟来,那里总是有它的弱不禁风的巢。人把许多情况归结为鸟类实际没有意识到的原因，甚至提出它们的卵的颜色是意在欺骗天敌;鸻将卵产在露天的海滩上,常被作为例子提出来。鸻的卵跟小卵石相似,犹如产在巢中的许多种卵跟小卵石都相似,没有多大区别。若将白喉带鹀的卵从巢中取出跟有些海岸上常见的色彩斑驳的卵石放在一起，要区别它们得细心察看。若将鸻的卵放在草中或者即使放在犁过的田地的土块一道,也会同样难以辨认。你不妨假设白喉带鹀懂得把它的卵的颜色特别调节到跟荨麻的颜色近似，是用以蒙哄人的,假如人接近它的巢,荨麻就会刺人的手。至于想蒙哄那些爱吃鸟卵的鸟类则不可能。单单卵的大小就足够了。那么大的物体怎么能躲过一双能辨识昆虫的眼睛呢?卵不管有色或无色要靠运气。如果雉从经验天然学会产下有色的卵，使偷猎的白嘴鸦或乌鸦无法看见，猎人会极为高兴。同样看起来筑得那么弱不禁风的精致的鸟巢,实际上对鸟儿不是那么脆弱的。对一个身体比鸟巢要大好多倍的男人或女人,巢的构造显得精细又复杂。假定一位女士身高五英尺四英寸，鸟巢放在她的手中从一边到另一边宽不过两英寸:这个差别好大！筑巢的鸟儿比巢更小。可是把事情倒过来看,鸟儿觉得巢并不小。马鬃,马尾或纤维,对我们长不过一二寸，可是对鸟儿就是一根长三四英尺的竹子或藤。要把藤条或柳枝织成用具人是不以为有多难的，可是在卢顿的姑娘们把麦秆编织成带边女帽要比鸟儿筑巢困难得多。用这样的标准衡量白嘴鸦的巢，那么它的大小与鸟儿的比例大约相当于一个早餐餐厅。要理解鸟类你必须尽力照它们看事物的方式看事物，不是按你的标准。它们完全不注意你的思想感情，它们的行动跟你的行动无关，除非你打算伤害它们。人们为鸟类和别的动物设想出一整套思想行为的方式，这些方式可能是某个人自己设计的，却用简单的方法归到动物头上。长尾山雀常在黑刺李灌木丛中（因为这里提供它采用的地衣），或深密的山楂树丛中营巢。走过来一个人，发现了巢，经过一番努力——他钻进树篱——吃了一点苦头，为刺扎得够呛，双手流血，终于成功找到了巢。“噢，”他从中引出教训，“这个小家伙有多么了不起的本能啊，居然模仿奥斯曼大帝用一排栅栏像军队一样把自己围护起来！瞧瞧我的手。”他的证据是确凿的；但是对于从冬天直到营巢期都考虑到这一点的人却不致如此。这些小东西一直在荆棘草莽中悄悄地来去，从来没料到有一只手伸进灌木里来。这个人难以进入的地点对它们却不算一回事。它们恰好从相反的角度看问题。愈是把自然史道德规范的人为体系从思想深处打消得越彻底，你就会发现野生动物的生活愈有趣！倘若在眼睛上蒙上一层面纱就永远发现不了任何有用的知识。把面纱取下，总是有什么新的东西在眼前，如同一个少年发现一个新巢那样有趣。

倪庆饩　译

军舰鸟

〔法国〕米什莱

军舰鸟是一种海上猛禽,它总是在波涛上翱翔,从来不在陆地栖息。

当太阳西沉、夜色蓦地笼罩大海的时候,水手们乍看到一种不祥的小小形体,一种忧郁的黑色的鸟,往往感到非常惶惑不安。实在,说它黑色并不确切,黑色还比较鲜艳呢,这鸟儿的真正色调无以名之,可以说是一种模模糊糊的暗褐色。一团地狱的阴影,或者是一场噩梦,在水面上飘过,在波浪之间漫游,把暴风雨踩在脚下。这海燕(或海鲂)是航海者最怕见到的东西,他们认为这是厄运的征兆。这是从哪儿来的?离陆地这么遥远,从哪儿突然会出现这玩艺儿呢?要不是即将发生海难,它们又是来寻觅什么的呢? 瞧它不耐烦地飞来飞去，那样子一定是已经选好了什么尸身了吧。凶残而可恶的海啊，你这个同谋犯，是你把尸身扔给它的吧[1]。

这一切都不过是虚构的恐惧罢了。一些不太胆怯的人在这可怜的鸟儿身上兴许会看到另一艘海船的失事，一个疏忽大意的航海者兴许在某个远离海岸的地方，毫无保障地遭到了海难。这条船对军舰鸟来说正是一个小岛，可以供它栖身。这条船乘风破浪在水面上留下了唯一的航迹；这已经是一个避难所，一个帮助它消除疲劳的地方。鸟儿不停地、轻捷地飞起，把船上的楼堡置于它自己和暴风雨中间。由于人们既腼腆又近视，只是在入夜时才能看见它。它很像我们，惧怕雷雨，它怕，它不愿死，它也像海员一样，说："要是我死了，我的孩子们怎么办？"

黑夜消逝，阳光重现，我看见天空中小小的一角蓝天。在那暴风雨上面，依然是和平肃穆、幸福而宁静的地方。在这角蓝天里，一只翅膀修长的鸟儿，庄严地翱翔在万仞高空。是海鸥吗？不，它的翅膀是黑色的。是老鹰吗？不，这鸟儿身量很小。

这小小的海中猛禽，堪称羽族第一，它是从不卷帆的大胆航海家，暴风雨中的王子，千重万重危险的冷静观察家，这

[1]米什莱指出从前海员有一种迷信，认为军舰鸟的出现是船只失事的预兆。

斗士就是军舰鸟。

没有躯体，它的躯体比公鸡还小，但是它那神奇的垂天之翼舒展开来长达十四法尺[1]。飞行中最重要的是坚韧和超越，否则任翅膀展开多阔也没有用。这样的一只禽鸟，它就倚靠这些，由着自己随风飘荡。雷雨来了吗?但它飞上了一定的高度，在那上面它感到无限宁静。这不是什么诗意的隐喻，它完全与其他禽类不同：它实实在在高卧在暴风雨之上。

若是它想认真拍打几下，一切的距离就全消失了。它朝食于塞内加尔，入夜就到美国去进晚餐。

或者，若是它想多花点时间，在旅途中嬉游，那么它尽可以去嬉游；它将在漫漫长夜里不停地继续航行，但仍能保证休息……依靠什么? 依靠它凝然不动的长大的双翼，它双翼展开，浮悬空际，御风而行。风像侍从似的殷勤地将它摇荡，空气承担了它旅行的疲累。

请记住这奇特的生物还具有许多无畏的高贵品质。躯体虽小，但异常矫健大胆，它敢于向任何空中霸王挑战；必要时甚至敢蔑视白尾海鸥和南美大兀鹰；这些巨大而笨重的猛禽飞起来摇摇晃晃，十分艰难，而就在这时，它早就轻轻地飞出去十法里之遥了。

当我们在热带那瓦蓝瓦蓝的天空，那不可思议的高度

[1]法国古长度单位，一法尺合325毫米。

上、肉眼几乎看不到的地方，瞥见一只黑鸟豪迈地飘过来，雄姿倜傥，任意翱翔，简直令人羡煞。略微低点的地方，还有一只雪白的鹲鸟悠然自得地在空中盘旋，打着转儿。

然而，逼近审视，却叫我大吃一惊：这飞禽王国的佼佼者竟没有因自由生活养成一副宁静的外表。它的眼睛那样严酷、暴戾、闪烁、焦躁不安。它那痛苦万分的神态仿佛一个不幸的海岸哨兵似的，时刻监视着无边的大海。它不能不这样，要不会被杀死。这鸟儿显然正努力向远方瞭望。若是目力不济，它的黑脸也就黯然失色；大自然会惩罚它，让它死去。

逼近了注意看它，这才看出它简直就没有脚。至少是脚很短，蹼足，不能行走，栖息时蹲着。它有巨大的嘴喙，却没有真正海鹰的利爪。它算不上鹰，但它的胆量和飞翔能力确实比鹰还高，只是它力气不大，没有不可战胜的攫夺力量。它冲击并杀死对方；可是它能抓得住吗？

因此它的生活完全是不稳定的，只好靠侥幸，进行私掠船的、海盗式的生活，不像个正经航海者经营的生活。从它的脸上明显地总可以看出这些老问题来：“我的晚饭怎么办？……今晚我将拿什么喂我的幼雏呢？

它那颀长而壮丽的双翼，一触及地面却成了一份危难，一件麻烦事儿。为了飞上天空，它需要大风或是一处高丘，一个岬头，一块岩石。倘若它栖伏在它经常歇息的平坦的沙滩、洲渚或低凹的暗礁上面，突然为人发现，这时的军舰鸟是毫无防卫能力的；尽管它发出威胁，企图袭击也是徒然，它只有束手待毙，被乱棒打死。

但当它翩然奋翼，飞临海国，那宽阔映丽的翅膀却不适宜与低低地掠过水面。若是沾水浸湿了，它的躯体就会沉重下坠。这一下子可是大难临头！它成了大鱼口中的美味，成了它原来想吞食的低级水族的食物：猎物吃了猎人，抓人的自己反而被抓住了。

那怎么办呢？它的食物在水里啊。它必须接近水，再从那儿折回，必须不停地轻轻掠过这威胁它、妄图吞没它的、可憎而丰富的海。

这个带翼的生物在眼力、飞行能力、胆力方面比其他鸟类都优越，但是它过的只是一种颤抖而脆弱的生活。倘若它没有本事为自己找一个食物供应者，那么它只有去骗取食物。它的办法，嘿，多卑鄙，就是袭击一种肥大而胆怯的鸟——鲣鸟，这可是个捕鱼能手呢。军舰鸟躯体不大，却盯在鲣鸟后头拼死追逐，用嘴啄它的脖子，逼它把食物吐出来。这一切都在空中干；鱼掉下去，还没落地，军舰鸟就猛地闪过去，在半空中一口攫住。

如果这个办法不行，它甚至敢袭击人。一位旅行者说道：“航行到阿尚雄[1]的时候，我们遭到了军舰鸟的袭击。有一只

[1]阿尚雄是西非洲的一个小岛。

竟想从我手里夺走一条鱼。它的伙伴纷纷飞集在煮肉的大锅上方争抢锅里的肉，对围在锅旁的那些水手毫不在乎。”

比尔[1]曾经看见过许多老病伤残的军舰鸟歇在礁石上，这些礁石好像就是这些伤残者养息的地方，它们从鲣鸟幼雏的食物中掠走一部分，以供享用；鲣鸟仿佛是专司它们膳饮的臣仆。不过，当它们年富力强的时候，它们是很少沾地的，它们像流云一样生活，巨大的翅膀经常翱翔于海天之间，等待好运；它们用严肃的凝视刺破那无边无际的苍穹和碧海。

第一流的羽族是永不栖息的飞鸟。第一流的航海家是永不停泊的海员。陆地、大海，对它几乎都是禁地。你这永远无定的流亡者啊。

我们什么也不必羡慕。这尘世间没有任何生存是真正自由的，没有任何天地是足够广阔的，没有任何飞翔是足够伟大的，什么翅膀都不行。最强的羽翼就意味着奴役。心灵所期待、祈求、希望的应该是另外一些：

超越于生命之上的双翼！

超越于死亡之外的双翼！

徐知免　译

[1]十八世纪时的英国航海家。

会唱歌的夜莺（外一篇）

〔法国〕米什莱

从前那个著名的克莱尔草地，就是今天的圣·日耳曼市场[1]，大家都知道，每逢礼拜天这里是巴黎的鸟市。这地方名目繁多，非常有趣。可以说这是一所占地辽阔、经常更新的动物园，堪称法国鸟类学方面的、活动的、饶有兴味的博物名苑。

此外，这么一个拍卖捕获动物的去处，许多飞禽不免总强烈地表现出一种被囚禁的味儿。这些鸟儿像奴隶似的被商人们陈列售卖，百般夸耀，令人想起东方的那些奴隶市场[2]。

---

❶此文作于1855年，当时这个市场已不存在。

❷影射当时某些伊斯兰国家还有奴隶市场。

这些长着翅膀的奴隶，尽管不懂我们的语言，却也流露出多少奴隶的哀愁：其中有些固然天性温驯；但是也有些神气郁郁寡欢，总是在渴望自由。还有一些鸟儿看上去仿佛在跟你招呼，示意过客停步，好把它们买去。它们只求能有个好主人。不知有多少回我们看到一只聪明的金翅鸟，或是一只娇态可掬的红颈鸟儿，凄楚地凝望着我们，那眼神里分明在说："请买下我，好吧！"

今年夏天，有个礼拜日，我们到那里参观。这可是一次永远也忘记不了的参观。

这一天，在这座市场上的鸟儿中，最漂亮的要数一只黄莺了，人们把这位珍贵的鸟中艺术家像一颗无双的宝石似的特别给放在架子上其他所有鸟笼上方。它轻盈而妩媚地飞舞着，光艳动人。经过长期驯养之后，它好像已经习惯于幽禁生活了，毫无怨怼，处处给人以温馨愉悦之感。这显然是一个美丽尤物，轻歌曼舞，通体谐和，我看到它在跳跃，简直就像听见它在歌唱似的。

在它的下方，一只寒碜可怜、极其狭小的笼子里，杂沓凌乱地拥挤着六只体形大小不同的鸟儿。有人让我审视其中一个我简直分辨不清的囚徒，这就是今天早上刚刚捉到的夜莺。卖鸟儿的玩弄诡计，把新来的俘虏放在一群愉快的、久已习惯于幽禁的小小奴隶中间。这些小鵮鹩本来就是生在笼子里的，出生还没有多久呢。我想，那商贩总是仔细盘算过，当夜莺看到周围这份天真的欢乐情趣时，兴许会忘记它自身无数的烦忧吧。

这种悲怆肯定远远比用眼泪表达出来的任何忧愁更加动人。无言的悲哀深深地藏在心中，但愿永远是黑暗一片。它缩在笼子深处的阴影里，一只小食槽半掩住身子，羽毛贲张，双目紧闭。那群得宠的、喧腾的小家伙在又调皮又鲁莽地嬉闹，推推搡搡，碰撞着它，可是它总是一动不动，连眼睛也不睁开。显然，它不想看，也不想听，不肯吃食也不自慰。我感觉到这种自愿与世隔绝的状态正是它在极度痛苦中的一种"力求解脱"，它仿佛蓄意自戕。它在精神上迎接死亡，尽可能地闭目塞听，屏气静息地死去。

你该注意到在这种状态中，它却毫无怨恨、辛酸或愤怒之情，一点儿也不像它的邻居，那位暴躁的燕雀挣扎得那样猛烈，那样难过。甚至那些幼稚无知的小鸟儿，对它既不关心也不尊敬，往往冲压到它身上，但这并不会使它表现出任何不耐烦的容色。它显然在说："对于已经死去的，这又有什么呢？"尽管它双目紧闭，我仍然看得出它的心思。我感觉到一位艺术家的洋溢着温馨和光辉的灵魂，对于世俗的野蛮，命运的坎坷，既不恼恨，也不抗拒。

怎么不能称它为艺术家呢？它具有人类所罕见的高雅风格，一切艺术家的品质，优点缺点在它身上都十分丰富。它既孤僻又惧怕，多疑，然而并不狡猾。它不顾自身安全，老爱单独外出，到处遨游。它嫉妒得要命，在这方面堪与燕雀比拟。从前有一个历史学家在描写它时写道："它纵声高唱。"它挺得意地百啭娇啼，它最爱定居在有回声的地方，以聆听并时时予以应答。人们看到它在囚禁中烦躁不堪，时而白天久久睡眠，做着激动的梦，时而又挣扎，提防，力求摆脱。它的神经痛，还有癫痫老是发作，纠缠不已。

它仁慈，但也很凶猛。我来说明，对于弱小，它的心是温柔的：如果你把一些孤儿交付给它，它会负责关怀，时刻放在心上，它即使是雄性又已年迈，但却会像妇女那样，哺育并仔细照料幼雏，无微不至。可另一方面它对猎获物却极其凶残，贪婪而狼吞虎咽地吃下去；在它心中燃起的火一般的热情几乎总是使它保持消瘦，并使它感到需要新奇：这也是人们容易捕捉到它的原因之一。一清早，特别是四五月间的早上，当它唱了一夜的歌之后，猎人只要装上个套子就能捉到。黎明时分，它精疲力竭，既虚弱又贪食，常常盲目地扑向诱饵。它很好奇；这样，为了想看到一些新的东西，它自己反倒上了钩。

一旦捉住，若是你不注意把它的翅膀扎起，或者不把笼子蒙好，外面护上厚棉垫，它准会惊悸得乱蹦乱跳而死。

这种剧烈行动不过是表面现象。它的内心却特别柔和而驯良；正是如此才使它高尚其志，成为真正的艺术家。它不但最富灵感，而且还最有教养，最文明，也最勤劳。

你瞧，这些幼雏团团围住它们的父亲，注意听它说话，求长进，练嗓音，一点一点地纠正错误，改掉开蒙时刺耳的腔调，使自己的声音变得柔和起来，这个场面多么动人！

你看到它在自学中成长起来，比拟，提高自己，慢慢地怪得意地在讲述新的题目，何等有趣！这份毅力，这份认真，出于对艺术的崇敬和一种内心的虔诚，这正是艺术家的品德，它神圣的加冕礼，这使它卓尔不群，不屑与那班虚伪的率尔操觚者为伍。那些无意识的呓语，絮絮叨叨，不过是大自然的回声罢了。

那么，爱情和阳光大概都是它的起点吧，艺术本身以及爱美，虽然仅仅隐约可见，但却强烈地令人感到，都是滋润它心灵的第二甘泉，并予它以清新气息。一旦向无穷开放之后，其发展是无限的。

艺术家的真正伟大之处，乃是超越他的对象，乃是做出比自己所想做得更多的东西，那完全是另外的东西，超过了原来的目标，超过了可能，并看到更加遥远的彼岸。

伟大的悲哀，无尽的烦忧之源就在这里，为他从来不曾有过的不幸而哭泣的可笑的崇高也来自这里。别的禽鸟不禁为之震惊，有时会询问它心里揣想着什么，有何愁思。它快乐而自由地待在树林里，只是在岑寂中歌唱我的俘虏以回答他们：

Lascia ch'io pianga! [1]

夜莺的迁徙

它不成群，又没有气力，孤零零的一个能做什么呢？可怜的孤单的夜莺啊，你无依无靠，又没有伙伴，你怎么能像别的鸟类一样，去迎接这漫长的旅程呢？朋友，你怎么办？一个声音。没有什么比你自己身上的力量更强的了。你可以穿着暗褐色的羽衣，沉默地悄悄飞过去，与秋天淡褪了颜色的树林混同一色。不过，现在！树叶仍然是一片绯红；并不像初冬那份阴沉的死褐色泽。

啊！为什么你不留下？为什么你不模仿那些只飞到普罗旺斯[2]去越冬的胆怯的鸟儿呢？在那边，那山崖后面，我保证你能找到一个亚洲或非洲的暖冬。奥利乌勒[3]峡谷可要比叙利亚河谷要好得多呢。

“我要动身远行。别的鸟儿可以留下；它们不需要东方，而我，我的摇篮在召唤我：我要重见那片灿烂炫目的蓝天，我的祖先歌颂过的古建筑遗址；我要栖息在我早年的心爱之

---

❶任我悲吟！
❷普罗旺斯是法国南方的旧省名。
❷奥利乌勒，法国东南部瓦尔省首府。

物，在亚洲的玫瑰上；我曾沐浴于那边初升的阳光……那里正是生命的奥秘；那里，旺盛的爱情火焰使我的歌声更加嘹亮；我的声音，我的缪斯就是阳光。”

于是，它出发了；我想它愈飞近阿尔卑斯山，它的心会愈跳动得厉害：积雪的峰顶张开了令人畏惧的巨阙，在那边的悬岩上，栖息着白日和黑夜的残暴之子，秃鹫和兀鹰，一切爪牙锋利的嗜血的强盗，该死的丑类，它们是人类的愚蠢的诗，有些高贵的贼首会迅疾地杀死你并吸干你的血。别的一些卑鄙下流的盗贼就扼杀毁坏，用一切刽子手和死亡的方式。

我想那时这可怜的小音乐家，它的声音变得微弱，它失去了才华和敏锐的思想，也无人可以商量，它停息下来，在进入萨伏瓦山峡的漫长陷阱之前仍然流连梦乡。它在山口驻足，歇息在我熟悉的一家友好的屋顶上，或是在夏尔迈特[1]柔美的树林里，它仔细思量，想道：“若是我白天飞过，那些强盗都守在那儿；它们懂得这是鸟类迁徙的季节；鹰朝我猛扑过来，我一准死。若是我夜里飞过，老枭那个大公爵，多少恐怖的魔鬼在黑地里怒目圆睁，会攫住我，去喂它的幼雏……唉，这怎么办？无论是白天还是黑夜，我尽量设法避开它们。清晨，薄明时分，当冰冷的露水浸透了树梢，冻僵了不会筑巢的

---

[1]这是一座小小的栗树林，离旧日华伦夫人租居的那所房屋（在夏尔迈特村，与商贝里为邻）很近，卢梭曾几度在此小住。

巨大猛禽时,我悄悄飞过……等到它们看见了我,还来不及展开濡湿而沉重的翅膀呢,我早就逸去了。"

尽管打算得好,可还是出了多少回意外祸事。深夜出发,在这个漫长的萨伏瓦,它会迎面遇上劲烈的东风使它迟迟滞留,无法动弹,粉碎了它双翼的努力……上帝啊!天已经亮了……十月里,这些哀伤的巨人早已披上了白色的衣裳,让我们在它们无垠的雪地上看见振翼飞翔的一个黑点。这些山峦在这幅巨大的起伏褶皱的裹尸布底下,是个坏兆头,多么凄凉!……它们那尖尖的山峰纹丝不动,然而却在周围制造出永远动荡不安的感觉,波涛汹涌,碰撞,迸裂,有时还奔腾狂怒。"若是我从较低的地方过去吧,那带着淹没一切的轰击声、在烟雾中呼啸的激流突然会鼓起龙卷风,把我卷走。若是我升上晶光四射的高寒区域,徜徉自得,风霜又侵袭我的双翼,使我速度减慢。"

一阵努力才救了它。它头朝下,扎了下来,降落在意大利苏兹或都灵[1]附近,它歇息,让翅膀更结实更硬铮些。在博大的隆巴德[2]宝盆深处,它恢复体力,隆巴德,这往昔维吉尔[3]曾听见过它的鸣声的花果之乡啊。土地依稀如昔;今天的意大

---

❶意大利西北部城市。
❷隆巴德是意大利北部、接近阿尔卑斯山的一个地区,首府米兰。
❸维吉尔,古拉丁诗人(公元前70—前19年)。

利人，却在自己的国土上流浪，在别人的田地里耕种，可怜的农夫，他们还追捕夜莺呢。它明明是吃昆虫的益鸟，却一直被当作吃谷子的禽鸟加以摒弃。倘若它能，就让它逐岛飞过亚得里亚海吧（尽管长着翅膀的海盗还同样在那些礁石上游弋），它也许能够到达鸟类的乐园，到达美丽、好客而富饶的埃及，在那里，所有的鸟儿都会得到优待，供应食物，祝福和良好款待的。

然而这更加幸福的土地却难免盲目的殷勤好客，当然她并不爱杀手。确实，夜莺和斑鸠都会受到欢迎；但是她对鹰隼也同样接待。啊！可怜的旅行人啊！在这些苏丹的露台上，在这些清真寺的楼阁上，我看见一对对灼亮的、可怕的眼睛正朝着这边窥望呢……看得出它们已经注意到你！

不要逗留太久吧。美好的季节不太长了。沙漠的罡风就要漫天扑来，把你那少得可怜的食物吹干，吹得无影无踪。顷刻间连一只滋润你的嗓子、营养你的双翼的苍蝇都没有了。别忘了你在我们树林里留下的旧巢，别忘了你在欧洲的爱情吧。天空固然昏暗，但是你可以创造一个新的天空。爱围绕着你；每个人听到你的歌声都会激动得不住颤抖；最纯真的爱心为你突突跳动……这是真正的太阳，最美丽的东方。有爱的地方才是真正的光辉。

徐知免　译

绿头鸭

〔俄罗斯〕阿克萨科夫

我们通常把“绿头鸭”说成“公叫鸭”、“母叫鸭”，这个称号很适合它，因为它比其他品种的鸭叫得都要响。还有人称之为“绿头”或“小绿头”……显然，这三种名字都来自于此鸭善叫的特点。在小俄罗斯语里它还被称为“晃鸭”。这一名字也很形象——它在陆地走动时，不停地左右摇摆；在水上游动时，一有风吹来，它也会像小船一般随波逐浪地晃荡。从十分相似的体态和甚至部分羽毛极其相像的情况来看，家鸭极有可能是由这种野鸭转化而来；在大量夹杂着各种花色的俄罗斯麻鸭和白鸭这两种鸭群里，常常可以看到羽毛与公(母)叫鸭完全相同的品种，其不同之处仅在于大部分家鸭都在功能上略有退化而已；相比之下，在个头大小和羽毛色彩方面俄罗斯家鸭与其他品种野鸭的相似之处就少得多。这种现象相当奇怪。看来,没有理由说野鸭不能转化成驯服的家鸭吧,绿头鸭比其他野鸭个头都大。公鸭特别美丽;它的头和上脖颈部上有像绿色天鹅绒一样闪闪发亮的羽毛;下脖颈部上长着一圈窄细的白毛;从这一白圈下面起,胸部或称嗉囊部呈深红色;灰白的腹部夹杂着一些美丽的花纹线条;在鸭尾下面,有白色的羽翎,它短小而又坚硬。尾尖呈绿色且卷成环状;鸭爪呈淡红色;嘴为黄绿色。在深黑色的翅膀上有一条青中透红的纹路,泛着金光;背部是深灰色,略带些红色;一撮深绿色的柔毛立在尾部的正上方。母鸭全身羽毛色彩斑斓,浅褐色的底色上点缀着细长的黑点;在导向翎上闪烁着一条绿色同金黄色相间的纹路;尾部羽毛挺直,爪子也与公鸭相同,是淡红色;嘴却是普通的角质灰色。春天里(3月末),绿头鸭便已成群迁飞来,除潜鸭外,比其他野鸭都更早。此时,覆盖着的厚厚的大堆积雪刚刚开始融化,这些野鸭就已大群大群地在大地的上空高高飞翔,它们飞得平稳而有力。一般在它们飞到一周之后,好客的春天就很快一扫冬日的忧郁景象,绽出欢快的春日笑容;到处溪流涌动,形成一个个水洼和湖泊,河水溢出河岸,成群的绿头鸭便开始低飞,并在它们中意的地方降落;此时枪猎它们非常困难,因为它们充满野性又很警觉,不容猎人骑马或徒步靠近。只有在飞翔时,尤其是天黑时分,它们飞得特别低,或是当它们从一处水洼飞往另一处时，才有可能击中。这种射击叫做“当场伏击”。这里的“场”指的是野禽通常飞过来往的地方。不过，这一飞行过程持续很短时间，很快野鸭就分成了许多小群体，对周围的一切开始熟悉、习惯，并变得驯顺了。此时猎人便可以驾驶普通马车或猎人专用的轻便马车小心地接近它们了。这种专用马车没有什么特别之处，它就是庄稼汉们制作的短小结实的“连杆拖车”。此外还可乘坐楚瓦什人的不带车篷的四轮马车。枪弹要使用专门射猎野鸭的2号和3号霰弹。如果它们野性太足，可以使用猎雁霰弹来打。由于它们在这个时节一般都是成群地待在开阔地带，所以不宜采取靠近射击的办法。

春天一天比一天暖和起来，春汛也退了。尤其是当青草长到足够可以藏身那么深时，大群的绿头鸭终于开始出双入对、进入交配期了，并变得驯顺了。性欲特别强烈的公鸭寸步不离母鸭，时刻与母鸭形影相随，无论如何也不肯先于母鸭而飞离原地。有时，母鸭在水洼里嘬水或在稀泥里啄食，公鸭就像哨兵一样站在岸边或塔头墩子上守护着。如果这时恰巧猎人靠近，而母鸭并未看见或根本没有察觉时，公鸭便会急忙晃动身子，转着圈，嘎嘎叫着，像是在向它发出危险信号，如果母鸭仍然毫不知晓，公鸭自己也不单独飞走，宁愿让打过来的子弹一枪击毙自己。此时母鸭闻声飞起，但对被打死的公鸭却无任何关切的表示。要是猎人将母鸭打死（虽然他大多是选择公鸭），情况就完全不同了——公鸭不仅要在猎人身旁不断盘旋飞行，当然不会太靠近，而且一连数日在失去配偶的地方不住地用鸭嘴嘬地。在这段时期，要接近精神不振的公母鸭已不那么困难，从一些可供遮挡的物体，如灌木丛、岸边、小土丘的后面偷袭就更容易得手。此时，正考虑着筑巢孵卵的母鸭不会同公鸭一起待在开阔地上，而常常选择灌木丛、沼泽地、芦苇或未割的蒿草旁的小洼地，它要骗过那个十分机警的公鸭；有时须东躲西藏，悄悄爬行到半里之外，再飞出去，以便在那里无所干扰地开始那所有生物都追求的目标。为了实现这一目标，母鸭真是费尽心机。母鸭逐渐感觉到自己腹内已有瓜熟蒂落的沉重，小小的蛋黄已开始膨胀，其中最大的甚至已敷上了湿润的蛋白，包裹上一层柔软但却有韧力的薄壳时，便给自己寻找了一处隐身之处。当它听到有的卵壳已经发硬并已逼近出口时，便选择易于逃跑的水洼或湖泊近旁，倚在岸边，将头埋在翅膀里做假寐状。公鸭来到母鸭身边蹲着，随后它倒真睡着了。当母鸭用藏在翅膀底下的另一只睁着的眼睛看到公鸭睡着后，立即隐身于草丛或芦苇中；根据地形不同，或爬行十几俄丈远，有时或更远些，然后在低空盘旋，盘飞一段距离后落下，爬向自己早已准备好的巢窝。这种窝通常是用干草筑在坚实和不潮湿灌木丛生的沼泽地里；母鸭用自己的羽毛铺平巢底，生下第一个蛋，小心翼翼地用草和羽翎盖好；然后朝另一方向爬出一段距离，腾空绕着圈子低飞一会儿，再从相反的方向飞回原来的地方，落下来后，悄悄爬到等待着自己的公鸭身旁。此时母鸭很少能遇见还睡着的公鸭；公鸭在母鸭偷跑的这段时间，也就是大约一个多小时里，大部分都会睡一个好觉。但一旦醒过来，便慌忙开始呼叫自己的伴侣，它们匆匆忙忙地四处张望，在湖水或水洼中不停地游走；然后又会扑到岸边，在四周寻找，但它不会走得很远，而是不断地打量四周，母鸭是否已回来了，是否正向自己这边游过来……通常也会有这种情况发生，公鸭百寻而不见之后已经筋疲力尽，不再像以前那样寻找；它来到水面上，前后漂浮，一边用眼睛不停地四处张望，身体左右摇摆着，一直到突然之间，那只母鸭天晓得是怎样、又是从什么地方钻出来为止。此时，公鸭会恼怒地扑向那个叛逃者，用嘴咬住它的脖颈，然后跳到它的背上，就在水面上当场同它交尾……当被爱抚折磨得疲惫不堪的母鸭刚刚喘过气来，抖落掉身上的水珠，爬上岸来，公鸭的性欲很快又升腾起来，便再次与母鸭交配。这种情况在一个小时内要重复几次。当与母鸭在一起的公鸭发现有其他公鸭朝它们飞来时，就会立即扑过去，坚决地赶走它，似乎这样奋勇向前是它义不容辞的责任。如果一只还没有找到异性伙伴的单身公鸭靠近纠缠正在飞行的野鸭伴侣时，那么在合法丈夫同第三者之间的空中的一场较量就势必要发生。较量中，它们会发出一种特别短促而有力的鸣叫声，猎人们已经十分熟悉这种叫声。较量场面十分悲壮，两只野鸭垂直地挂在空中，互相咬住对方的脖颈；为了不致从空中掉落，它们急促而又有力地扇动着翅膀；但是，不管怎么努力，它们还是会不住地朝下方跌落。据我观察，胜利最终总是属于“合法”一方。有时母鸭为了把公鸭早点儿哄入睡，会用一套特殊的爱抚方法，用嘴不停地轻轻叩击公鸭的脖颈和后背。这引得人们根据自己的推测认为：“公鸭喜欢母鸭替它捉虱子”呢，猎人们也同意这些说法。有时母鸭还能在公鸭没有睡觉的情况下脱身而去，它趁公鸭胃口大开而忙于吞食的时候或者在对着什么东西发呆的时候，母鸭就赶紧悄悄地潜逃了。然而，并非每次都能潜逃成功的！公鸭有时也会看出或猜出母鸭企图，当它溜走时，便跟在它的后面，在它刚要钻进草丛或芦苇时，扑过去用嘴咬住它的脖颈，把它拖进水里，扯着咬着，弄得鸭毛漫天飞舞。不过，在给母鸭一顿狠揍之后，公鸭旋即又会与母鸭尽演一场热烈的夫妻亲昵戏。不过，功夫不负有心鸭，母鸭终于将一窝蛋全部下完，彻底躲开公鸭，开始孵卵。野鸭蛋每窝达 12 个，除了白中略透黄绿的表皮外，其余同俄罗斯家鸭蛋几乎完全相同。在孵卵期间，母鸭几乎一步不挪地伏在巢中，只有白昼时出去一趟，在附近找些食物充饥，三周的孵化使得母鸭消瘦许多。最后，破壳了，从中钻出来一只只身披灰黄绒毛的雏仔。如果鸭蛋较多，那么几乎每一次都会有一两个“坏蛋”——就是那种孵不出雏仔、一摇乱晃荡的、半空的蛋。这种空壳蛋的出现主要是由于一次被孵的蛋过多，母鸭身体的热量不能均匀地传到每只蛋。如果每次孵化都不超过8至9个，就不会有空壳蛋出现了。鸭雏出壳后几个小时，巢里很快便空空如也了，在母鸭引导下它们来到芦苇丛生、安静的池塘、湖泊或河汊的水面上。在难以行走的地方，母鸭就谨慎地用嘴把鸭雏一只一只叼运过去。包括我在内的许多猎人都亲眼见过这种情景。在此期间，被母鸭撇下的公鸭整天在丢失伴侣的、原来的水洼和小湖泊旁游荡。猎人们大量猎杀这些公鸭，这倒有助于母鸭自由自在地孵卵。只要一发现公鸭或听到它那低沉的呼唤声，猎人可以肯定猎物已经成了他们的囊中之物了，它们常常轻易就让射手进入最佳射程，有时它们会朝猎人直扑过来，要不就在某个固定地点打转。最后，公鸭的换毛期到了，它们也藏到芦苇丛生的池塘和湖泊深处，从6月中旬几乎一直待到7月末。在此期间，猎人们偶尔一见的是那些还没有进入换毛期的单只公鸭，如果不把那些因忙于孵卵和育雏而遭不测的母鸭算在内，几乎就谈不上有野鸭猎事了。不过，此时好在还可以捕猎到许多鸭雏已经正在换毛而不能飞的成鸭，而对于这样的猎事猎犬就能应付，它甚至还会把野鸭赶进普通的捕网里。

母鸭的感情在雌性野禽中是最丰富的。当猎犬或人向巢窝靠近时，它常会装出受伤或飞不动的样子，在原地抖动着身子，做出一副跌跌撞撞的样子，好像只要猎人追赶它，就能抓住它。但训练有素的猎犬是不会上当去追赶它的。母鸭为了诱骗猎犬追赶它,有时会飞一俄里开外。猎人们常常能看穿母鸭的诡计,于是,他们既不在意野鸭多么留恋自己的巢窝,也不顾虑在失去母鸭的情况下,那窝幼雏将何以为生,而是狠狠心把它杀掉。当然,猎人必须当心野鸭后面有没有正在追击的猎犬,以免误伤。因为猎犬此时就像俗话说的"命悬一线"。通常的情况是,母鸭将猎犬引开后,会立即返回来,扑向猎人;当然,它的孤注一掷引来的也只能是灭顶之灾。显而易见,母鸭对自己的雏仔的慈爱有多么强烈,当它同自己的雏仔们一起在开阔的水面上畅游时, 一旦发现有人接近,鸭雏们惊慌地嘎嘎叫起来,好像要在水面上腾起身子,更确切地说,它们在水面上奔跑起来,急急忙忙地朝附近的芦苇塘里奔去,藏到里面,如果有条件的话,甚至会潜入水中。而母鸭则一边用翅膀拍打水面,一边发出惊恐的尖叫声,随后又会扑向来人,围绕着人打转,意在把对方的注意力引到自己身上,把人领着朝自己的鸭雏隐藏处相反的方向。如果母鸭与鸭雏藏在不同的芦苇或岸草丛中,而猎人已经带着猎犬来到跟前,母鸭已经无处可藏,它就会根据距离情况,或钻出来,或飞到开阔水面上,重复着上述的做法,又扑腾又叫。当然,结束这一切慌乱的只能是致命的猎枪子弹了。每一个猎人都会无情地下手这么干的,因为活泼的小鸭即使失去了母亲,不管它多么稚嫩,它也总会有办法喂饱自己成长的,这些孤儿常常会加入到另一窝雏仔中去。我就曾经见到过一只母鸭领着二十多只雏仔在水中游动，那群鸭雏大小不一，显然不是一窝所生。另一情形虽然较为罕见——母鸭在树洞里，在乌鸦或喜鹊遗弃的旧巢窝里孵卵育雏，但间或也能看到。究竟什么原因使得母鸭打破它们通常的法则，做出这种异乎寻常的事来，不得而知。上述一些事情都是我从一个可靠的猎户那里听说而来，而下面这件事却是我本人亲眼目睹的。我至今记忆犹新，有一次一只叫鸭，或者说是一只绿头鸭，竟然把蛋下在了打谷场的庄稼垛里。

一般说来，野鸭是极其贪食的野禽。它从早到晚不停地吃，碰见什么吃什么，撕咬岸边细嫩的莲花草，大口吞食水生苔藓、青稞植物的花及其他水生植物，贪婪地嚼食小鱼、小虾、小青蛙以及各种水里生的、空中飞的、陆上爬的昆虫类动物；这些还不足以饱食，它还要用水藻和稀泥把嗉囊填满。这样的过程一日数次。不同的是，家鸭还喜食各种肉类。野鸭旺盛的食欲得益于它的消化机能的可靠保障，它的嗉囊能使所有食物都以令人匪夷所思的速度溶解和消化。显然，它的消化液一定要比其他禽类的消化液功能强大。野鸭排泄频繁，其粪便的温度也比雁的粪便更热。

时值 8 月，所有绿头鸭，甚至最后换毛的孵卵母鸭也都换上了新毛，只是公鸭并没有完全换过，它的毛色要到 9 月初才能焕然一新，但这并不妨碍它的灵巧和远飞；所有的新生仔鸭都能独立活动了;它们比老鸭略小,羽毛色泽明亮;但颜色与母鸭差不多,几乎全都是灰色;只有走近观看,才能分辨出哪只是公鸭:在它们的脖颈和头部的羽毛下面已经钻出了亮闪闪的绿色,其柔和如天鹅绒,嗉囊上也露出了深红色的绒毛;尾巴上面也有如链子般硬挺的一撮羽翎,依稀能看到,尚未卷曲。到了9月中旬,幼鸭和老鸭都露出了本色,羽毛鲜艳夺目。整个8月是枪猎的最佳收获期,幼鸭还很温顺,用猎人们的话说,呆头呆脑的,车来到它们跟前都不飞走。趁它们腾飞时射击更易击中目标。此时,猎人们常常沿着小河两岸走动,仔细搜索蜿蜒曲折的河湾,看前方是否有野鸭的踪迹。在这种情况下,猎人应该藏在灌木丛中或离河岸远一点儿,以免它们看到人来而飞得太高。应该事先跑到前面等候它们朝自己游过来;如果河岸陡峭,同时它们被突然出现的猎人所惊吓,便会嘎嘎叫着一齐朝上飞去,这时猎人们就会轻松地举枪将它们从空中一只只地打下来了。这时训练有素的、会潜水的猎犬或鬈毛犬正好派上用场,它不会放过一只野鸭,甚至连翅膀受轻伤的、受伤飞离原地后跌落到对岸茂密的灌木丛中的也会尽收囊中。9月,这一猎事还是很令人惬意的,因为此时母鸭已长得很肥,公鸭的毛色也愈加夺目;乍看起来,公母鸭似乎没有多大区别,但您若向任何一名猎人询问,他都会告诉您,射猎毛色鲜艳的野禽,尤其是在它的发情期和丰腴期——这是最令人高兴的事情了。

尽管野鸭再寻常不过——因而它也是不太令人欣赏的野禽，但我记得，秋天的这种猎事却还是给我带来了很大乐趣。此外，它还是我开始枪猎后接触的第一种野禽，作为一名热衷于狩猎的猎人新手怎么能够按捺得住激动的情怀，少年时的印象终身难忘。野鸭品种繁多，个头大小和羽毛色彩各异，某些公鸭外表美丽，到了秋天的时候又肉肥体胖，当我还很幼小的时候，便喜欢上了清晨沿着河边追猎野鸭。那时，顶着迎面扑来的寒冷空气，从池塘浑浊的岸边和小河湾里把大群的野鸭轰开，然后再迫使它们三五成群地停落在布古鲁斯兰河的河湾处。在那里我得以多次满载而归；且每次都有十五六只左右进账，而我那装猎物的袋子最多只能装上三只。据猎人们说，被射伤的野鸭十分狡猾，此话得到证实，它甚至能在无遮无掩的开阔水面上巧妙地藏匿自己，只要还有一丝力气，它就会立即潜入水中，在水下游15俄丈左右（有时可达20俄丈），水面上只露出一张嘴和一部分脑袋，一直游到岸边，很难看得清它的去向。如果岸边草丛茂密，没有训练有素的猎犬想要捉住受伤的野禽几乎是不可能的：它一爬上岸便消失得无影无踪。如果岸边光秃秃的或陡峭，它就会顺水流方向朝前游去，除了留一张鸭嘴在外以便能自由呼吸外，其余部分身子全都泡在水里，外面根本看不见。不过，老到的猎犬是不会让它爬上岸来的；而经验丰富的猎人也会根据水流判定鸭头露出的位置，然后瞄准它的嘴，迅速扣动扳机，打碎它的脑袋。

尽管野鸭十分贪食(这我在前面已经讲过),但它们只有在8月份才容易长膘,因为此时不论成鸭还是老鸭都像大病初愈一样,需要补充更多的饮食以恢复体力。8月里,在它们的通常食料中又增添了最有营养又最美味可口的食物——庄稼。如果庄稼地离成鸭发育和老鸭换毛的地方较近,就会受到它们的不断光顾,它们先是蹚出一条宽道,随后成群结队的野鸭自天而降。那时,这些地里种植的荞麦、稗黍、豌豆、燕麦的主人们可就遭殃了!野鸭同大雁一样,喜食不带茎秆的籽粒,但当没有现成的籽粒时,带茎秆的庄稼它们也不拒绝食用,它们甚至会撕开刚割完的黑麦的麦垛;禾捆运走后,它们仍一如既往地飞到庄稼地来,觅食撒落的谷粒和麦穗,一直要持续到南迁为止(一般要到11月)。在这段时间,除了使用已有的方法对付它们外,还可在它们来返于庄稼地的中途进行阻击。

10月,野鸭开始成群结队,此时已经很难猎获它们了。白昼它们聚集在池塘和湖泊里。水面覆盖着一层灰压压野鸭。这使我想起一个年轻猎人给我寄来的一首诗,其中生动地描写了这种场景:

池中湖面野鸭满,
水面尽罩鸭羽颜。

摆身涌起重重浪，
水下波谷阵阵显。

这时无论是乘车还是徒步，想要悄悄地潜到这大群的野鸭跟前都非常困难，因为它们总是停歇在开阔的水面上或光秃的缓坡堤岸上。由于野鸭群太大，数量极多，它们此时很难像从前那样自在地蹲在那里。我便以此为有利条件，几乎是在一整个10月里，都采用如下方法来打野鸭，我不断地从宽阔的池塘一方朝鸭群放枪，不让它们落下脚来，它们兜了几个圈子后，重又歇在池塘中央。野鸭忽上忽下，沿着河面盘旋，但是由于习惯了自己惯常落脚的地方，所以无论如何也不愿意离开那里，现在它们在被枪击之下只能分做几个小群，沿着河面分散排开。我安排一个猎手在池塘边不停地朝返回的鸭群射击。当然，这种射击并不对鸭群有什么杀伤性，目的是让鸭群落在河湾处。我趁此机会沿着河岸，连丝毫走步的声响都不发出来，直奔那歇有鸭群的河湾处。就这样，我常常能枪猎到十几只又大又肥的绿头鸭，而且大部分是公鸭，因为如果有选择余地的话，我都是尽量打公鸭。不过，我想提示的是，在这种情形中，切勿匆忙行事，就是说，不要去射击那些在远处飞行的野鸭。被驱散的鸭群沿着河道分离开，而且即使飞起来也不会离原处太远，通常向先前飞到的一批野鸭跟前去，离猎人稍远一些的地方。根据其飞行高度的远近不同来采用 3 至 5 号霰弹；飞得越远的野鸭就需要使用更大型号的霰弹来打。我常用的是较小型的猎鸭 4 号霰弹。然而，是否奏效，还取决于地势特点。第一，附近应该没有大的池塘和湖泊，使鸭群没有很大的转移空间，而无法分散开来；第二，河水最好不是在慢坡岸边流动，岸上应是长着灌木丛，以便猎人可以藏匿其中而不致在很远的地方就被发现，否则，野鸭是绝不会进入猎人的射击圈内的。

人们也常常使用诱饵来枪猎绿头鸭，尤其是枪猎公鸭的时候。当母鸭开始躲避公鸭的时候，公鸭会被猎人伪装的母鸭叫声引得急不可耐地飞过来。还有一种可以枪猎到野公鸭的做法是，在春季迁徙时期，弄来一只野母鸭或一只经过训练的、毛色与其相似的家母鸭，将一个小箍套在它的脖颈上，拴上一根绳，系在一根插在水洼中央的小木桩上，绳扣同木桩保持一段距离，以便诱鸭在四周活动；猎人躲在不远处特意搭建的窝棚里，诱鸭由于寂寞和天性，不停地扯直了嗓子大声叫，野公鸭甚至野母鸭都被引过来，待在它身边的水面上，而恰恰落到了猎人的枪口下。对于这种方法我有些不忍心。有时猎人们还在这种诱鸭旁安置小套子，更确切地说，是用绳把小套子系在木桩上，以此来捕捉野鸭。在奥伦堡省，现在或者至少以前曾经使用过挂网捕捉野鸭的方法——就像对付大雁那样，因为野鸭也同样有一条往返田间的固定空中通路。隼也常常被用来捕捉野鸭，前者常常不是空手而返，就是收获甚微，用隼的方法却是比其他方法都要收获可观的狩猎方式，只是好像这种方法在俄罗斯如今已经完全绝迹了。只有奥伦堡省的巴什基尔人至今仍在饲养猎隼，但训练得已经没有那么娴熟，没有以往那样“冲高”冲得人们甚至都目不暇接，也没有以往那闪电般的扑击猎物的速度了。巴什基尔人的猎隼几乎养成了只能在追逐中逮捕野鸭的习惯。

在6月和7月里，野鸭很瘦，肉质相当干硬，但却很有营养。成鸭肉质柔嫩，很多人都觉得它味道鲜美，特别是用酸奶浸透在油锅里煎炸更佳，但我却不喜欢吃野鸭肉。秋季的绿头鸭长得又肥又大，尤其是去年孵出的那种，其肉具有一种特殊的香味——既柔软脆嫩，又水灵多汁，真可谓野味十足，家养的鸭肉永远也赶不上它的味道。应该承认，无论是什么品种的野鸭都会不时地散发着鱼腥味，这种味道来自于河里的各种小鱼，而野鸭则常常以吞食它们为生；野鸭是在其他饲料不足时才不得已而以小鱼为食的，但绿头鸭的肉却几乎从来都没有鱼腥味。

关于绿头鸭我叙述得已经十分详尽了。下面我在描述其他的野鸭时，将只讲那些不同的特征。但是由于这种不以食鱼为主的野鸭互相之间在天然习性、生活方式和饮食等各方面几乎都相同，所以我不得不有所重复。

冯华英　王冰冰　译

克拉拉

——一位画家讲的故事，献给女儿卡佳

〔俄罗斯〕邦达列夫

我的职业使我常常周游全国。我爱在夜晚去林中小站上走走，站在空无一人的月台上，倾听那正在离去的机车发出的长声叹息。森林在睡觉，那长长的回音滚动在林间小道上，好像在空旷的走廊里回荡。

我爱在幽暗的林中漫步，静听那树林的沙沙声、栖鸟在昏睡中的惊叫声和大鹬在近处湖泊上的阵阵尖叫声，然后缓步走在松软的田间土路上，眺望远处山坡上的点点灯火。那灯火在夏天令人觉得温柔，在秋天则迎风颤动和忽明忽暗。猎户星座整夜都在森林上空，在僻静湖泊那黑色深渊的上空，闪闪发光。

我通常要在农村居住整个夏天，直到秋季来临。每天早晨，我黎明即起，然后整天在林中空地和草地上徘徊。

每当我远离农村，在宁静的林中湖区，置身于黄昏之中的时候，我就感到忐忑不安。我常目睹黑夜的降临：深蓝色的天幕和昏暗的暮雾从静静的密林深处慢慢爬向水面，湖水开始入睡，西天那红红的霞光还在微微燃烧，还在苇丛附近闪烁着余晖，而黑暗就从东方迅速蔓延开来。这时，在那隐蔽的冰冷水面上，已经浮动着绿色的星星。处处变得一片潮湿和异常寂静。只是偶尔有成群的野鸭从森林上空那渐渐消散的晚霞面前一掠而过，带着哨音落向湖面，发出啪啪的击水声。

我喜欢在干草棚里从睡梦中醒来，我经常在那里睡到深夜，几乎直到黎明。我一感到寒冷，就倾听和体会寂静中的蛐蛐的叫声。黎明之前，变冷的时候，棚顶的条条缝隙充满了月光，透过敞着的草棚顶间，不断从果园里猛烈地吹来饱含晨露的清新空气。那洒满了月光的果园，在蓝色的烟雾中，似乎正在渐渐冻结。

我觉得，离开这一切，我就不能生存，所以每到夏天我总是在农村工作。

有一次，要我去的地方不是农村，而是南方，是去疗养院，去休息。那是炎热而又美丽的南方，那里有供观赏的棕树，有闷热而柔和的夜晚，那里却既没有林中草地上那三叶草散发的苦味，也没有寒冷的林中湖泊，在这些湖面的暮色中，常常有成普特重的大狗鱼击尾而跃。

南方使我喜欢和心醉的只有大海。它真是一种奇观。早晨，它是淡紫色的，像玻璃那样平坦，轻轻的雾气在海面上飘然升腾；白天，它惊人地温柔，一片碧波；晚上，天黑得很快，那壮观的霞光却久久地照耀在地平线上，条条轮船徐徐迎着火红的晚霞离去，它们的烟雾渐渐消散。

可是，我在南方却觉得枯燥无味，这里缺少北方那样的森林，我离开它们就感到孤独难忍，因而怎么也工作得不得劲。

有一天，我睡过了头，一直睡到日出以后，起来以后心情不好。整个房间充满了炎热的阳光，微风吹拂着阳台上的白色帷幔。我久久地躺在床上，瞧着画架：昨天开始画一幅海上晚景。这幅草图竟然如此糟糕，致使我抽起烟来，并且生气地想："应该走，简直不像样子！"

突然间，我仿佛听见了鸟翅的拍动声，好像是：有那么一团蓬松的黑东西，落在了阳台纱幔的后面。

我感到惊奇，随即走向阳台。栏杆上蹲着一只无精打采的乌鸦，它用一只眼睛大胆而细心地瞧着我。它为何飞到这里来，不得而知。下面就是翠绿的疗养院花园，那里有棕榈和松柏，它们后面是大海和海滨浴场，浴场上躺满晒太阳的人：到处都是阳光普照的广阔天地。

"你来干什么？"我说，而乌鸦丝毫也不怕我的声音，它用另一只眼睛好奇地瞧了瞧我，向我点了点头，像是想结识一下似的叫了一声：

“克拉——拉！”❶

我当即冷笑了一下，进一步凑近它，乌鸦仍然蹲在栏杆上，只是再次点了点头，似乎是客客气气地鞠了一躬。

“真有你的！”我说，“你是从哪儿来的？”

“克拉——拉！”乌鸦已经有些不大满意地重叫了一声，并且不耐烦地摆了摆尾巴。

我笑了起来，指了指门，邀请它：

“如果你不害怕，那就请进，到我房间里去。”

没等我说完这句话，乌鸦就跳下栏杆，用鸟嘴拨开帷幔，走进了房间，爪子在镶木地板上踏得啪啪响。我完全惊呆了。镶木地板被磨擦得如此光滑，致使乌鸦急忙进来时，意外地滑了一下，但它当即就用自己那像拐杖似的尾巴支住了身子，它这时又一次不满地低声嘟囔道：

“克拉——拉！”

我马上猜想到了应该做的事情：迅速从浴室拿来一个肥皂盒，稍微涮了涮，放在地板上，撒上面包屑，然后又倒进一些牛奶。

乌鸦看着我这般张罗，仍然不耐烦地连连摇动尾巴，有一次甚至相当生气地用嘴啄了一只落在肥皂盒旁边的苍蝇。

---

❶本篇所有乌鸦的“话”，在俄语中都有“拉”或近似的音，像乌鸦的叫声。

“好啦，请吃吧！”我愉快地说罢，就转身退到一边，为的是让它无拘无束。乌鸦走到肥皂盒跟前，啄起了面包，把牛奶弄得四处飞溅。

“你叫什么名字？”我问。

“克拉——拉！”乌鸦满嘴噙着面包回答，轻蔑地斜视了我一眼，似乎是说：“难道还不知道！”

“噢，克拉拉！”我以表示高兴的样子说，但没有提更多的问题，往椅子上一坐，就开始打量起它来。

克拉拉吃完以后，稍微想了一下，用爪子搔了一阵脑袋，就在房间里大摇大摆地来回走起来。它看见了镜子，高兴得叫了起来，并在镜子跟前踱来踱去，就像一个自我端详的女人。后来，它发现了床头小柜旁边我的一只拖鞋，便把它叼在嘴上，用力扔到了床底下去。在这之后，它又像主人似的，把肥皂盒拖到阳台的门口。

“对，收拾一下！”我说着笑了起来。

克拉拉向我这边瞟了两眼，突然一下子跳上了我的肩膀。我屏息不动，等候事情继续下去。克拉拉在我肩上玩了一阵子，它那小嘴轻轻地拧了一下我的脖子，接着就开始对着耳朵低声说些什么。

“我不懂，”我张皇失措地说，同时觉得好像它开始从我的口袋里往外拉手表带。手表悬挂了起来，表壳对着太阳闪闪发光。克拉拉非常高兴地叫了一声，把头伸向手表，仿佛是想听一听，还好像：它那眼睛因好奇而闪闪发亮。

到这时，我才明白克拉拉想干什么。我回想起了关于乌鸦(好像还有喜鹊)喜欢发亮物品的故事。我有些难为情，把手表藏进了口袋里，以防发生不快之事。克拉拉立刻跳到了我的头上，踩来踩去，开始用嘴翻腾我的头发，接着又做了某种梳理，心满意足之后，跳到了地板上，走向肥皂盒，乞求似的回头望了我一眼。

"美——啊！"它叫了一声。

毫无疑问：它是在向我要肥皂盒。

"得啦，克拉拉，"我说，"那我可怎么刮脸呀？"

克拉拉大概是受了委屈，所以当即急忙离开，走上了阳台。

我在沉思中望着它飞逝在疗养院花园的上空，令人不解的是：这只驯服的乌鸦是从哪儿来到这里的。我生来从未遇见过驯服的乌鸦。在我的印象里，它们一向都是暴躁的、阴沉的鸟类。

早饭前，我走上了海滨浴场，想在晨海里洗个澡。我躺在温暖的沙地上，听着波浪的喧闹声和鹅卵石在岸边那绿色海水推滚下所发出的柔和的撞击声，同时想，在我们的乌拉尔北方，不会有这样驯服的乌鸦。那里有的是自由自在的森林和辽阔的原野，它在那里可以巢居在白杨树和白桦树上。它是怎样流落到南方的呢？

我突然听见身旁有说话声。在海滨浴场晒太阳的人当中,有一人正在对另一人说话,叫他不要把领扣、特别是手表放在明处,因为在这里,在疗养院里,出现了一只可怕的乌鸦。它什么都偷,昨天就眼看着它从餐厅里一位邻座那里偷走了领带上的一个佩针,他当时把佩针放在了窗台上。

"据说,在这里,在我们疗养院里,有一个训练动物的人,您听说了吗?"他说,接着提到了我的房间号码。

"可是他早已走了。"另一人说。

我这时才领悟到,克拉拉是怎么出现在这里的。

第二天清早,阳台上又响起了鸟翅的拍打声,接着,喜形于色的我看见我那熟悉的克拉拉已经拨开帷幔,啪啪地踩着镶木地板向房间里走来,并像昨天那样,一边问好,一边谦恭地点头,频频自我介绍:"克拉拉!"——这次是毛遂自荐而来。

"早晨好!"我殷勤地说。"您可以进来用早餐。一切都为您准备好啦。"

我确实正在等候克拉拉,而且一切都已准备停当。当它吃早饭的时候,我坐到了画架前,迅速地、特别满意地画出了它的轮廓,因为它曾经是我日夜苦苦思念的北方森林里的居民。

而克拉拉吃完以后,费力地爬上了我的肩膀,不时地弹着嘴舌,婉转诱人地对着我的耳朵低声说了些什么:或者是表示感谢,或者是像上次那样央求一个肥皂盒。但它这时注意到了那幅素描画,立刻挪到了画架前的椅子上,惊讶地伸长了脖子,一会儿用这只眼,一会儿用那只眼,仔细地端详起来。突然间,它的羽毛直竖了起来,它生气地用翅膀拍打了一下画架,那尾巴也狂乱地抖动。

“废品!”它骂了起来。“烂——货!胡——诌!”

我见怪了。批评对我来讲总是不大愉快的。

“为什么?不,克拉拉,你什么都不懂!”

“烂——货!”克拉拉继续骂道。

它一下子跳到了地板上,神态严肃地大步走向肥皂盒,一边走,一边兴奋地叫:“美——啊!”它向后倒退着,把肥皂盒拖拉到了阳台跟前。

我全都明白了:克拉拉是按照自己的观点来领会艺术的。于是我不再跟它争论,笑了笑,说道:

“好啊,克拉拉,你说得对,肥皂盒很好,不过请你还是把它留下来,我不能出门不刮脸。”

克拉拉飞走以后,我在画架前坐了整整一小时,翻来覆去地观看那素描画,怎么也不满意,不断地挠头皮,不禁叹声道:“不行,得赶快去北方,得走!”

我和克拉拉的友谊继续下来了。我们彼此依依不舍,如果它迟到了,清晨不来吃早饭,我就感到寂寞,觉得似乎若有所失。

一天傍晚，突然出现了狂风暴雨。滚滚巨浪扑向岸来，在岩崖上碰出隆隆的响声，犹如排炮轰鸣。我们那坐落在岩崖上的疗养院，被这些炮轰般的巨响震得频频颤动。大雨不停地下着。整个花园在下面发出震耳欲聋的响声。在海上，在黑洞洞的空中，电光闪闪。在疗养院的大楼里，时而在那里，时而在这里，不断发出玻璃的破碎声。

我站在关闭着的阳台门旁，望着下边汹涌澎湃的大海，每一次闪电都使我不安地想起克拉拉，内心阵阵瑟缩着，想象着它这会儿该有多么艰难。直到晚上十点多钟，我才整理好床铺，开始在大海的咆哮声中惶惶不安地微微入睡。

在微睡中，我仿佛听见，又似乎是感觉到，阳台上有一种模模糊糊的敲门声，我立即抬起头，仔细地听起来。起初觉得，这好像是急雨在敲打玻璃。但那敲击声已经更加清晰地再次响了起来，敲得很响，分明是恳求式的敲击声。我一跃而起，奔向阳台门，急忙把它打开。连同突然撩起帷幔的风雨一起，闯进房间的，竟是全身水湿、羽毛竖立、样子吓人的克拉拉。它挣脱了帷幔，在镶木地板上滑了一下，叫了一声："暴——风雨！"

我高兴得笑了起来，并且开始抚摩全身湿透、受到惊吓的它，给以安慰，但它却非常生气；看样子，它在风里和雨里冻坏了，这时在角落里一边走来走去，一边久久地抱怨着，唠叨着。最后，我躺了下来，而克拉拉也随即跳上床，仰坐在我的腿上，无精打采地闭上了眼睛，一夜之间曾经数次在出现雷鸣和闪电时朦朦胧胧地突然惊叫起来。

早晨，我被房间里的某种响声惊醒了。原来是病房护士走了进来，跟着她还进来疗养院的一只小猫。克拉拉一看见猫，十分嫉妒地猛然向它扑去，用嘴猛啄它的头，致使那小猫尖声地喵喵叫着，紧缩着耳朵，逃出了房门，险些儿把护士绊倒。

“烂——货！”克拉拉怒声叫道，它显然不喜欢猫。“多么——坏的烂——货！”

我责备了克拉拉的不礼貌行为，不过，只要一走到肥皂盒跟前，它就安静下来了，并且得意地呱啦呱啦叫道：“美——啊！”

几天之后，我该走了。在出发的那一天，像往常一样，克拉拉吃过早饭，接着就谄媚地央求那个肥皂盒，亲切地拧我的耳朵，而我却忧郁地望着自己的提箱——这时忽然产生了一个念头，即是否把克拉拉带走，但不知究竟怎样才能把它带到莫斯科。克拉拉似乎明白我就要离去，因而对我特别温存；早饭后，不愿飞走，仿佛想做点令人高兴的事情，于是就跳上我的头顶，悄悄地梳理起我的头发。我第一次把克拉拉抓在手里（它这时心扑通扑通地跳），然后把它放在我面前的桌子上。

“再见吧，克拉拉，”我说，“我要走啦……”

"难——过！"克拉拉说，"难过！"

接着，它亲切地用嘴轻轻啄了我的手指。

"跟我走吧？"我深怀同情地问道，"啊？到北方去吧？"

克拉拉默不作声。

我叹了一口气，拿起了自己的提箱，随后忽然想起一件事，又把提箱打开，取出了那个肥皂盒和一些旧佩针。我把所有这些东西都放在了阳台上。克拉拉仍然一声不吭，也一动不动。它坐在包装好了的画架近旁，用那双机灵的黑色眼睛瞧着我。

"那好，"我说，"你对艺术的理解是片面的。拿去吧，这是你的啦。"

我开始顺着楼梯走向楼下的前厅。克拉拉也跟着用爪子一个台阶一个台阶地往下跳。

在前厅门口附近，睡眼惺忪的小猫面对太阳眯缝起眼睛，不断打着哈欠，这时，克拉拉忿忿地把身子一扭，背向着猫，使那小猫一个哈欠没打完就胆战心惊地急速退到一旁，接着又发疯似的溜进了落满灰尘的刺槐灌木丛。

我最后一次抚摸了一下克拉拉，接着就登上了汽车，而它则坐到了棕树上，从那里聚精会神地注视着我，频频向我点头。

"再见啦，克拉拉！"我这么说了一声，挥了挥手，接着就把身子转了过去。

后来，许多旅客都说，克拉拉跟在汽车后头，一直飞到疗养院的大门口，并且忧伤地连声呼叫。

王子英　译

一棵老苹果树上鸟儿的生活

〔美国〕布罗斯

靠近我的书房先前长着几棵老苹果树，它们结的果实不少，但产生的鸟儿更多。年年这些老苹果树是鸟儿的故事与历史演出的场所，它们是许多有趣逗乐的事情的来源。树龄不大的树结的果实最多，但产生鸟儿最多的必然是老树。倘若它们极为老化了，满是空心枯死的枝柯，那么鸟儿营巢的机会就更多，无论是夏天或冬天。绒毛啄木鸟要营巢，没有比一棵苹果树的老朽而外强中空的树干更好的地方了，他在里面挖建过冬的家。除开一棵，我的老苹果树全给砍掉了，那剩下的一棵大概是一位耄耋之年的老翁，我怕它活不过下一个冬天。它的树身仅仅是个空壳，比一英寸厚不了多少。树心很久前已变成黝黑的模子。一棵老树不像老人，只要它能活下去，身上总是有一圈新的年轮。它围着一条青春常在的腰带。

我的老树还从来没有不给我结一蒲式耳甚至更多的吉利苹果❶，同时至少十二窝羽冠鹟，以及数目相当的知更鸟与蓝知更鸟。它的又大又朽的树干卓然挺立，只是在我以前有人把它的树冠锯掉了。树干内绒毛啄木鸟在 1 月 12 日建成一个巢。若干年前曾有一只绒毛啄木鸟在树枝上挖了一个作隐居用的巢，下一季度就为蓝知更鸟所占，自此以后差不多终年都由他们占用。当蓝知更鸟开头在春天勘察这个树洞时，我认为他们没有发现待在家里的绒毛啄木鸟，因为他是一个认真的早起者。

一次我偶然经过这棵树，刚好碰上那天下午蓝知更鸟再次去调查，他们发现绒毛啄木鸟在这个树洞里。雄蓝知更鸟非常气愤，我想他是把无辜的绒毛啄木鸟当作闯入者。他抓住后者，两只鸟儿一齐掉到地上。羽毛有斑点的绒毛啄木鸟被他的敌手的蓝上衣所盖住。绒毛啄木鸟拼命地叫喊，想尽快脱身，但直到被蓝知更鸟拧掉一两根羽毛后才成功。他摆明不是个斗士，尽管人们以为一只可以在树上钻洞的啄木鸟是能够跟一只软喙的蓝知更鸟对抗以保卫自己的。

有两季英国麻雀们把蓝知更鸟赶走，他们自己住在里面，但又接着被我赶走，他们筑巢的羽毛和稻草被我扔掉了，

❶一种锥状的苹果。

蓝知更鸟在下一个季度受到吸引又重返旧居。

一只雌绒毛啄木鸟钻的新洞刚好在旧洞之上;靠近残株的端梢洞深通常达六或八英寸,但在上述这种情况下不能超过四英寸,否则就要钻穿旧洞。绒毛啄木鸟似乎考虑到这一情况,所以她小心翼翼地进行。昨晚由于她是在新居中度过的,我猜想那大约完工了,她下方的木屑至少有一英寸厚。一天大部分时间内她都在使劲地钻,黄色的木屑撒在下面的雪地上。我暂停脚步。当她钻下的木屑积成一堆后她就停止往下钻,先把木屑清除到外面来。这个工作是用她的嘴做的,用脑袋非常迅速地一甩就甩掉了。每次她不用全身钻到里面去用嘴盛,只把脑袋一缩。好像是从脚下咬住的。倘若她有一个伴侣,我猜会由他从洞底往上递给她。也许她把木屑堆积在靠近门口的地方。

啄木鸟,包括多毛啄木鸟和绒毛啄木鸟,通常在秋天营建过冬的巢洞。他们在洞中过夜,躲避风雨。就我所见的情况而言,他们不以它作下一季育雏之用。昨天黄昏接近日落时我轻轻敲打老苹果树的树干,绒毛啄木鸟带着惊异与质询的神情伸出头,看到我继续走下去她就缩回去了。

我前面提到在苹果树上繁衍的大羽冠鹟的家族。鹟不是一种普通的鸟。由于它消灭许多有害的昆虫,我以友好的眼光看待它。大羽冠鹟是鹟科鸟类中最粗野、声音最不好听的一种。确实,在花园与果园的鸟类中它似乎十分像一个野蛮人。它的叫声尖锐刺耳像蛙鸣，形状跟举止相配，披一身灰胡桃树一样的棕色羽毛。它找蛇蜕的皮筑巢，要是找不到就用葱头的皮、油纸或大片鱼鳞。巢筑在树洞里，只有一窝雏，小鸟在初夏就飞走了。我在8月1日后再不曾见到或听到这种鸟。

多年来一切大羽冠鹟曾在老苹果树的一根有空洞的粗大枯枝里筑巢。究竟是不是那同一对我不知道。大概是吧，要不就是他们的后裔。一天我往树洞里瞧着，母鸟在巢内，但这是在她产卵前。突然从这根枯枝的深暗处传出一声爆裂声，非常像一只受惊的猫干的。那使我缩回，这只母鸟从树洞探身出来匆匆飞走了，好几天工夫我没再看到这一对鹟，恐怕他们已把这个巢丢弃了；但并没有，他们只是比平常更机灵。很快我发现窝里有一个蛋，接着一个，又一个。

一天我站在树洞近旁，一只雄蓝知更鸟跟他的伴侣飞过来，想试找一个第二次营巢的地方。他停在树洞的门口，往里窥望。马上鹟逮住他。蓝知更鸟被鹟的棕羽所裹住。两只鸟都掉在地上，蓝知更鸟脱身飞走。不一会儿他又回来再往树洞里窥视，仿佛在说："我要豁出去看看那洞了。"那个蛮婆又朝他冲过去，但这次他有了戒备，避开她了。

不久，蓝知更鸟决定占用绒毛啄木鸟的巢洞，那是早些时候我把英国麻雀赶跑后空着的。他们定居下来后，一切类似边境冲突的战争在雄知更鸟和鹟之间爆发了，继续下去有好几个星期。蓝知更鸟既十分嫉妒又非常狂妄。他甚至不愿一支家鶲鹟靠近他的住处，每只在树洞筑巢的鸟他都认为是他的天敌和对手。鹟只要能安居下来就不跟他争吵，但雄知更鸟不能容忍他们一家待在同一棵树上。瞧这只小小的蓝衣兵进攻棕衣兵，在树木间穿梭，那是有趣的。鹟的嘴像枪机一样咔嗒咔嗒地响，它的粗野的声音充满愤慨，但蓝知更鸟从不退缩，时刻准备重新战斗。

英国麻雀有时会打败蓝知更鸟，占据鸟箱或树洞。一旦进入内部，麻雀会坚守阵地，这时蓝知更鸟很快放弃围攻；但在平等的条件下，原地的鸟儿会迅速击溃外来者。

谈到在树洞中营巢的鸟类，那提醒我在我居住附近的金翼啄木鸟表现出来的一个奇异的特点，这是我在别的地方从未见过或听说过的。它在楼房、教堂尖塔和电线杆上钻洞，在某些情况下简直使人讨厌。有一季我的房子附近一栋无人居住的老式夏天别墅的仿希腊式圆柱遭到它们恶劣的破坏。这只鸟在一根柱子上钻出一个洞穴——纵深一英尺甚至更多——不符合它的要求，再钻一个，又一个。然后它钻穿房屋的冰库，在充塞夹衬板之间的锯木屑中找到一个满意的地方才算完。这样一只鸟儿似乎是个偏执狂，上下左右地钻，好像给魔鬼迷住了心窍。假如一只金翼啄木鸟或别的啄木鸟发了疯，完全可能干出这种事情来，把干燥的木材钻穿，到力气用完才罢休。我提到的这只啄木鸟在很短的时间内钻穿一块干铁杉板,弄得碎木屑横飞。那声音就像木匠的榔头。可能他是一只没有配偶的鸟,一个单身汉,那一季度他的求婚失败了,因此把他的本能的怒气发泄在钻这些虚拟的双栖地上面。

林荇　译

同类相残的鸟禽

〔加拿大〕迈纳尔

亲爱的读者，我非常清楚，如果我不谈这些问题，我的作品会更受欢迎。但我为人如此，乐意把每一种鸟的优点都写出来，没有别的办法，因为我爱观察他们。但请记住，在本书内我说的情况是我所知有关大自然的事实，所以别因为我说的是事实而跳起双脚来严厉责备我。

首先让我说愈是大型的鹰，多数人就愈渴望射死他。这是一个错误。中型的鹰才是最凶恶的。雀鹰是最小的鹰，他对长刺歌雀和歌鸦刚会飞的幼鸟紧追不舍。是的，我知道他们吃蚱蜢，但通常只是幼鹰吃，成年的雀鹰主要靠吃鼠类和小鸟为生。

在我养雉的时候我总是盖一个“掩体”藏身在里面以监

视幼雏的天敌。一天我在下午一点喂过幼雏，四点三十分我又回来敲着锡盘第二次呼唤他们进食，十七只美丽的幼雏中只出来七只，他们踮着脚尖行走，胆怯而害怕。我首先想到的是，"一只鼬"来过了，但是当我看到母雉侧着头向上望时，我把儿子叫来，带着猎枪，装上几发六号子弹，我很快躲到"掩体"内，儿子回去几乎还没走到住屋，我就听到母雉"咯嗒—嗒—嗒—嗒"的叫声，意思是"低低地躺着"，因而我接受了她的意见，约五秒钟之后一只雀鹰从天空像一颗子弹那样直蹿而下——快得我来不及看清。等我拿枪对准他，鹰已停落在地上。他看见我但失掉了捕雏的机会。当他又飞离地面约四英尺时我连开了数枪，迫使他远走高飞。第二天早晨我们到森林去，消灭了一只老鹰和一只幼鹰，找到了几只幼雏的遗骸。在不到四小时之内这只雀鹰杀害并劫走了十只幼雏，幼雏大约生下来仅十天。在雏长到小鹌鹑或哀鸽[1]那么大时，雀鹰不会把他们带走，我曾经用一只死的幼雏愚弄一只又一只小鹰，我用一根铁丝穿过幼雏的身体，让它姿势自然地站在一支钢夹上，让鹰从空中飞落下来吃雏。我用同样的办法抓住许多只鹗。

我可以继续谈这类经验，直到你饥肠辘辘。但是请记住：雀鹰只是凶恶的鹰当中的一种，还有最凶恶的，例如鸡

[1]一种北美特有的鸣声凄哀的野鸽，学名，Ienaidura macroura carolinensis。

鹰[1]、条纹鹰、苍鹰；这三种鹰恰像空中的子弹一样。但是在雉幼小时雀鹰则是最凶恶，因为它数量更多。对任何也许想养雉谋利的人，容许我提出忠告，除非你首先学会如何消灭鼬、仓鼠、迷路的家猫和猛禽，否则最好推迟一个星期左右再开始。请记住雀鹰为饥饿所迫时，他们会互相杀害，吞食对方，鸮也是如此；我一生中知道数十起这样的情况。

有两种鹰我从来不去杀害，他们是红尾鵟[2]和赤肩鵟。他们大而不灵活，对我们的小鸟威胁不是太大。如果这两种猛禽被我的夹子捕获，我通常给他们系上铝环后放生；但是，说来奇怪，我一生中从未听过这些鹰类任何一种的鸣声。我知道他们能杀害笨拙的家禽之类，也能杀害蛇，不过我没有亲眼见过，所以我如彼拉多[3]说的，找不出这些家伙的"罪过"。

生活中我要花许多时间在夜晚烧砖烘瓦。在夏夜看癞蛤蟆跳到火光下捉虫吃是很有趣的。大型的鹰吃蛇，蛇又吃癞蛤蟆，但我不喜欢蛇，即使它们不爬到我的靴子内。

现在该谈谈样子无害的小小的长耳鸮了！就在上一个夏天，一天早晨我去紫毛脚燕舍看看他们出了什么问题，发现

---

[1]原文为 Cooper's hawk，北美产的一种鹰，名称源于 19 世纪美国博物学家威廉·库珀 William Cooper。

[2]按动物分类，鵟与鹰均属鹰科。

[3]彼拉多为《圣经》中下令钉死耶稣的罗马总督，按原文彼拉多说："我查不出这人有什么罪来。"典出《路加福音》第二十三章。

有三至四只雏鸟掉在地上扑腾，亲鸟则在舍外盘旋好像那是个蜂房一样。简单地说，我们在两周内消灭了九只长耳鸮，但是那年他们却杀害并赶跑了我们全部的燕子。在一只长耳鸮的巢内我一次发现整整一帽子的燕子翅膀的残余，幼知更鸟的翅膀与足，以及鹌鹑、歌鸫与家雀的羽毛。还有一回一只长耳鸮钻进铁丝网的两英寸网眼杀害一只我喂养的母红腹锦鸡，咬断了锦鸡的喉管，这只鸮仅重三个半盎司。里敏顿市的一位医生一次叫我到他家里去看看什么东西杀害了他正孵着十二只蛋的母红腹锦鸡。鸡笼是由两英寸网眼的铁丝织成的。我立即说那是一只长耳鸮干的并向他说明我怎么会知道。他于是告诉我，他在谷仓和周围放养了长耳鸮以便消灭家雀。另一个我认识的人在谷仓里养了一只长耳鸮以防家雀，结果知道什么杀害了他驯养的鸽子后感到迷惑。

长耳鸮不过是一种小型角鸮，在外貌与习性上都很相似，但在我的智力受到鸟类考验的所有经验中，从来没有什么鸟比这个“大”角鸮给我的考验更大。有一回一只这种会飞的畜生飞来，脚趾被钢夹夹住。他一连几晚挣脱了好几支钢夹，并且掠走一只母雉。这事连续发生，一直到他掠走十二只雉。于是我穿好皮上衣，用盖毯在“掩体”内铺好作床，掩体总是随时在围场上准备好的。气温降至零度的夜晚，我躺在那里，月色光明，寒气刺肤。终于我看到一只鸮在地面之上盘旋，我感到幸运的是他没有发现我，他飞来察看我近处的囮子，在他的注意力被吸引住时我举枪开火了，他永远都不会知道什么打中他了。我回屋时是清晨三点，每个冬天我通常都要逮住十二至十五只这种鸮。

请记住，倘若他来并逮住一只雉，他想吃便会吃掉，下一个晚上又去逮一只新的。

但这些猛禽如何探明其他的鸟的位置是一个谜。可是如果我们去到田野在一个炎热的夏日杀死一头牛，在不到半小时之内准有红头鹫飞来。这些鹫从什么地方飞来的呢？你可能有一个月没见到一只。他们又怎么知道你杀了一头牛呢？这个问题也许跟"鹰和鸮是如何知道他们的猎物的"一样使人迷惑。

冬天或初春，栖身在树洞或乌鸦及鹰的废巢内[1]，他们每次产两个纯白的卵，如海龟蛋一般圆，约普通的家禽蛋那么大或更小一点。我甚至曾早在2月第一天发现此鸟的巢穴，一只老鸮在里面孵卵。雌雕鸮比雄鸟大，重约四磅，伸展的翅膀足有五十五英寸。

我知道有许多人保护此鸟，因为他们消灭鼠类。确实是这样。但是他们杀害那些成百地消灭害虫和杂草的益鸟来养活一只幼鸮。我认为一只出色的知更鸟和鹌鹑在一天内做的好事可以补偿鼠类干的坏事而有余。

---

[1]鸮自己不会筑巢。

现在我们来谈谈乌鸦和青铜色的鹩哥，棕鸟中最大的一种。这两种鸟主要是靠破坏别的鸟卵来抚育自己的雏鸟的。为什么如此，我不想妄加解说，也不想试图就此提出一点线索，但要坦言我不明白。可能是由于人类干预他们的天然习惯而造成的。

乌鸦是我在加拿大首先捕猎的鸟类，由于我们认为他们损害玉米。我到森林去探明鸦巢的位置，不久我就精明地模仿幼鸟的叫声了，然后打败了雄鸦。如果可能我先消灭幼鸟，然后藏身在灌木内，如幼鸟一样，沉着地呱呱叫唤，于是成打的乌鸦给他们伪装的幼儿带来食物。我甚至能做到这种地步，把他们叫到小树林里，只用很少的弹药达到目的，因为那时购买弹药价格不菲。现在更是贵得骇人听闻。乌鸦用什么来喂养雏鸟呢？虾、蝌蚪、小蛙、幼虫等等，但是老鸦吞咽在地上发现的食物，其中百分之七十五是鸟蛋。就是这些黑色老恶棍教我用什么喂养雏鸟的，这对我来说轻而易举，现在用蛋奶沙司养一只小鸟犹如在政治选举期间制造一场吵架一样容易。

我要告诉你一些可悲的事情。我曾经看见没有孵出来的幼知更鸟从一只垂死的乌鸦口中吐出来，小家伙依然活着。是否在我打中他之前在他喉中蛋已破裂，我不知道，但吐出时是破的。是的，他们劫掠乌鸫的卵，快如他们对付知更鸟卵一般，假如有机会的话还有别的较弱小的鸟类，但知更鸟卵并不是他们看重的猎物，可能是因为知更鸟不会较好地掩藏他们的巢。不过我猎杀乌鸦是因为他们拔扯玉米！在我一生中我从不知道乌鸦把玉米带给他的幼鸟吃，我曾经从一只喘息的乌鸦口中摇晃出七只未孵出的小鸟来，这些小生物中的任何一只，要是让他长大，会跟一只乌鸦做的好事同样多。若你要诱捕一只乌鸦，可用一只鸡蛋作诱饵，但要记住他是精明机警的，你必须非常细心地把陷阱掩藏好。

鹩哥不过是一种小型的乌鸦[1]，他的习性跟乌鸦完全相同。他会停落在树上，先向四周观察，然后抓住机会飞下来钻进灌木丛，里面可能有歌鸫的巢，正好像白鼬钻进石堆去追逐兔子。我知道鹩哥杀害孵出的小鸟，但那么多熟悉这种鸟的习性的人要说他们认为鹩哥的益害可以相抵。为什么他们得出这个结论我不明白。你要是把这本书从房间的这边扔到另一边绝不拾起来。我也没有办法，因为我在说实话：这些乌鸦和鹩哥是美洲最坏的鸟巢破坏者，他们干的坏事是好事的十倍。记住我写作不是为了讨读者的欢喜而是根据个人的观察和经验向你摆出收集到的事实，我的信念正是基于此种认知。我敢肯定我们在安大略省百分之五十鸣禽、食虫和作为猎物的鸟类的卵和雏鸟都是被这些冷血的、盗巢同类相食的害鸟所吞食，其中最坏的是乌鸦。他会把大如麻雀的哀鸽雏

[1]按动物分类，鹩哥属椋鸟体，乌鸦属鸦科，作者这里或指其外形而言。

鸟从窠里打劫出来；鹌鹑，喧鸻，以及几十种其他鸟类的美丽的母鸟完全孤立无援，毫无办法避开他，如同人类中的母亲赤手空拳，无法阻止一头恶狮把她的婴儿撕成碎片。

顺便说说，我正在改进我在冬天捕获数以百计的乌鸦的夹子。这些乌鸦我移交给射击俱乐部用作多向飞靶的靶子。虽然乌鸦是一个黑色谋杀犯，我们还是必须公平地对待他，给他生存的机会；因此我要求在二十五到三十码的高度从五个事先未知的射击点射击。射手不必为射杀的乌鸦交费，但如果没有打中则要罚款。除上述罚款外，他还要接受处罚，那是一群兴高采烈的好射手强加于之的“适合”的惩罚，例如将他捆在横杆上抬着绕俱乐部房子跑一圈，假如他让一只这种黑色凶犯逃跑掉的话，射手按照他的射击能力受罚。罚金用来购买忠实的老马，加以人道的处理，死后被用来作为诱饵引诱更多的乌鸦，让这些黑色的老暴君自食其果。这样一来乌鸦就从讨厌的东西变为运动的用具。

鹰和鸮对成年的鸟类是最坏的敌人，长耳鸮不像他的样子那么清白无辜，但没有鹰、鸮能和雕鸮相比，我只愿你知道他抢走我最心爱的宠物使我伤透脑筋就够了。是的，似乎他以抢走别人最亲近最宝贵的东西为乐。现在让我自我吹嘘一回吧：凡雕鸮从我这里每抢走一只鸟儿没有不挨惩的。

你听到鹰和鸮的唯一好处便是逮“耗子”。有一回一伙农民在我的瓦厂内开会，我一生中从未听到过他们对耗子发出怨言，这次也没有，我知道耗子很少找整洁、精明的农民的麻烦，不过这次却听见他们因地蚕而诉苦，这几乎使我浑身不自在。地蚕咬断他们的玉米或金针虫摧毁他们的燕麦，黏虫狡猾地活动等等。我个人从未有过与为害作物的幼虫打交道的经验，但田鼠则常常被我逮着放在口袋里，要不是有些青年也玩同样的把戏，我本来想告诉读者少年时我是怎么对付他们而得到乐趣的。对比鹰和鸮杀死的每只耗子，我们可能要以损失若干每年吃掉成千上万条害虫的小鸟为代价。我知道有一种农民，别的动物比耗子更容易使他恼火。你经常发现他进城，坐在一只肥皂箱上，同时抽着烟，时不时站起来，把位置挪挪，可能对调两端的位置是为了避免疲劳；他的家畜品种是多种多样的，有的猪胡须挺长，看见他到来不知道怎么办才好，有一两头是尖背的驯养的野猪，南卡罗来纳种，土头土脑的公猪不管是不是从冒气的肥堆钻出来，样子失望；在田间剩下的矮小的苹果树，是别人栽的，自从他买下农庄以来，野草丛生，像羊毛似的，这些自然都移交给他了。

倘若你的果园土里有残株或三叶草，得在初秋把它们除掉。经过细心的检查，决定是不是有田鼠，这从在地面纵横交错的小跑道就可看出来。如果有，带上半蒲式耳的麦粒和三十至四十把用作饲料的玉米秆，抓一把麦粒撒在地面，在上面并排盖上两束玉米秆，造成一个个耗子的藏身处。不要干草，三叶草料也行，但我偏好玉米秆，在普通的果园内十五至二十五个这样的藏身处就足够了。十天至两星期内果园中的耗子会藏到这种貌似掩体的圈套下。现在拿一把六至八齿的干草叉，把这些小掩体刨扫一遍，摧毁它们的退路，然后迅速把覆盖的玉米秆揭开，它们的眼睛突然受光线照射，暂时变成盲目状态，给你时间正好用叉子从旁猛砸。假如估计一下，头一次战果可消灭百分之七十，然后再把玉米秆盖上准备下一次战役。假如你对此无所谓，干脆请一群上学的男孩执行你的计划，你很快会发现你的烦恼变成游戏和你对邻居的孩子们的教育。

万一你没有上述的材料做覆盖物，把老锯木屑撒在地面也能达到同样的目的。但是如果你依赖鹰和鸮去灭鼠，那么则要剥掉你有些树木的皮，因为耗子似乎有人的嗜好，它们喜欢苹果树皮如同人类喜欢苹果汁。

耗子问题总是使我想起有人讲的另一个人的故事。据说他看见一则广告："如何杀灭马铃薯甲虫！只要付一美元即可寄上全面指导。"这当然是一个便宜的机会，他马上封好一美元寄去。他收到一只小盒子作为答复，里面装有一小块砧板和一支木槌。"把甲虫放在砧板上再用锤子砸它。"

倪庆饩　译

春宵鸟谭

〔日本〕内田清之助

人随着年事渐长,奇妙地往往又是对壁龛里的挂轴和插花感兴趣,又是开始搞茶道。这当然是由于上了年纪既有了闲又有了钱,也尽管还有其他的种种原因,但另一个原因也是人一上年纪,身体就对热和冷有反应,变得对季节关心强烈起来。在青壮年期比较不发生那么值得一提的关心。然而在年轻人当中,也有对季节相当关心的人。例如杂志的编辑等人,就名列其首。于是每到春天即将来临时,他们就向作者约稿说:"希望您作为早春随笔,就春季的鸟写篇文章。"而这并不只限于《文艺春秋》一家,无论哪一种杂志,都制订异曲同工的计划,每年都有同属一类的稿约重叠而来。这样一来,无论你的写法是如何地会变化,也多是变不出很多名堂来。

在这一点上，就连寺田寅彦先生那样的随笔大家，看起来也相当地吃力，在叫作《随笔难》的那篇作品中，他写着这样意思的事：

就连自己也都感到过意不去的是，把自己曾在哪儿写过的事，又陷入在别的随笔中非得再写的境地的时候。如果被同一位读者看见，准是觉得“又来了”。但是只看过一遍的话，多半也觉得不会再有下次了，可是由于又见到了，也许才把它留在心上的。

这也确实是一种看法。然而无论怎么说，对于笔者一方来说，就一桩事而一再重复，是件苦差事。于是登出的文章标题就是《春宵鸟谭》。以此尽管未必能够成为严密意义上的春天鸟，我却觉得也可以略微以散发出春天气息的悠然谈鸟来敷衍塞责了。

说到春季的鸟，首先联想到的就是黄莺，它在春季率先鸣啭。另外作为饲养的鸟也深为人类所亲近，自古以来，在饲养黄莺上就极尽奢华之能事。在鸟笼方面也极其潇洒，日本趣味横溢。其做法是，在普通的竹笼之外再罩上笼桶。笼桶一般来说，是用桐木的直木纹薄片来制作的，在前面嵌有拉窗，在拉窗的下半部有漂亮的雕刻之类。也就是说，把它罩在笼子外面，让鸟不大看见外界，使之处于宁静的气氛之中。笼桶还有用桑木、黑柿、紫檀木等制作的四脚尺寸很高的承台，这承台也施以出色的雕刻。也即把这种劳什子安放在十二铺席或十五铺席的和式房间的边龛里，静静地享受鸟的鸣啭。书斋艳阳当窗，梅树枝影婆娑，黄莺之声悠扬婉转，这正是日本式趣味的极致。

不仅黄莺，鸣禽的饲养之风在日本自古以来就十分发达，在全国的所有阶层中都广为流行。而其中，尤以黄莺、绣眼儿和百灵三种饲养得最多。绣眼儿有的一只卖到数百元，然而与黄莺的成为贵族的宠物相比较，则是相当大众化的玩意儿。至于百灵，则更为大众化，往往看到悬挂于农家房檐下的廊子上和城镇理发馆的店头。

说到底，养鸟的兴趣在全世界到处都有，但欣赏鸟的鸣叫声的风俗，则为日本所特有。在西洋的鸟中，也并非是没有像颤音金丝雀那样的以欣赏其鸣声的种类，但多数是为了因其姿态优美或善于模仿他物而饲养的，所以对鸟类鸣声，日本的音感最发达（这样说，该也不会遭到兼常清佐博士责备的吧）。

不管怎么说，日本饲养鸟的兴趣之深，实在是令人吃惊。就此有些趣闻。某大学的一位教动物的老师，到比睿山黑谷的青龙寺去听了一个晚上的“佛法僧”（又名三宝鸟）的鸣叫声。碰巧月色甚好，听到这灵鸟的鸣啭声不绝于耳。当天晚上正遇上一位富豪贵族院议员也在寺中过夜。那人也是位养鸟的爱好者，他充分领略了佛法僧的鸣啭，非常高兴，似乎深切地说了些："今天有幸十分满足地听到这么好的鸣叫声，太难得了。这类鸟实在是应该好好珍惜才行啊。"谁知这个人次日下山一回到家里，就立刻跑到镇上的警察署，提出捕捉佛法僧的要求，并要求转达给县政府，进行了交涉，但却遭到了婉言拒绝。过后听到这一传说的那位动物老师，据说不禁哑然不知说什么是好了。这也不一定只是责备那位议员先生，一般来说，在当时那种倾向确实很强。

日本所固有的兴趣固然应该保持，但如同养鸟之类的事，一旦过度，弊病方面就会变得多了起来。"紫云英还是应该放在野外的环境里让它生长"，这一点对于鸟类来说也是适用的，特别是最近盛行起来的爱护野鸟的运动，顿然使得鸟笼兴趣正在变得落后于时代了。日本趣味十足的养鸟，归根到底也与文乐剧的偶人一样，早晚也免不了衰微的。作为新时代健全的娱乐，只有在野外欣赏鸟声的风气，才必定会取代养鸟。蛰居于室内，听千金之啼声的为所欲为的时代，已经一去不返了。

幸而在大自然中听鸟声的地方，风景绝佳的名胜极多。以东京附近举例来说，富士山麓、日光、秩父、奥多摩、高雄山、轻井泽等都是鸟类得天独厚的胜地。偶尔在假日涉足其地，饱吸新鲜空气，倾听天真的小鸟的合唱，这也是符合一张一弛的国策的。

当然，爱护野鸟的观念未必是近来所独有，排斥笼中鸟，推荐大自然中的鸟的人，古来似已有之。在伴嵩蹊的《闲田耕笔》中曾有这样的记述：

> 黄莺等鸟的鸣啭之声有引色、三光之说，据说父母帮助它们选择师傅，让它们跟在善啭的老鸟身边当学徒。这一来，便从去年的鸣声杂乱无章，渐渐地跟着良师悠闲地来到阳光下，自己也以融洽在一起而高兴起来，从这一树枝飞到那一树枝地嬉戏，反正要比困在笼子内度寂寞时光强多了。也有人却把它们视为野鸟，以它们会把饲养鸟的鸣声带坏为由，拿起竹竿把它们赶跑。毕竟一染上世俗，为其昂贵的价格所惑，就有许多或贪声色之乐以求利，投人所好。既然士农工商各有其业，尽管靠这样的小道以谋利不足与论，也令人大为叹息。

对于大自然中的鸟类的观察，不单是在外行人之间，在专门的动物学家之间，近来也比较发达起来。在一段时间里，动物学变成了研究“死物”的学问，以摆弄称为标本的死物为能事，其原委是像野鸟的鸣声之类，是个从来就没有怎么进行过科学性的研究的课题，直到近来才渐渐地在生态的观察和与环境之间的关系等活动方面为人们所瞩目。自古以来就为人类所亲近，也是成为在文学上的重要对象的鸟鸣声，在学术上却一直不为人们所顾及，这似乎是怪事，然而却是事实，直至最近虽为时已晚，研究却总算是迈开了步子。日本在这块未开垦的旷野上走在别人前边的，是京都帝大的川村多实二教授的研究，他不仅在比较、研究整个日本的鸟鸣声，还把它与栖息于中国、朝鲜的同种的鸟类进行着比较。人们正期待着他在大成之后，想必会出现有趣的结果，但不管怎么说，这方面的研究还有待于今后。

达尔文的进化论认为，鸟的啼声是由于雌雄淘汰的结果，它意味着雄性为了得到雌性的爱。几乎从来都是这样解释的，但到近来了解到未必仅仅如此。既有呼唤雌性的时候，也有的时候并非为了这一目的。

鸟类的鸣叫声分为"地鸣"❶与"啭"❷。绣眼儿的"唧、唧"和黄莺的"恰、恰"的短短鸣叫声即属于"地鸣"，这几乎类似鸟的语言，是为了传达喜怒哀乐、警戒、恐怖之念等等的可以说是伙伴同志间的信号。而"啭"时，绣眼儿发出高音，黄莺则发出"嚯嚯剋扣"，这类声音大有雄性呼唤雌性之意。正因为如此，英语才把这种鸣叫声称之为"Love Song"或"Mating

❶繁殖期明显的小鸟一年之中发出的单音鸣叫声。
❷歌唱复杂的鸣叫声。

song”。然而在这两种鸣声之外,还有另外的鸣声。那是繁殖完毕后唱的歌,多为停止在高处或在空中边飞边叫。百灵在半悬空中啭,大琉璃鸟在树木的顶尖上频频鸣叫即属此类,总之,这是为了发出公告这儿是自己的领地,警告其他的鸟不得入内。鸟类的情义,其准确性似乎在人类社会以上。

说是在日本饲养鸟的兴趣有了长足的进步,这归因于什么呢?想来旧时代的日本,由于锁国的铁壁而与别国的交流少,物资也比较丰富,国民也有幸能够从容不迫地生活,因此似乎趣味性的事很发达。以鸡为例来说吧,在日本固有的种类中,没有实利性的,趣味性的东西却有着独自的发达。在日本,如果说有实用型的鸡的话,仅有名古屋的“克钦”和“三河”种,但它们只不过是局部性的种类,如果说到世界上有名的蛋用鸡和肉用鸡,那是“莱克亨”啦、“布拉玛”啦和“普利玛斯罗克”啦等种类。在我国一切外国创造出来的品种,都处于依靠进口的状态。而至于娱乐用的鸡,我国固有的种类却显著地可以称霸于世界。

原来娱乐用的鸡当中,有着观赏用的、斗鸡用的、以听其鸣声为乐的等等之别,这些无不都是从日本独特的优秀的品种中培育出来的。

首屈一指的鉴赏用种的鸡群之鹤,就是长尾鸡。据说它产于土佐国长冈郡大筱村的筱原。它是日本夸耀于世界的珍贵品种，由于它的尾羽不换毛而不断地生长，其中有的可长达六米。还培育出了一种尾羽虽然没有那么长，但尾羽基部的蓑羽却非常长的拖蓑鸡。另一方面，在矮鸡类中，有一种与长尾鸡相反，一根尾羽也没有，甚至连尾骨都没有了的叫作鹑矮鸡的。它是土佐的原产，德川时代从饲养于土佐的矮鸡偶然培育出来的，它极其珍贵。其他以日本为原产地的矮鸡中，有以桂矮鸡为首的相当罕见的品种，在国外享有盛名的也不少。

至于欣赏其鸣声的种类，日本简直名副其实地是其发源地。有一种名为"正告"的，便是其一例。其鸣声长，而且能够准确报时，因此自古以来就用它代替时钟，在全国广为饲养。当然啰，鸣声长者中，有很多著名的品种。例如原产于土佐的"东天红"，原产于越后的"蜀鸡"，原产于秋田以北的"声良"等，它们各自都长时间地报时，以其持续时间的记录来决定优劣。它们之中的无论哪一种，都是环境悠长、不慌不忙时代的我们先人所培育出来的种类，与现代作对比，不禁令人感慨系之。

春季谈鸟，扯到鸡上去了，但神国日本的历史，也是由清爽的鸡叫来报知春天的黎明的，因此也不见得是不自然的事吧。

说到早春的鸟，紧接着黄莺被人想起的是鹭。它是谁都知道的，在梅花开的时候群集而来。它是色彩斑斓的鸟，以与梅花联在一起而有名。梅以天神的伴随物而闻名，鹭也与天神联系在一起，在二月份有“换鹭的神事”这一仪式。龟户的天满宫和太宰府的天满宫也有这一例行活动。

鹭的鸣叫很美，其啼声有如吹口哨，发出一种有趣的奇怪的声音。

当然，鹭的这一名字，在中国被截然当作完全不同的鸟。在中国的画中被广为描绘，日本画，在狩野派的画和其他的古画中，也被众多的人当作描绘对象的山鹊，就是它。所谓的山鹊，其个头儿如同松鸦，尾极长，是含有紫色的美丽的鸟。中国多得很，而日本却没有。鹭是个与山鹊一点儿也不像的鸟，中国使用了“鹭”这个字。

然而中国的鸟名与日本的鸟名的差异，是不胜枚举的。中国的“鸳鸯”与日本的“鸳鸯”完全不同，“鸭”与“家鸭”之别也与日本的正相反，在中国野生的“鸭”是“鹜”，在河边上摇摇摆摆地行走的才是“鸭”。在动植物学者中，认为中国名与日本名有差异颇为不便，有人主张把它统一起来，但事到如今如果那样办，只能是越发增加混乱。日本的“鹭”在中国叫作“山鹊”，又有何妨呢。

鹭吃梅和樱的花蕾，因而在有的地方是个大害。虽说是吃花蕾，其实它的吃法很奢侈，它把梅与樱的花蕾外侧大部分地方毫不容情地用喙啄后丢掉，只吃其中芯部的微小的部分。所以一来到被鹭群袭击后的树下，的的确确是一片落花狼藉的惨状。如果把全部花蕾都吃掉，就不必那么糟蹋也能够吃饱，但因为它是只品尝花蕾中的芯的美食家，所以令人难以忍受。“祸害花蕾”，指的确实是此种鸟的行为。

林怀秋　译

谈狗和猫

〔英国〕杰罗姆

今天早上我因为它们而吃的苦头,没有人能说得出。事情是从古斯塔夫斯·阿道弗斯开始的。古斯塔夫斯·阿道弗斯(楼下大家简短地管它叫"古斯蒂")是一条非常好的狗,那是指它在广阔的田野里或在相当宽敞的空地上,可是我不要它待在屋里。虽然它用意很好,但这房子配不上它那么硕大的身躯,它伸直了身子能把两把椅子和其他家具通通挤到一边去。它摇一摇尾巴,屋里看上去就像有排山倒海的军队经过似的。它呼出的气能把炉火吹灭。

午饭时,它爬到餐桌下躺了一会儿,然后突然起身,我们得知它行动的消息是从餐桌传出来的,因为餐桌似乎变活了,想要翻跟头。我们大家赶忙疯狂地按住餐桌,竭力使其保持平衡，而它得出的印象却以为在策划恶毒的阴谋反对它，因此挣扎得非常厉害，最终常会出现这样一个场面：餐桌被推翻，饭菜被糟蹋而倒进了男女两层的夹缝当中，而所有人都怒火冲天，正在地板上爬呢。

今天早上它进来时也是平日那样的派头，看来这是在学美国飓风的派头。它做的头件事就是用尾巴把我的咖啡杯从桌上扫下来，把里面的咖啡全泼进我的背心。

我赶忙从椅子上站起来，口中骂一声“该死的”，然后朝它飞快地跑过去。在我到达前它早已奔向房门，在门口遇上正端着鸡蛋进来的伊丽莎。伊丽莎叫一声“呸！”，一屁股坐在地板上，鸡蛋从不同的方向掉在地毯上，外壳打烂露出蛋白，而古斯塔夫斯·阿道弗斯则离开了房间。我在后面呼唤它，严厉告诫它直接滚下楼去，而且一小时左右不要让我见到它，它似乎同意我的意见，闪开了煤勺子的打击，逃出去了。这时我转身回来，把身上擦干，然后吃完早餐。我拿稳它到院子里去了，可是过了10分钟我往走廊里一瞧，却看见它坐在楼梯口上。我命令它马上下去，它却边叫边跳，所以我就过去看看发生了什么事。

原来是蒂图姆丝，它正坐在楼梯口台阶上，不让大狗过去。

蒂图姆丝是我们的小猫咪。它的身躯恰好是一便士一个的面包那么大。这时它正拱起腰，口中骂个不停，活像医科大学生。

它骂起人来确实令人害怕。我有时也会那样骂人，但跟它相比，不过是业余水平而已。对你讲真话吧——请注意，这事只能你我知道，切勿外传；我不该让老婆知道这是我说的话，女人家是不懂这些事情的；不过你我私下说说，你知道，我认为骂人对男人来说大有好处。骂人，这是安全阀，通过它坏脾气可以化成无害的蒸汽逃掉，不然的话就很可能对大脑产生严重的内伤。一个人说："上帝保佑你，亲爱的、可爱的先生，是什么太阳、月亮、星星使你这样粗心大意(假如允许我使用这种表达方式)，竟会让你轻快脆弱的脚步用这么大的气力踩在我的鸡眼上?难道你根本不明白自己朝哪个方向走吗？你这可爱的、聪明的年轻小伙子——你！"他说完这番话或类似的话，就会觉得好受一些。咒骂，跟大家熟知的摔打家具或砰地关门这种做法一样，会对愤怒情绪产生同样的缓解作用。除此以外，价格也便宜得多。咒骂会把人清扫干净，好比一便士的火药会把洗衣房的烟囱打扫干净一样。对二者来说，偶尔来一回爆炸都并非坏事。一个人从不破口大骂，或狂暴地踢脚凳，或用不必要的猛力拨弄炉火，这样的人我倒有点儿信不过。生活中经常产生的苦恼会令人愤愤不平，若没有一个发泄出口，这股愤怒往往会在里面疼痛溃烂。恼人的琐事非但没被我们抛开，反而守候在我们身旁，发展为悲哀；对微不足道的委屈我们又闷闷不乐地加以思索，在沉思默想的温床里小小的委屈会发展成巨大的伤害，而在其有毒的阴影下我们马上会产生仇恨和报复心。

咒骂可以释放感情，这就是咒骂的功能。有一次我向姑母解释这一点，可是并没得到她的响应。她说我毫无必要产生那种感情。

这就是我对蒂图姆丝讲的话。我告诉它，既然在基督教家庭里长大，它也该感到惭愧呀。听见一只老猫骂人，我倒并不怎么介意。可是看到没有多大的小猫就如此放肆，我简直不能容忍。年纪轻轻的就这样，似乎很可悲啊。

我把蒂图姆丝放进衣袋里，重新回到书桌旁。我暂时忘记了它，后来抬眼一瞧，发现它已蠕动着身子跑出了衣袋，爬上书桌，而且正试图吞下我的笔；接着又把腿伸进墨水池里，把它打翻；接着舐它的腿，接着又开始骂人——这一回是冲着我来的。

我把它放在地板上，在那里蒂姆马上跟它发生争吵。我实在巴不得蒂姆不要管闲事。小猫干了些什么事，这不关它的事呀。此外，它自己也不是圣徒。它只是两岁的猎狐小狗，它样样事都要出面干预，做出一副苏格兰白头大牧羊犬的神气。

蒂图姆丝的妈妈进来了，它抓了一下蒂姆的鼻子，这事使我非常高兴.我把它们三个一起赶到走廊去，现在它们正在那里打架呢。

我给墨水搞得一团糟，因此大发雷霆。假如这天早上再有狗或猫任何东西前来愚弄我的话，那么它最好把丧葬承包人带在身边。

不过，一般说来，我确实非常喜爱狗和猫。它们是多么开心的小家伙啊！作为伴侣，它们比人类高明得多。它们不跟你吵架或争辩。它们绝不谈自己，而是静听你谈论你自己，而且始终保持对谈话很感兴趣的样子。它们绝不发表愚蠢的评论。它们绝不会在用餐时向对面的布朗小姐说，它们原先一直很了解她对琼斯先生十分友好(琼斯先生刚与鲁滨逊小姐结婚)。它们绝不会把你妻子的表哥误认为她的丈夫，而幻想着你是岳父大人。它们绝不会向一个案头上放着14本悲剧、16本喜剧、7本闹剧和两本滑稽剧的年轻作家，问他为何不写剧本。

它们绝不说令人伤心的话。它们绝不把我们的过错告诉我们，"即便是为了我们自身的好处。"它们不会在不方便的时刻温和地提醒我们过去的愚行和错误。它们不会说："啊，不错，如果真的需要你，那你的用处可就大啦"——这类讥讽话。它们绝不会像我们的情人有时那样，告诉我们现在已不如从前那样可爱。我们对它们是始终如一的。

它们总是很高兴看到我们。不论我们的心情如何，它们总跟我们在一起。我们高兴的时候，它们就快活；我们严肃的时候，它们就安静；我们伤心的时候，它们就悲哀。

“喂！高兴起来，玩乐一阵吧！好啦，让我来服侍你。我在这里，在你身旁活泼蹦跳；我会跳，会叫，会旋转，随时任你怎样取乐都可以。你若不信，瞧瞧我的眼睛吧。你需要什么？如果在客厅里嬉闹玩耍，就别管那些家具吧；要不，去外面新鲜清爽的空气里飞奔一趟吧。跑过田野，跑下山冈，莫让那老工头的鹅群知道这是什么时间。啊呀！快来吧！”

或者，你想静静待一会儿，思考一番。那很好啊。小猫会坐在椅子扶手上，满意地喵喵叫着。蒙特莫雷西会在地毯上蜷缩成一团，眯眼望着炉火，但同时又用一只眼望着你，准备着万一你心血来潮向它指示老鼠出没的方向。

我们把脸埋在双手里，心想要是不来到世上多好。这时它们并不把身子坐得笔直，指出这一切全是咎由自取。它们甚至也不希望对我们发出这样的警告。它们只是轻轻走上前来，用脑袋一个劲儿推我们。假如是一只猫，它会站在你肩膀上，一边弄乱你的头发，一边说：“老爷啊，我为你的老人感到难过，”仿佛人说话一样明白易懂。假如是一条狗，它会用真诚的大眼仰望着你，眼里在说：“喔，你永远有我在你身边，你知道的。咱们将共同经历人世坎坷，永远站在一起，不是吗？”

狗是非常轻率的啊。它绝不认为有必要弄清楚你是正确的抑或错误的，也绝不费心打听你在人生阶梯上是往上升还是朝下降，也绝不问一声你是富翁还是穷鬼，是傻瓜还是聪明人，是罪人还是圣人。你就是它的好朋友。对它来说，这就足够了。不论是好运或霉运，好名声或坏名声，荣誉或耻辱，它都准备紧跟着你，而且安慰你，保护你，必要时还会把生命贡献给你——真是又愚蠢、又没头脑、又没灵魂的狗啊！

哈！坚定可靠的老朋友，你有清澈深沉的眼睛，明亮快捷的目光，人还来不及把心里话说出来，你就能领悟一切，你是否知道你仅仅是动物，而且没有心灵？你是否知道外面那儿靠着电杆斜站着的那个眼神迟钝、满身酒味的蠢人在智力上却比你无限优越？你是否知道每个心胸狭隘、自私自利的坏蛋都是靠欺诈蒙骗而谋生糊口，从未做过一桩好事或说过一句好话，他们的思想没有一个不是卑鄙的，他们的欲望没有一个不是下流的，他们每个行动都是欺骗，每句话都是谎言；你是否知道这些爬来爬去、东躲西藏的人们（世上这种人数以百万计），你这个可敬的、大胆的、毫不自私的畜生，你是否知道他们全都比你优越得多，像太阳胜过烛光？他是人类，你知道的；人类呀，是整个广袤而永恒的宇宙中最伟大、最高贵、最聪明、最优秀的生物。任何人都会对你这样讲的。

是啊，可怜的小狗，跟我们这些聪明的人类相比，你是非常愚蠢，确实蠢得很。我们懂得一切政治和哲学，总而言之懂得一切，只有一件事除外，那就是我们是什么，我们从哪里来，我们到哪里去，以及这个小小世界以外的一切和其中大多数东西又是什么。

不过，小狗和小猫啊，你们可不要介意，正因为你们愚蠢，所以我们对你们俩更加倍地喜爱。我们大家都喜欢愚蠢的东西。男人不能容忍聪明的女人；女人的理想伴侣也是她能称之为“亲爱的老笨蛋”的那种男人。碰见比自己蠢的人是件愉快的事。由于是这种人，所以我们一见面就会爱上他们。这个世界对聪明人来说一定是个颇为艰苦的地方。普通人不喜欢他们，而他们自身之间呢，又极其真诚地互相憎恨着。

不过话说回来，聪明人是微不足道的少数，所以他们不高兴确实无关紧要。只要能使愚人们生活得舒服，这个世界作为一个整体就会相当地平安无事。

猫享有比狗较为世故的声誉——较多地追求自身的利益，而不太盲目地为朋友的利益而献身。所以我们男男女女对这样的自私自利理所当然地感到震惊。猫确实热爱厨房里铺有地毯的家庭胜过那没有的家庭；要是周围小孩很多，它们更喜欢到邻居那里去消磨空闲时光。不过，总起来说，猫是受到诽谤的。假如它跟一个人交上了朋友，不论任何艰难险阻，它都会紧跟着你。我喂养过的所有的猫始终是最坚定的伙伴。我曾有过一只猫，它跟着我到处走，甚至走到令它最难为情的地方，因此不得不恳求它，作为个人的恩惠，不要陪我再往商业区大街走下去了。每当我回家很晚，它总是熬更守夜等着，还要到走廊上来迎接我。这使我觉得仿佛是个结了婚的人，只是它绝不问我到哪里去了，而且听我一一告诉它后，也不相信我说的话。

我还有过一只猫，它天天总是喝得醉醺醺的。它可以一连几小时守候在地窖门边，一旦有机会就溜进去，用嘴去舐啤酒桶漏下的酒滴。我提到它这个习惯并不是要称赞这种猫，而只是为了说明它们当中有一些差不多已具有人性了。假如灵魂转世是事实的话，那么这个小动物肯定有资格迅速无比地转变成基督徒，因为除开酗酒外，它最爱的是虚荣。每次捉到一只特大的老鼠，它都会拖进我们大家在座的屋里来，把尸体陈列在大伙儿中间，期待大家的称赞夸奖。天哪！女孩子们的尖声高叫多么刺耳呀！

可怜的老鼠！看来它们的生存仅仅是为了使猫和狗捕杀它们而赢得声誉，使化学家发明消灭它们的特效毒药而大发其财。然而它们也有引人入胜之处。人们把超自然的神秘力量牵强附会加在它们身上。它们是那么狡猾顽强，数量之多那么吓人，而且那么残酷，那么诡秘。它们聚居在荒无人烟的房子里，那些破烂窗框悬吊在墙脚腐朽、摇摇欲坠的墙壁上，房门在锈蚀的门链上摇晃着，吱吱作响。它们知道船要下沉，便会全体离船逃走，谁也不明白这是怎么回事或者逃往何处。它们在潜藏之处互相悄悄耳语，说是一场厄运将如何降临到庄园头上，而某某有名人士将如何一命呜呼，被人遗忘。它们在阴森可怖的尸骨存放所能干出许许多多可怕的事来。

恐怖故事里缺少了老鼠就说不上是完整的故事。在鬼怪和谋杀故事里，它们会在回声荡漾的屋里四处奔跑；在护壁板后面会听见它们牙齿啃咬的声响；在虫蛀的地毯洞里看得见它们闪光的眼睛在窥视；深更半夜它们发出刺耳的、非人间的尖叫，这时凄惨的阴风呜咽着，围绕倾圮的塔楼扫过，然后像号啕恸哭的妇人从无人居住的、空荡荡的卧室里一穿而去。

关在令人厌恶的土牢里的犯人，临死时透过可怕的昏黑，可以瞧见它们血红的小眼睛好似燃烧着的炭火一般；在死一般的寂静中，他们可以听见它们爪子样的脚的急速奔跑声；在黑暗里，他们还会忽然尖声惊呼，一下站起来，而整个恐怖的深夜都在留心观察呢。

我爱读有关老鼠的故事。它们会使我汗毛直竖，惊吓万分。我喜欢那篇关于哈托主教与老鼠的故事。那坏心肠的主教，你知道，一向拥有那么多粮食堆积在粮仓里，却不愿让挨饿的饥民动用一星半点。他们来向他祈求施舍粮食的时候，他就召集他们到粮仓里去，然后把他们关在里面，放火焚烧，把大伙通通烧死。可是第二天来了成千上万的老鼠，它们是被派来审判主教的。哈托主教赶忙逃到位于莱茵河中央的那座坚固的塔楼里，把自己锁在里面，以为十分安全。可是那些老鼠呀！它们游过河，沿厚石墙打开一条路，啃穿钻进去，把藏身其中的主教活活咬死。

它们用石头把牙齿磨得锋利无比，

如今正在啃咬着主教的躯体；

它们把四肢的肉啃得一丝不剩，

因为派它们来正是对他审判公正。

啊，这真是一篇可爱的故事。

其次，还有那个哈默林镇上花衣吹笛人的故事，他如何用笛声把老鼠赶跑，后来镇长背约失信，他又用笛声把镇上所有小孩子拐走，进入大山。这是多么奇妙的古老传说啊！我不知道这传说意味着什么，或者它是否有任何含义？似乎有一种离奇而深奥的东西隐藏在那波动起伏的韵律里。我心里老是萦绕着这样一幅景象：古时候那个古怪而神秘的花衣吹笛人，正吹着笛子经过哈默林镇的狭窄街道，后面跟着许多小孩，手舞足蹈，脸上显出沉思、渴望的神情。乡亲们试图要他们留下，可是孩子们根本不理睬。他们听见了那超自然的、有魔力的音乐，就非跟着走去不可。玩耍游戏尚未结束，他们就纷纷离开，玩具也漫不经心地从手里掉落。他们不知道匆匆忙忙赶往何处去。那神秘的音乐在呼唤他们，他们就跟着跑去，既不注意，也不问去哪里。那音乐扰乱着、震撼着他们的心，其他声音则愈来愈微弱。就这样，他们漫游在花衣吹笛人经过的街道，终于离开了哈默林镇。

我有时不禁想到那花衣吹笛人是否真的死了，或者他是否仍在大街小巷漫游，不过现在他的笛声非常轻微，只有小孩子才听得见。他们为什么暂停嬉戏，站在那里，全神贯注，睁大眼睛，小脸蛋儿显得那样严肃而神圣？我们问他们，他们只把长着卷发的脑袋摇一摇，笑着赶快跑到伙伴那儿去。可是我个人幻想，他们刚才是在谛听古时候花衣吹笛人的神秘音乐，也许他们明亮的眼睛甚至还看见了他那奇形怪状的模样，不被注意地在繁忙的人群里溜走了。

甚至我们这些长大成人的小孩子不时也会听见他的笛声。可是那渴望的曲调离我们太远，这个闹嚷、狂暴的世界里的吼叫声太大，因而那梦幻般的旋律给淹没了。总有一天，那又甜蜜又悲哀的曲调会高昂而清晰地奏响，我们也会像小孩子一样，把所有的玩具抛开，跟着跑去。亲人的手伸出来，叫我们留下，我们一向乐于听从的声音向我们高呼，叫我们停步。可是我们会轻轻地把那些亲切的手挡回去，走过悲伤的房子，经过敞开的大门径自出去。因为那疯狂的奇怪音乐会在我们心里鸣响，到那时我们将明白歌声的含义。

我希望人们爱小动物不要带有痴气，这是很多人都难以避免的。在这方面，女人的毛病最严重不过，但有知识的女性由于荒谬的崇拜，也常把宠物变成讨厌的东西。不少多愁善感的少女读了《大卫·科波菲尔》，也要学着喂养一条不知什么品种的长毛小狗，这狗却有一种令人恼怒的习惯，经常批评男士们的裤子，最终它的评论就只是用鼻子嗅嗅而已，聊以表示鄙视和厌恶。她们还用娘儿们的一连串无意义的甜言蜜语来对狗谈话（这时任何人离她们都很近，足以听在耳里），她们还以极其动人的姿势吻狗的鼻子，把它未曾洗刷过的脑袋抬上来偎依在自己的脸颊上。不过，正如上面所说，这些爱抚动作主要是有年轻男士在她们身边逗留纠缠时才做出来的。

其次，还有些老太太对长卷毛的胖狗很崇拜，尽管那狗喘不过气，而且满身跳蚤。我从前认识一对上年纪的处女，她们养了一头德国香肠似的四条腿动物，她们互相之间管它叫狗。每天早上，她们要用温水给狗洗脸。早餐时，那狗照例吃一份羊肉片。每逢礼拜日，其中一位去做礼拜，另一位则留在家里做狗儿的陪伴。

有许多家庭，他们整个生活的乐趣全集中在狗身上。顺便说一句，猫很少受到过分的谄媚讨好。猫对这种可笑的行为有着十分公正的判断力，它会用爪子善意而坚定地制止任何这类无聊的举动。可是狗却似乎很喜欢。它们会鼓励主人干这种蠢事，因而就出现这样的结果：在我所说的这个圈子当中，从早到晚持续不断讨论的主题便是"亲爱的菲多"已经做了什么，现在做什么，将来做什么，不愿做什么，能做什么，不能做什么，过去做过什么，目前在做什么，准备要做什么，叫它做什么，不叫它做什么，大概准备要做什么等等。

这一切其实全是愚蠢行为的糟粕所组成的谈话，都是对着这个该死的畜生讲的。家里的人整天围坐成一圈，观察它，评论它的行动,互相讲述有关它的故事,回忆它的美德,而且眼泪汪汪地记起了有一天它丢失了整整两个小时的情景。当时有个屠夫的小孩极凶狠地把它拖回家来,有人看见他一路上一只手捉了狗的颈皮,一只手用巴掌打狗的脑袋,打得啪啪响呢。

从痛苦的回忆中恢复过来后,他们又对畜生的赞美展开了相互竞争,后来有一位成员,热情超过了通常的程度,他实在控制不住自己的感情,猛然向这不幸的四脚兽扑去,在狂喜之下一把抱在怀里,伤感得无以复加。看到这种情形,其他成员嫉妒得发狂,也站起来,一下跑到狗面前,尽量抓住第一位贪婪者为他们所剩下的部位,口中还喃喃说着赞美和崇拜的词句。

这种人中间,要办任何事都得通过狗。假如你想追求大女儿,或要老人把碾草坪机借你一用,或要母亲向剧院交响乐队严禁独奏演员戴桂冠协会捐款(无论如何也没有这种协会,真遗憾),那你都得先从狗开始。你必须受到狗的欢迎,他们才会听你说话。假如这动物对你表示友谊的序幕报之以恶毒猛咬——这是完全可能的,那么你的事情就算永远完蛋了,因为狗的开朗性格早已被其接受的不自然的对待给歪曲了。

"任何一个人菲多若是不亲近他,"父亲事先就已创见性地指出,"我说呀,那个人准是信不过的。你知道,玛丽亚,这话我已经说过好多次。啊哟！它知道，上帝保佑它。”

让它见鬼去吧！

真想不到那头粗暴无礼的畜生原先本是天真无邪的小狗，腿脚敏捷，头脑灵活，很会逗乐嬉戏，而且野心勃勃要长成又大又好的狗，像妈妈一样会吠叫。

哎哟！生活把我们大家全变了，真可悲。这世界似乎是一台巨大而可怕的研磨机，一头送进去的东西是新鲜、光明、纯洁的，另一头出来的却是老迈龙钟、脾气乖戾、满面皱纹。

即使是严肃庄重的狗，请你瞧瞧它吧。它的目光呆滞，昏昏欲睡，走路又庄重又缓慢，神态既尊严又拘谨；谁能想到它一度曾是蓝眼睛、会旋转、会奔跑、会翻跟头、像烟火般疯狂的小动物，我们管它叫小狗儿。

小狗儿具有何等奇妙的生命活力啊！在小动物身上，生命洋溢的样子确实有一种美。它们到处跑，汪汪叫，跳跳蹦蹦；用后脚跳舞，用前脚抱东西，在地上不断地滚呀、滚呀、滚呀，仰卧着用脚蹬个不停。它们不知道拿自己怎样办，它们洋溢着那么多的生命。

读者啊，你可记得你我感觉到同样这种事的时光吗？你还记得风华正茂的青春期的光辉日子吗？那时踏着月光沿大路回家，我们浑身充溢着太多的生命，不愿缓缓步行，而要边走边跳，像波浪般摆动着胳膊，大声呼叫着，以致那些等候迟迟未归的丈夫的农民老婆以为——而且有充分的理由以为——我们疯了。她们紧靠在篱笆旁守候着，我们到那里也止步站住，瞧她们那么急匆匆跑开就放声大笑，使她们一阵毛骨悚然，跑开时还惊呼一声呢。这时不知为什么泪水却涌进了眼眶。啊，那是多么辉煌的年轻生命啊！它使我们登上了全世界帝王的宝座；它在每条激动的血管里奔流，我们走路时也飘飘欲仙；它穿过我们跳跃的脑筋，要求我们奋勇直前去征服全世界；它涌入我们年轻的心，因而我们渴望伸出手臂去把所有劳动的男女和小孩通通抱在怀里，而且爱他们大家——爱所有的人。啊！那些美妙而充实的日子全是快乐的时光。那时，未来的生命像看不见的风琴在我们耳际奏着神奇而充满渴望的音乐；我们热血沸腾，高声呐喊，好比出征的战马。啊，如今，我们的脉搏跳得缓慢而平静，老骨头关节患了风湿，我们热爱舒适的坐椅和烟斗，对少年的热情则嗤之以鼻。可是，啊！但愿那神仙似的生活再短暂出现片刻吧！

沙铭瑶　译

绵 羊

〔法国〕阿兰

对于绵羊，很难给予好的评语。我们可以看见：一个牧人走在前面，一大群绵羊跟在他的身后。很明显，如果它们听不到牧人的呼唤，就会茫然不知所以，他就像是它们的上帝。我常听人说，羊群是被赶到首都屠宰场去的，而如果它们失去了它们已经习惯了的牧人，就会倒毙在路边。事情本来就是如此，牧人的确总是尽力照料羊群，不让它们受到伤害；差错只是出在送去屠宰的时候，这仅是一个意外的孤立事件，不会改变人们的观感。

母羊把这一切解释给羊羔听，教它们懂得做羊的规矩，并用狼来吓唬它们。如果那儿有一只黑羊的话，还要用黑羊来吓唬它们，因为黑羊会把牧人说成是羊群最大的敌人。母羊说：

“是谁在关心你们?是谁使你们免受日晒雨淋?是谁跟着你们慢慢走路，使你们能吃上想吃的嫩叶? 是谁不辞辛劳去寻找丢失的牝羊? 谁把她抱在怀里带回来? 如果一只羊死于疫病，我曾看见牧人在哭泣。是的，我看见他哭了。如果一只羊羔被狼吃了，就会引起牧人的愤怒，牧人的主人也会参与，他代表着至高的看不见的神的意旨。他发誓要为羊羔复仇，于是发动了对狼的战斗，五只狼头被钉在畜舍的门口，仅仅为了一只羊羔。他是我们的力量和幸福。他的思想就是我们的思想；他的意志就是我们的意志。孩子，这就是为什么你必须感恩戴德，克服困难，学会服从。一只明智的绵羊就曾经这么说过。因而你要仔细想想，作出自己的判断。为什么你必须要服从呢?为了一束青草和鲜花吗?为了欢欣跳跃的乐趣吗?也许你会说，你应当让舌头和脚来支配自己。不，不。你完全明白，一只循规蹈矩的羊，它的抱负就是成为一只真正的绵羊，脚是不能够对抗整个躯体的。因此，在所有羊的观念中，应该遵循我讲的这一点。也许没有任何东西能够比这更好地显示真正的羊的精神。到羊群去吧，你属于它就像你的脚属于你。”

于是羊羔遵循着这些崇高的观念，以使它能增强四肢的力量。它必须经受成长的痛苦，等待着它的是血的气味，它很快就会听到窒息的呻吟。也许它曾预感到一些可怕的东西。

然而，跟着这样一位好主人还有什么可怕的呢？只要一切听从命令就会得到安全。当你看见牧人带着惯常的表情，像在牧场里一样平静，还有什么可怕的呢？如果不相信牧人及牧人的主人在很长时间里为羊群带来了好处，那么，还能相信谁呢？当施恩者和保卫者都如此安详，还害怕什么呢？即使羊羔发现它自己躺在一只沾血的台子上，用目光寻找它的恩人，看见他就在身边，深切地注意着它，它那羊羔的心里就有了可能有的勇气。然后是致命的一刀；于是答案消失了，同时问题也不存在了。

罗洛　译

高贵的牡赤鹿

〔英国〕杰弗里斯

鹿角，金色的皮毛，优美的形体与举止都是足以使一只牡赤鹿自豪的东西，在这些方面再没有比他更美的生物了。他似乎是多羊齿植物的峡谷，橡树林，生长石南的宽阔的坡地的天然主人。它们属于他所有，他以高贵的主人的姿态在草皮上昂首阔步。这片土地是他的，还有周围的山冈，可爱的溪涧，岩石磊磊的幽谷。他要比离群迷路闯入他的领土的牛羊自然得无法比拟。由于某种难以说清的缘故，虽然他们在实际上也是自然的，如果出现在你面前，他们显得好像是用人工的方式驯养在那里。他们并不如画家说的随风景的色彩和形状发生变化。但牡赤鹿犹如橡树蕨草岩石一样自然。他是大地的产物——土生土长——由于遗传而继承他所拥有的一切。

他完全不理会人的控制——墙与篱对他来说不算一回事——他愿上哪儿就上哪儿徜徉，由爱好掌握，吃他爱吃的食物。

他抢劫庄稼，从果园和花园索取他应有的那一份权益，实行古代的封建所有制，根本不理睬居家人的那套规矩。你若干扰他在橡树林中的荒野的根据地，即使他在武力下让步，他还要停下来回头傲然而视。他被人杀害，但不屈服。他不愿和公园里驯养的鹿做配偶；他傲慢如西班牙贵族，瞧不起扁角鹿[1]，他只跟自己这个种族的鹿通婚，生儿育女。但主要是因为他不同寻常地适应他的环境，从而得到我们的赞美。

分岔的鹿角跟深处的多荫的树枝和欧洲蕨的宽阔的叶子那么相像；在森林中他的金红色的皮毛跟毛地黄或紫石南的颜色非常调和，后来又跟山毛榉的橘红色适合；他的跳跃从草地反弹，动作潇洒自如；他的四条腿攀登陡峭的山冈如履平地；他奔跑的速度可以保持相当的距离，从一个地方到另一个地方快如风。他不仅生活在荒野——荒野的树林和沼泽——他也可以因长大而脱离它们，好像长大的橡树超越地面。

高贵的牡赤鹿，由于他值得骄傲的角，是现存于英国森林和高山中一切动物之王。

倪庆饩　译

[1]一种欧洲产的小型鹿，毛色淡黄，夏天有白斑。

虎

〔英国〕卢卡斯

有幸参加猎虎[1]——还是在象背上——这是最充分地体验印度本土特色的机会。几乎一切都可以在别的地方再现——皇宫，市场，商队，伊斯兰清真寺和其他宗教的庙宇——但是老虎出没的丛林，喜马拉雅山，象群跋涉而过直到边界线的广大的沼泽地，追逐一只食人的猛兽那种近乎痛苦的欣喜若狂的感情却无法重现。

---

❶国际社会现在已制定法律保护包括老虎在内的濒危野生动物，但在殖民地时代猎虎在印度并不非法，这使印度特产的孟加拉虎濒于绝灭的边缘，据估计野生的孟加拉虎现存约 3350 头至 4700 头(1994)。随着人们对自然保护的重要性的认识，印度已建立 21 个保护这一物种的保护区，但偷猎现象仍很严重。

这场追猎的主角，以他的名义捕猎过许多老虎，是哈尔考特·勃特勒爵士。他的好客是闻名的，接待是如此慷慨热情，如此细致，他不满足于“勒克瑙[1]周”的普通娱乐安排，认为这对客人是不够的，他临时给我们安排一天，在尼泊尔边境猎沼鹿。时间短促，原来计划准备七十多头象，由于实际上只弄到二十五头，主人因为供应的短缺而向我们表示(我们总共有六个人)歉意，但对那些从来没见识过一次六头大象以上的人，而且是在动物园和马戏团，这一排二十五头足够惊人了。它们在平野上等候我们。从车站去打猎的地方有二十来英里，铁道是临时性的，坐一整晚火车把我们送来。车站的名称，如果有人告诉过我，我也忘了；在我发热的头脑里没有储存这类琐事的余地。别的事我倒没有忘。

在一大早凉爽清新的空气中驱车一个半小时后——其间用长杆挥舞破布告诉司机方向——远方的一批营幕在望，在营幕旁边是一大片又黑又长的难以说清的物体，通过薄雾，它似乎时而在挪动；走得更近我们才辨认出来是一排大象，列着队在等候向省长致敬。这个印象比我此前看到的任何东西都要深刻和具有东方色彩。那也挺奇怪，因为有的象脸部涂上色彩，脚趾镀金，好几头打量着我，表情滑稽，引人注意。六头至七头有象轿，其余铺以毯子，有象轿的象是供贵

[1]印度北部城市，北方邦首府，作者曾在此逗留。

宾团和它的向导巴姆·巴哈杜尔，一位著名的职业猎手乘骑；其余则用来运载食物和载回猎获物。在每头象的颈项上坐着一名象夫[1]。

对一个耍笔杆比使猎枪更纯熟，五十年内，在他的猎袋里只放过几只兔子，一只刺猬和一只苏格兰雌雷鸟的人来说，交给他一支连发步枪和几十发子弹，告诉他那边那头躯干硕大，脑门上抹着赭红的大象是他的，这可绝不是一场无足轻重的考验。在丛林里骑在一头大象的背上而不负责使用致命的武器，这本身就是够消磨一天的惊险的经历，但是预料还要出生入死，这就简直过分了。不过，想到还有别的许多人做伴，你也就勇往直前；我吃力地用梯子慢慢地爬到象背上，而不是像老练的猎人那样，用一只脚跨到大象的鼻子上，然后被人朝上一甩；我旁边是一个非常精明的印度青年，他讲英语讲得极流利，还教给我猎人的知识。

一行人就这么出发了，有一阵我感到非常不适，因为象轿的运动短促而颠簸，需要时间来调整自己的姿势去适应，又要忘记大象迟早会绊倒的感觉——多半是早而不是迟。但是绚丽的朝晖，我们行进的急迫，运输工具的新颖与壮观，场面的奇异，我的同伴对这一天遭遇的预测，克服了我对个人舒适的需要，我在综合这一切的情况下忘记了自己。我们的

---

[1]印地语称为施卡里（shikaree）。

目的地是六英里外的一片相连的沼泽，通常在这片沼泽地上可以发现沼鹿。我们人和象分成几个小组，我所属的一组为左翼，我们得到的指令是达到某一地点后守候往那个方向去的鹿群；一批人控制右方，其余的人搜索中央地带。

我们以接受神经紧张的耐力考验而开始，一条河床颇深的河流差不多立即出现在下方，却必须渡过。在大象走下显得几乎是垂直的河岸扑通一声投身水中时，我只好听天由命。但在它勉力走过河，猛然扭动一下巨大的身躯踏上对岸后，好长一段时间地面都是平坦的。我收回宿命论，有了闲情逸致观看四面的形势。在我们前面远方的蓝色烟雾里是喜马拉雅山。周围是无边无际的田野，散散落落的有白色的牛群在吃草；仙鹤把脖子伸出野草；时而有一群印度羚疾奔过去（这不在我们雄心勃勃的狩猎范围之内）；天空中充满野鸭和其他水禽。

要不是发生一件转移了我们的注意力的事情，把这种活泼而躲躲闪闪的动物放到模糊次要的位置上的话，关于打沼鹿我本来有一些话可说。我们走完了我们的行程，大部分人已经脱离沼泽地来到较高的地面，这里有一块开阔的场地，印地语称为“迈当”[1]，相当于英国禁猎地的车行道，但是范围大得多，把高地跟丛林分隔开来——我们的注意力正集中在

[1]“空地”的意思。

午餐上——这时忽然有一个黄黑交杂的模糊不清的东西越过这块空地，离最近的大象不过数码远。它来得这么出乎意外和迅速，甚至我的同伴受过训练的眼睛也不能确定是什么东西。“你看见了吗？”他用带有克制与惊异的敬畏感的声音问我；“那是不是一头老虎呢？”我说不清，但我理解他的激动。因为老虎是印度食肉动物之王，它成为所有猎物当中人们最向往的。猎手们用猎虎来确定他们一生中某事发生的年代。比方说，这一年刚好是他结婚多少周年纪念，或他儿子上牛津大学贝利奥尔学院，或他接受英印帝国的勋位；他们通通不用这些而用他们在那一年打死一只老虎作为说明。

我们很快确定我们偏巧遇到一只猛虎，同时它还被头一只大象上的猎手打中，然后在丛林中消失，那一带的草长得大约有二十英尺高，被太阳晒得发白。

接着召开一次战略会议，我们由巴姆·巴哈杜尔率领进行一场搜捕战。根据他的判断老虎依旧藏身在掩蔽它的地方，因此我们的任务是尽可能组成一个紧密相连的半圆形包围圈，大范围地迂回前进，迫使它重新出现在露天下，那个头一次给它重创的猎手则保持原来的位置不变。我们其余的人相应地以单列的形式进入丛林，象群用它们不可抗拒的巨足把草踏倒，或用它们无坚不摧的鼻子把它们拔掉。现在领头的猎手感到象群数目的不足了。要是有七十五头而不是二十五头，他说，一切将迎刃而解：他能组成一条封锁线，老虎怎么也冲不过去。因为缺少这些大象，所以等发动进攻的时候，我们一边向被围的虎推进，他一边命令凡在缺口最宽的地方通通点起大火，所以我们乘势前进时不但有象夫的厉声呼喊和占压倒优势的象群的冲锋声助威，并且夹杂着草木燃烧的凶猛的毕剥呼啸声。

如此，经过一小时在这个迷宫之内的搜索，天地之间充满着叫吼声和奇异的景象，烧热的空气里夹杂着燃烧的草木烟熏味。我们一心强烈地专注在狩猎上，渐渐靠近我们所估计的老虎藏匿的地方。我们从大象的举止上知道我们的猜测是正确的。大象的表现让这场冒险活动中真正的险情突然露出了苗头。一头陷入绝境的负伤的猛虎是可以不顾一切的，这时有几头象不愿再往前移动了，或者只发出惊骇的尖利的叫声。象夫中有几个没有带武器的也踟蹰不前，以大声喊叫流露出他们的恐惧。但领头的猎手毫不动摇。老虎就在那里，我们一定要把它赶出来。

我们越来越逼近，直到大象一头紧挨着一头，外层的大象则在旷地的边缘，站在当中的则是那第二十五头，它的背上警惕着的猎手正拿起步枪紧张地准备着。现在吼声震耳欲聋。人人都用叫喊说些什么话，不是吓唬老虎就是鼓励大象或他的邻伴，也可能是他自己；同时，时而从我们前面野草的深处传来暴怒的咆哮，其中还包含为了对付一头无法反抗的野兽，对于这样一次狩猎，竟然安排二十五头象，五十个人和十二支枪的极其蔑视的意味。

接着忽然间蔓草摆动起来，一阵沙沙的响声和狂怒的吼声之后，一个黄黑交杂的斑点再度越过旷地。同时发出六七声枪响，我至死也不能忘记带着复杂的感觉意识到这些枪声中的一发是由我的手指扳动枪机射出的。老虎肯定又被打中了，被别人的子弹而不是我的，它不是倒下去，反而消失在迈当另一边的丛林中，我们又非得采用包围战术不可。现在天气酷热异常，可是谁也顾不了；午餐时间已过去一个半小时而谁也顾不上吃：追猎就是一切！“要它的命”这个短语表现出它的确确实实的原始意义。

第二次包围比第一次复杂些，因为老虎可以选择更大的藏身范围；但是我们领头的猎手再次表现出他的惊人的直觉，用了一个钟头左右我们把老虎赶到包围圈内。目标明确后，它的刺激作用使狩猎老手们精神振奋，知道最后的结局是摆明的了。有经验的枪手精心射出了子弹，我的心情并没有由于“如果老虎对你的坐象攻击时，不要开枪”的警告而增加平静——因为问题在于新手可能会在这种情况下疯狂射击。在混乱中，因为考虑“那么我怎么办？”的问题已经不存在，我目睹的这一重大戏剧场面的后期阶段不是很有规律，很完整的，这跟我原来所愿不相一致。但我看到猛虎对离我约四码远的一头大象一边纵身一跃一边咆哮，接着我看到它被一个土著猎手一枪击退。然后在我们焦急地等待一段时间之后它又从下层林出来露面了，对我们的主人纵身攻击，我看见他立刻将两发子弹打进它的躯体，这头美丽顽强的动物倒下去再也没有站起来。

倪庆饩 译

獾鼻

〔俄罗斯〕巴乌斯托夫斯基

湖边水面上黄叶漂积，一大片一大片的，多得无法垂钓。钓线落在叶子上，沉不下去。

我们只好上了老朽的独木舟，划到湖中心去。那儿的睡莲已将凋谢，蔚蓝色的湖水看上去像焦油一样，黑亮黑亮的。

我们从那儿钓来一些河鲈。它们给放在草地上，不时地抽动，闪闪发光，有如童话中的日本公鸡。我们钓到的还有银白色的拟鲤，眼睛像两个小月亮的梅花鲈以及狗鱼。狗鱼向我们露出两排细如钢针的利齿，碰得咯咯作响。

时值秋天，阳光明媚，也常起雾。穿过光秃秃的林木，可以望见远处的浮云和浓浓的蓝天。到了夜间，我们四周的树丛中，星星低垂，摇曳不定。

我们在歇脚的地方生了一堆篝火。这篝火是成天烧着的，而且通宵不灭，为的是赶狼——远处湖岸上，有狼在轻轻哀嚎。篝火的烟味和人的欢叫，使它们不得安宁。

我们相信，火光能吓走野兽，但是有一天晚上，篝火旁边的草地里，竟有一只什么野兽怒冲冲地发出嗤鼻声。它不露身子，焦躁地在我们周围跑来跑去，碰得高草簌簌地响，鼻子里还嗤嗤作声，气哼哼的，只是连耳朵也不肯露出草丛。

平锅上正煎着土豆，一股浓香弥漫开来，那野兽显然是冲着这香味来的。

有一个小孩子同我们做伴。他只有九岁，但是对于夜宿林中，秋天劲烈的晓寒，倒满不在乎。他的眼睛比我们大人尖得多，一发现什么就告诉我们。

他是个善于虚构的人，但我们大人都极喜爱他的种种虚构。我们绝不能，而且也不愿意戳穿，说他是一派胡言。他每天都能想出些新花样：一会儿说他听见了鱼儿喁喁私语，一会儿又说看见了蚂蚁拿松树皮和蜘蛛网做成摆渡船，用来过小溪。

我们都假装相信他的话。

我们四周的一切都显得很不平常：无论是那一轮姗姗来迟、悬挂在黑油油湖面上的清辉朗朗的月亮，还是那一团团高浮空中、宛若粉红色雪山的云彩，甚至那已经习以为常、像海涛声似的参天松树的喧嚣。

孩子最先听见了野兽的嗤鼻声，就“嘘、嘘”地警告我们不要做声。我们都静了下来，连大气也不敢出，尽管一只手已不由自主地伸出去拿双筒猎枪——谁能知道那是一只什么野兽啊！

半个钟头以后，野兽从草丛中伸出湿漉漉、黑黢黢的鼻子，模样像猪嘴。那鼻子把空气闻了老半天，馋得不住颤动。接着尖形的嘴脸从草丛中露了出来，那脸上一双黑溜溜的眼睛好不锐利。最后斑纹的毛皮也现了出来。

那是一只小獾。它蜷起一只爪子，凝神把我们望了望。然后厌恶地嗤一下鼻子，朝土豆跨前一步。

土豆正在煎，嗞嗞作响，滚油四溅。我正要大喝一声，不让獾子烫伤，然而我晚了，那獾子已纵身一跳，到了平锅跟前，把鼻子伸了进去……

一股毛皮烧焦的气味传了过来。獾子尖叫一声，嚎天动地逃回草丛去。它边跑边叫，声音响彻整片树林，一路上碰折好多灌木，因为又气又痛，嘴里还不时吐着唾沫。

湖里和树林里一片慌乱。青蛙吓得不合时宜地叫起来，鸟儿也骚动起来，还有一条足有一普特[1]重的狗鱼在紧靠湖岸的水里大吼一声，有如开炮。

次日早晨，孩子叫醒我，说他刚刚看见獾子在医治烫伤

---

[1]普特是俄国重量单位，相当于16.38公斤。

了的鼻子。我不相信。

我坐在篝火边，似醒未醒地听着百鸟清晨的鸣声。远处白尾柔鹬一阵阵啁啾，野鸭嘎嘎呼叫，仙鹤在长满苔藓的干沼泽上长唳，鱼儿泼刺泼刺地击水，斑鸠咕咕个没完。我不想走动。

孩子拉起我的一只手。他感到委屈。他要向我证实他没有撒谎。他叫我去看看獾子如何疗伤。

我勉强同意了。我们小心翼翼地在密林中穿行，只见帚石南丛之间，有一个腐朽的松树桩。树桩散发出蘑菇和碘的气味。

在树桩跟前，那獾子背朝我们站着。它在树桩中心抠出个窟窿，把烫伤的鼻子埋进那潮湿冰凉的烂木屑中。

它一动不动地站着，好让倒霉的鼻子凉快一些。另有一只更小的獾子在周围跑来跑去，嗤鼻作声。它焦急起来，拿鼻子拱拱我们那獾子的肚皮。我们的獾子向它吼了两声，还拿毛茸茸的后爪踢它。

后来，我们的獾子坐下，哭了起来。它抬起圆圆的泪眼看我们，一边呻吟，一边用粗糙的舌头舔受伤的鼻子。它仿佛恳求我们救它，然而我们一筹莫展，爱莫能助。

一年以后，我又在这个湖的岸上，遇到鼻子留有伤疤的獾子。它坐在湖边，举起一只爪子，尽力想捉住振翅飞翔、发出薄铁皮一样声音的蜻蜓。我朝它挥挥手，但它气狠狠地对我嗤了一下鼻子，藏到越橘丛中去了。

从此我再没有见到它了。

1935年

潘安荣　译

松 鼠

〔法国〕科莱特

战前，我有一只松鼠。它原先的主人在我上车的时候很巧妙地把它作为礼物悄悄塞进我的大衣口袋里，当时我已经相继欣赏然而谢绝了一头滑头滑脑、气味浓重的北美浣熊，一只年满一岁的豹猫，一头四个月大的小母狮和一只像生菜盆一般大、人家向我保证会伸出爪子的名叫阿纳托尔的癞蛤蟆。

我曾在别处说起过这只巴西松鼠，它全身呈深铜绿色，翘起的尾巴顶端和腹部则是红色的。兴许我这样描绘它还早了点儿，其实我对它并没有一个基本的了解，因为，那时我把它叫作“母松鼠”和丽科特。比我聪明的人恐怕也会弄错的……

我一开始就觉察到皮蒂里基确实野性十足，换句话说，它对于人一无所知，竟以为可以无所顾忌。它的身上燃烧着一颗海盗和山大王的灵魂，并在它那站起来才二十二公分长的身体内随意地表现出来。

第一天，它就把波斯猫吓得直哆嗦，而巴儿狗在它面前竟说不出话来。瞧着这个快快活活、疯疯癫癫的家伙一本正经地坐在椅子靠背上，瞪着那双像羚羊般椭圆形眼睛盯着每一样东西，谁会不发抖呢？它一边口中啧啧作响，一边摇晃它那镶有一条“绦带”的可爱的圆耳朵，把榛子壳和它的威风胡乱撒向我那些惊愕不已的小动物。

第一天，它喝牛奶，在我的头发上蹭干净两只手，然后模仿松鸦的叫声，往空中蹦跳。它沿着天花板的突饰奔跑，过一会儿，又趴在一块路易十六时代的地毯上，把一个戴头盔的半裸人物的鼻子吃掉。不过，它并不认为我会惩罚它，又回到我的肩上，梳理我的头发，把冰冷而友好的小鼻子、肉乎乎的舌头在我耳朵下方蹭，它那独特的气息散发出麝香的芬芳。

“它挺好看，可是……它对人亲热吗？”我的男女朋友这么问道。

我觉得，他们这样直截了当地提出问题真放肆，他们的问题总是同样的问题。多么苛刻，而且，对待动物多么卑劣……“有来有往”，可我们又给了些什么呢？一点儿食物，和一条锁链。

"拴住它,它抓了一团毛线!"

一条在皮蒂里基童年时就箍在它腰周围的锁链磨损了它的毛皮。它那如羽毛般轻盈、如火焰般闪烁、翘在空中的尾巴在跳来跳去时便发出一种如苦役犯戴的镣铐的声音。

"抓住它,把它拴住,它把糖果盒拿走啦!"

它被缚住之后,就把手指长长的手,那一天要洗十次,保养得很好的手塞进钢质腰带和肋部之间,陷入沉思。当我带它去乡间时,我恍然大悟,直到那时,它一直过的是沉闷的城市生活。它没有立刻走出敞开的笼门。它把一双手紧紧贴在胸前,出神地凝视着由花园、草地和大海构成的一片无边的绿色,身体则有规律地战栗,我只能把这种战栗比作生命垂危的蝴蝶的抖动。它的美丽的、如一颗泪珠般凸起的眼睛里映出一片绿色。不过,皮蒂里基已经与我们一道生活了相当的时间,并不指望有过分的恩赐。我牵住链子的另一端,它便随我一起在草坪上行走。在草地上,它干净利落地小便,采摘一粒粒黑色的野果籽。然后,它用前肢攫住一棵鲜花盛开的女贞树底部的枝桠,发疯似的摇晃它,咬住它,仿佛要看看这树枝是不是活的。

这时,它瞧见空中飞过的鸟儿,便伸长脖子向鸟儿致意,这一举动几乎使它离了地面……

然而,那时候它只有一条稍长的锁链。难道不该提防野猫、狗、寒夜,尤其是我放养的四只来回盘旋瞭望的雀鹰吗?

那些自由自在地走动的动物渐渐走近它，有时使它亢奋，有时惹它恼怒。它遇见一条脆蛇蜴，耳朵之间的前额上便立即堆起皱纹，竖起了脖子和尾巴的簇毛，血丝也蒙上了暗色水晶一样的眼睛。在我起来调解之前，皮蒂里基已经翻了个空心筋斗，像只好斗的公鸡在空中打了个旋，那蠕蠕而动、并不伤人的小蛇已然躺在地上，断成两截……

但是，对癞蛤蟆，松鼠只是表现出相当反常的厌恶。有时，它向表皮长满疙瘩的、肥肥的雌性癞蛤蟆伸出爪子，显得挺友好地搔它那脓疱状的脑袋，但是，癞蛤蟆却鼓起了肚子，表示抗拒，皮蒂里基气得眼都红了（确实如此），发出刺耳的喊杀声。

它度过了愉快而又充实的复活节假日，它发胖了。除了我敲开给它的榛子、核桃、杏仁外，它还咬了窗帘、镜框的一角，凿穿了一把银匙，整天把一根葡萄枝搂在怀里走来走去，用嘴唇舔着。它轻盈地在我双肩之间窜来窜去，往我耳朵里吹气，可是，我讨厌它身上那条链子的声音和它柔软光滑的肋部的周围那一小圈被磨损的皮毛。

五六月间，在巴黎我那小小的园子里开满了白洋槐花、杜鹃花和葵花。皮蒂里基关在笼子里，把它的可爱的鼻子挤在两条栏杆之间……我知道，我终将打开笼子，解开它的锁链，而且我会想它的。

我给皮蒂里基以自由的时候，我回想起来正是六月，温煦的微风轻轻吹拂，洋槐花和双瓣樱桃花如一条条雪白的斜线在空中摇曳，而自由了的松鼠却一动也不动，它两只手交叉，久久地、全神贯注地坐在窗台上。它开始做它的习惯动作，把手塞进腹部和链子之间，但它没找到链子。它笨拙而轻轻地跳了一下，估量那根原先拴它的断链带的确切长度，然后，又试着跳了一下，那时，它只是瞅着我。最后，它不安地咳嗽，急急地奔跑起来，然后，消失得无影无踪。

暮霭降临时，我叫唤它的名字，但没有用。可是，夜色深沉时，窗台上面响起了松鼠那轻轻的、朴实的干咳声，它呼唤着我，皮蒂里基像主人似的回到房间。它步履蹒跚，因户外的空气、树木、鲜花和海拔高度而为之心醉。它就着盥洗盆的水嘴畅饮，用一双手梳洗一番，准备床铺——那个它每天晚上打开，然后又裹在身上的毛线团，像粗汉那样嘟囔："我的床！他妈的，我的床！"夜里，它乱梦萦绕。第二天，我又见到它自由自在地坐在窗边，等待着折断那条其实已不再存在的链子……

那天，它没有离开花园。在杜鹃花、洋槐花丛中，在我那低矮的房子的天沟里，重又开始像人间天堂一般的生活。一群飞来飞去的燕子和麻雀围着皮蒂里基，对它鸣叫，时而用喙啄它，它便咕唧不休，开始蹦蹦跳跳，鸟儿们见它这样，劈劈啪啪地像鼓掌似的舞动翅膀。它欣喜若狂，忘乎所以，追逐我那宝贝猫，把猫从洋槐树那儿撵走，它得意洋洋，像洗瓶毛刷那样蹲在洋槐树上，一脸满不在乎、睥睨万物的神态："现在，轮到谁啦？"

放假了，我们管不着它啦……皮蒂里基来到花园，在三条小径环绕的几幢住房附近玩耍。它远没失去爱交际的性情，甚至还向那儿的居民施展自己的社交影响，于是，便有人来告诉我：

"皮蒂里基在尼古罗街午餐，吃了高脚盘里的核桃和一些葡萄干……"

"皮蒂里基在维塔尔街躺了两个小时。它坐在钢琴上，听小姑娘学唱歌……"

"有人从埃格隆·勒鲁太太家来，说要看看皮蒂里基有没有带来一把镶银的玳瑁小梳子，它是从小梳妆台上拿走的。埃格隆·勒鲁太太说，如果找不到，也没关系……"

它每天早出晚归，精力充沛，皮毛光亮，因为获得自由的缘故，甚至因为感恩的缘故，它显得神采奕奕，它从不忘记回家，从不忘记向我滥施松鼠式的爱抚和亲吻。这重新开始的世界，这一平衡状态，这野生动物和我们之间的纯洁关系，持续了两三个星期。一天晚上，皮蒂里基没有回来，后来的晚上也没有再回来。我确信，人类的双手又重新攫住了它，攫住它的毛皮，它用来滑跳的柔软的后爪，它那为了伸出脑袋让人抚摸而贴在两侧的耳朵。

正是因为想起皮蒂里基，想起那些生活在我们中间感到别扭，因而悲伤地隐居起来的其他野生动物，我才常常体味到“对人的厌恶”。

谭立德　译

谁知道兽的灵魂是下入地呢?

〔法国〕玛·尤瑟纳尔

谁知道人的灵魂是往上升、兽的灵魂是下入地呢?

《传道书》,三章,21节。

《一千零一夜》中的一个故事说,上帝造了人的那一天,大地和动物都发抖了。这种诗人的令人惊叹的预见正是对我们才显示出它的全部意义,因为我们比中世纪的阿拉伯讲故事的更清楚大地和动物有理由发抖。当我看见牲畜和马在田野上的时候,唉,可惜这种画家和诗人任何时候都觉得是"如田园诗般"的美景,在我们西方的土地上是越来越罕见了,甚至当我看见几只母鸡还在农家院子里自由地啄食的时候,我就想,这些为了人的胃口而牺牲、被人用得不能再用的动物有朝一日将“不得好死”，被放血，被打死，被勒死，或者，如果是不送宰马场的马，那就用老办法，一枪打死，而这一枪常常打得不准，几乎从来也不是真正的“慈悲的一击”，然后丢弃在荒山野岭之中，马代拉[1]的农民现在还这样干，甚至（人家跟我说是在哪个地方来着？）用刺棒的针将其赶下悬崖，粉身碎骨而亡。

然而我又想，此刻，也许数月或数年之中，这些动物还能在露天、在阳光里、在黑夜中活着，常常受苦，但有时也有好的对待，差不多正常地走完它们动物的一生的循环，如同我们听天由命地完成我们自己的一生的循环一样。但是，这种相对的“正常”在我们这里也行不通了，可怕的生产过剩（最后也使人堕落和毁灭）使动物成了流水线上的产品，在不堪忍受的电灯光下活过它们短促而可怜的一生（饲养者必须尽早收回投资），体内充满荷尔蒙，其肉将危险传给我们，若是家禽，则一个挨一个地挤在一处，下蛋，或如旧日护士和奶娘所说，“抱窝”，去除了喙和爪，在其可怕的包装了的生活中，难兄难弟间相互敌对；或者，巴黎保安警察队的骏马老了，不中用了，就被送到巴斯德研究院的分栏马厩里苟活上两年，唯一的消遣乃是每日抽血，直到被抽干，剩下一副马的空壳，成了免疫学进步的牺牲品，连保安警察队的人都嚷道：“我们宁愿人家把它们直接送进屠宰场！”

---

[1] 葡萄牙在大西洋中的岛屿。

当然，我们几乎人人都用过血清，但我们也衷心呼唤此项医学进步不再时髦的时代，如同许多东西过时一样；我们当中大部分人吃肉，但也有人拒绝，并且略微嘲讽地想到产生于惊恐和垂死的种种废物，想到以吞食牛排者的颌骨为终点的营养循环所消耗的细胞。

如同在别处一样，这里的平衡被打破了；丑恶的动物原材料是一个新事物，正如毁掉森林为我们的充斥着广告和假消息的日报及周刊提供必要的纸浆；正如我们的海洋，为了油轮而牺牲了鱼。数千年间，人是把兽视若自己的东西，但是密切的接触尚存。骑马的人一方面用之不惜，一方面也爱他的坐骑；往日的猎手了解猎物的生活习性，以其特有的方式“爱”他杀之以为荣耀的野兽：丑恶中混杂着某种亲密；终于没有奶而被送到屠户那里去的奶牛，为了圣诞节而被放了血的猪（中世纪的农民的妻子传统上是坐在席子上不让猪乱蹬腿的），首先曾经是“可怜的牲口”的，人们为它们割草，用残羹剩饭为它们准备吃食。对于许多农妇来说，她们紧靠着挤奶的那头牛曾经是一位不说话的朋友。养在笼里的兔子离食品贮藏室仅两步远，它们当然最后也成了那里的绞得细细的肉酱，然而在此之前，它们仍然是那种人们喜欢在透过笼子栅喂莴苣叶时看它们那粉红色的嘴唇上下翕动的小动物。

我们改变了这一切：城里的孩子从未见过一头奶牛或一只羊；所以，人们不爱从来没有机会接近或抚摩过的东西，马在一个巴黎人眼里几乎仅仅是那种神话里的动物,被注射了兴奋剂,疲于奔命地跑,若在一次大赛时下对了注,则可赢点儿钱。动物的肉被切成块,仔细地用玻璃纸包好,放在超级市场里,或做成罐头,人们不再觉得它曾经是活的了。大块大块的动物肉挂在肉案的钩子上,还渗着血,惨不忍睹,在巴黎,我的一些不惯于此的外国朋友远远地见了,都换到马路另一侧去,人们倒是可以对自己说,我们的肉案也许是个好东西,它是人对动物施加的暴力的一个显而易见的证据。

同样,在大皮货店的橱窗里精心展示的毛皮大衣似乎距海豹和浣熊千里之遥, 那些海豹在大浮冰上被棍棒打杀,而那些浣熊则被夹子夹住,还咬着一只爪子试图重获自由。涂脂抹粉的美人儿不知道她的化妆品曾给兔子或小白鼠试用,它们有的以身殉职,有的则双目失明了。男买主和女买主先是完全的无意识,接着就是完全的心安理得,就像某些人的完全的天真一样,他们出于对所谈之事的无知或者出于想象力的缺乏,或者不辞劳苦地为古拉格群岛辩护,或者主张使用原子武器。一种越来越远离真实的文明制造了越来越多的牺牲品,也包括它自身。

然而,爱动物是和人类一样古老的。成千上万的写下的或说出的证据,艺术品和眼见的举动,都可证其不诬。这个摩洛哥农民爱他的驴,他刚刚听说他的驴必死无疑,几个星期以来,他一直往它那伤痕累累的长耳朵上滴增碳油,而不用他那小小的农场里出产丰富的橄榄油，据说这种油因为贵所以比橄榄油有效。可怕的坏死渐渐蔓延至牲口的全身，它活不了多久了，但还会干到头，这个人太穷了，不肯就这样让它死。这个富有的吝啬鬼爱他的马，他把这匹漂亮的灰马牵到欧洲兽医的免费诊所，这牲口曾经是骑术表演期间的骄傲，唯一的麻烦似乎是喂错了饲料。这个葡萄牙农民爱他的狗，他每天早晨都抱起他的臀部骨折的德国牧羊犬，在园子里干活的长长的一天里都跟它在一起，用剩下的饭菜喂它。这位老先生或老太太爱鸟，他们常去巴黎那些枯燥的公园喂鸽子，人们取笑他们是很不对的，既然他们由于身边的翅膀的扇动而与天地万物建立了联系。《传道书》里的那个人爱动物，他想是否动物的灵魂是下入地；莱奥那多把佛罗伦萨市场上关在笼子里的鸟放了，还有那个一千年前的中国女人，她在院子的一角发现一个大笼子，里面关着一百多只麻雀，医生让她每天吃一个还温热的鸟脑。她把笼子的门大大地打开了。“吾乃何人，敢自诩胜于如许鸟儿？”我们须不断地进行的选择，已有许多人在我们之前做过了。

至少在西方，动物的痛苦之重大原因之一乃是《圣经》上耶和华给堕落之前的亚当的命令，他指给他看动物的族类，为它们命名，宣布他是它们的主人和老爷。这个神话场面一直被基督徒和正统犹太人解释为允许对这千万种动物进行有择宰杀，而这些动物以其有别于我们的形状表达了生命的无限多样性，以其内部的组织表达了它们行动、快乐和痛苦的权利，此乃生命之多样性的明显的统一性。其实很容易对这古老的神话作另外的解释：这位亚当，还未曾被堕落触及，也完全可以自觉升为全部创造的保护者、仲裁人和管理者，利用他被赋予的额外的或不同的能力，利用赋予动物的能力，圆满地完成并保持世界的美好的平衡，上帝让他做的是这世界的管家，而不是暴君。

基督教本应强调那些把动物和人置于一处的崇高传说；牛和驴以其气息温暖儿时的耶稣；雄狮虔诚地覆盖着隐修士，或为圣徒杰洛姆❶充当驾车的牲口或看门的狗；乌鸦喂养荒原中的神甫，圣徒罗克❷的狗喂养它那生病的主人；圣徒弗朗索瓦❸的狼、鸟和鱼，在圣徒布莱兹❹那里谋求保护的林中野兽，圣徒巴齐尔·德·塞萨雷❺为动物做的祈祷，戴十字架的鹿使圣徒于贝尔❻皈依（这是民间宗教传说的最残酷的讽刺之一，这位圣徒此时竟成了猎人的主保圣人）。爱尔兰和赫不利兹群岛❼的圣徒们把受伤的鹭带上岸并加以疗治，保护被

---

❶公元3世纪人，著述颇丰，传说曾为狮子拔除掌上的刺。

❷公元14世纪人，传说病中曾有狗为他送饭。

❸同名的圣徒有若干，不知确指。

❹不详。

❺公元4世纪人。

❻公元7世纪人，在一次打猎中追赶一鹿，鹿角间突然有十字架出现，遂皈依。

❼英格兰西北方的群岛。

猎犬围住的鹿，临死还和一匹白马结成友谊。在基督教中，有关动物的民间传说的各种成分几乎和佛教里的一样丰富，但是生硬的独断论和人之自私的优先性占了上风。在这一点上，一种理性的、世俗的运动，即最近的、滥用的意义上的人道主义，声称只有人的成就才值得关注，直接地继承了这种贫困化的、抽去了对其他生物的认识和爱的基督教义。

此外，一种不同的理论即将为一些人所用，对这些人来说，动物不配得到任何帮助，没有那种我们至少在原则上给予每个人的尊严。在法国以及任何受法国文化影响的国家，笛卡儿的动物——机器成为一种信条，尤其因为它有利于剥削和冷漠，也就更容易被接受。这里，人们可以想一想笛卡儿的说法是否是在最低的水平上被接受的。动物——机器，当然是，然而人本身也不多不少正是一架机器，这架机器生产，安排行动、构成冷暖、饥饱等感觉之冲动和反应以及性的冲动，还有痛苦、疲劳、恐惧等，这一切动物的感觉是和我们的感觉一样的。兽是机器，人也是机器，大概是害怕亵渎不朽的灵魂阻止笛卡儿公开地在一种假说中继续走下去，这种假说本可以为一种真正的生理学和动物学奠定基础。而莱奥那多[1]可以悄悄对笛卡儿说，倘若笛卡儿得以了解其《笔记》的话，极而言之，上帝本人就是"第一推动力"。

[1]指达·芬奇。不知前面提到的莱奥那多是否也指达·芬奇。

我略微详细地谈到了动物的悲剧及其首要原因。在问题的目前状况下，在一个这一方面和其他许多方面我们的滥用都日趋严重的时代里，人们可以想一想，一种《兽权宣言》是否是有用的。我满怀喜悦地欢迎它，不过，一些好脾气的人已经悄悄地说了："《人权宣言》已经发表快二百年了，有什么结果呢？不曾有一个时代更加集中营化、更趋向于人类生命的大规模毁灭、更准备好贬损人类这个概念，直至它的牺牲品本身。为了动物再发布一个此类的宣言合适吗？它将——只要人本身不改变——和《人权宣言》一样成为一纸空文。"我认为合适。我认为永远应该发布或重申一些真正的法律，它们当然不会因此而多一些约束力，但总可以让肇事者有做错了事的感觉。"你不能滥杀无辜。"我们为之如此骄傲的全部历史乃是对这一条法律的不断的违反。

"你不要让动物受苦，或尽可能地不要让它们受苦。它们像你一样，有它们的权利，有它们的尊严"，这肯定是一个很有分寸的训诫；然而，在人的精神目前所处的状态下，这个训诫几乎成了破坏性的了。那就让我们破坏吧。让我们反抗无知、冷漠、残忍吧，它们常常被施与人，就是因为它们总是先在动物身上练手。既然什么事情都要回到我们自身，那就让我们记住，如果少些受残害的动物，我们就会少些殉道的儿童，如果我们不是习惯于把垂死的牲口关进没有食、没有水的运货车送往屠宰场，我们就会少些送某些独裁者的牺牲品去死的打了铅封的车厢，如果对杀戮的兴趣和习惯不是猎人的特权，我们就会少些人作为猎物倒在枪口下。在可能的微不足道的范围内，让我们改变(若可能就改善)生活吧。

郭宏安　译

鲈 鱼(外一篇)

〔俄罗斯〕阿克萨科夫

说真的,我不知道这种鱼的名字是怎么来的。是不是因为该词词根与动词“使浸入”有关呢?因为鲈鱼咬钩时总是使浮子沉入水里,如果它吞下的诱饵特别大的话,还不止一次地让浮子沉到水里,是不是这样呢? ……但是,这种说法,未免太牵强了,我可不敢苟同。

鲈鱼是仅次于斜齿鳊, 数量最多的鱼种了。在河流、湖泊、流动或不流动的池塘中,只要水流干净——它就会大量繁殖。鲈鱼的身体特别宽,上面有一层浅绿、略呈黄金色的鳞片;背上有一个梳状的东西,有许多锋利的刺,这些刺与尾巴之间是一条鱼鳍;尾鳍,特别是下面的鱼鳍是红色的,腹部呈淡白色,黄眼睛,黑眼珠;身上横向长有五个条带,使整条鱼看上去五彩缤纷，美丽异常；两鳃上一边一个针状的刺，如果不小心碰到的话，刺人很疼；嘴也很大，喉咙很宽，这说明它能够吞下与自己的身体不相称的大块东西，这也表明它是凶猛的鱼种。鲈鱼体形很大，特别重，据可靠的说法，鲈鱼一般有两磅重，但我只见过八磅重的鲈鱼，那还是从乌拉尔运来的冻鱼。我自己曾钓到过三磅半重的鲈鱼，再比这重的活鲈鱼我可没亲眼见过。鲈鱼的身体不太长，我曾经拿一条八磅重的鲈鱼与三磅半重的鲈鱼进行比较，发现它们在长度上没有我料想的那么大的差别。但是宽度却是不一样的，有时鲈鱼的脊背可厚达两俄寸半。春天只要水一开始变得清澈，鲈鱼就开始咬钩了，这种情况一直持续到河面结冰为止，甚至冬天砸开冰窟窿也能钓到鲈鱼，不过我冬天从未去钓过鱼。4月底，鲈鱼腹内已积满鱼子，5月甩子，甩子后鲈鱼便开始贪婪地咬钩了。鲈鱼咬钩最频繁的时期是在8月和9月初，这时由于天气转凉，河水开始变得清澈透明，钓小鱼就不那么容易了。差不多所有的垂钓人都非常喜欢钓鲈鱼，他们一致认为钓鲈鱼比钓别的鱼有意思，因为：首先鲈鱼容易上钩。秋天，鲈鱼成群结队地在水里游，遇到鱼钩上的鱼饵时差不多全都上前争咬，只有少数游走；其次鲈鱼咬钩时表现得非常贪婪、固执，甚至一口能吞下大半个鱼饵；最后因为钓鲈鱼不需要太仔细和耐心。鲈鱼不仅不怕流水和声音，甚至如果你在岸上用树棍或钓竿的一头故意在水里搅和，还会吸引许多鲈鱼游来，因为搅水声很像小鱼在水里嬉戏，故而引得鲈鱼前来。中等大小的鲈鱼经常在水中间咬钩，而大鲈鱼，如果水清的话，则在水底咬钩。春天一般用软体虫做诱饵钓鱼；夏天用虾仁或去皮的虾——鲈鱼最喜欢吃那种去皮的大个虾蟹；秋天，甚至到冬天来临时，最好用小鱼做诱饵，如果找不到小鱼（这是常有的事），那么就该抓拟鲤或是一些性情温和的鱼来，然后切成几块——可大可小，这要看你要钓的鱼的大小和鱼钩的大小，然后将切成块的诱饵放到钓钩上。其实鲈鱼从不挑剔，几乎所有的诱饵都来者不拒，甚至连生肉块也会咬钩，而土里的软体虫，鲈鱼一年四季都喜欢吃。毫无疑问，一天中最适宜的钓鱼时间是早晨，但是也没有必要在太阳还没有出来的大清早就去钓鱼。早晨钓鱼应该选择干净开阔的水面，或者周围有水草的地方；中午正相反（当然这里是指夏天炎热的中午），鲈鱼则喜欢躲在树荫里、灌木丛的下面、水草或牛蒡草的阴凉下，因此应该将鱼钩放到有水草的地方；晚上鲈鱼又会回到干净开阔的水域来。如果鱼钩放下去了，却收获不大，那么你可以用三种鱼竿来钓：将一个大鱼竿放上特别大的鱼饵，放入水底，另外两个鱼竿放在水的中间部位。如果有鲈鱼不停地咬钩，那么只有两个鱼竿就不够用了。这并不是说来不及换钓竿，而是怕鲈鱼咬钩后游得太远，把整个鱼竿都拖到水里去了。如果鲈鱼将鱼竿拖走的话，那就得花许多时间到水里去找钩子，而且还弄坏了鱼钩上的短丝线，也伤着了鱼——鱼很快就会死去。只要鲈鱼一拽浮子，或是将浮子一沉入水里，就应该立即将钓线往上拽。像其他性情温和的鱼一样，鲈鱼见到诱饵时从不会急匆匆奔过来咬住，撕扯食物。鲈鱼咬钩时总表现得很果断很认真，从不会耍滑头。我多次在清澈透明的水边观察鲈鱼：一条大鲈鱼见到猎物后径直朝猎物游来，起初游得很快，但是越接近猎物，它游得反而越慢了，只见它张大嘴巴，轻轻地碰了一下猎物，突然不动了，嘴巴也不动了，那姿势像是在往肚子里吸水——鱼钩连同鱼饵都不见了，而咬钩后的鲈鱼仍继续游水，像什么也没发生一样，它身后还拖着长长的鱼线，浮子连鱼竿也拖上了。要是猎物是一条活鱼，那它的反应可是另外一种样子了：鲈鱼会快速扑向猎物，在快速游动中将猎物捕获。鲈鱼几乎从不会失手，连失误也很少。的确，有时一些有经验的垂钓者也大惑不解：好像有鱼上钩了，浮子不停地往下沉，可每次抖钓竿都见不到鱼。这样一次又一次地折腾，终于鱼钩上的软体虫不见了。起初垂钓者会以为这是雅罗鱼或拟鲤在捣乱，尽管从咬钩的迹象上看，绝对是鲈鱼在捣乱。与此同时，也偶尔会拖上来一些大鲈鱼。于是，猎人终于认定鲈鱼有时会很顽皮，会骗人，咬了钩还会松口。这个结论是不正确的，上述的那些勾当都是小鲈鱼干的。小鲈鱼的嘴巴太小，无论是长的软体虫，还是肥虾仁，它们都吞不下去，只有大鲈鱼游过来，才会一下子咬住诱饵不放，正因为如此，小鲈鱼都放跑了，而大鲈鱼却钓上来了。为了证明我的说法，我们不妨取一个小钓竿来，放上小点儿的软体虫，马上就会有小鲈鱼咬钩，如果垂钓者没有耐心等到大鲈鱼来跟小鲈鱼抢钓竿上的诱饵的话，那就换个地方再试试，因为眼前这群小鲈鱼是不会轻易放弃鱼钩上的诱饵的。

毫无疑问，能捉住大鲈鱼的确是一件令人愉快的事情（要是特别大的鲈鱼就更不用说了），但是应该承认，在大多数情况下咬钩的是半大的和小的鲈鱼，于是猎人就会觉得钓这样的鱼太平常了，就像钓小欧鳊鱼一样令人感到厌烦。这样一来也谈不上讲究什么钓鱼技巧了，而钓鱼的兴致所在却正是钓鱼的技巧。我知道会有许多垂钓者不赞成我的想法，因为鲈鱼上钩总是件好事，可是我很想坦白地说出自己的想法。

鲈鱼是非常固执的，它不在水底折腾到筋疲力尽，是无论如何也不会露出水面来的。为此对付大鲈鱼得用大号钓竿。尽管如此，往岸上拖时也需十分小心才行，虽然大鲈鱼不会用力朝四面挣扎，但是它会用力用头顶住河岸或是河底，然后突然转身，这样就有可能连最结实的鱼线也拽断。

大家都知道鲈鱼是最有营养的上等食物，可以做成冷盘，但最好吃的是烤鲈鱼，味道非常特别。此外鲈鱼的刺很少，用它做成的鱼汤也同样很好喝。

鲈鱼的特点是贪婪，在这一点上只有狗鱼才能与之相媲美，下面这个例子可以说明这一点。那是一个美好的夏天的早晨，在一个鞑靼语意为“长湖”的大湖边上我拖上来一条拟鲤和几条小欧鳊鱼。突然我发现紧靠岸边的浅水处，有许多小鱼从水里蹦出来，我明白一定是有某种凶猛的鱼在追逐这些小鱼的缘故。这慌乱的场面一直持续着，于是，我就走上前去想看个究竟。我看到了什么呀！在浅水处的一个不到两俄寸深的水湾里，有一大群大鲈鱼正在追小鱼吃，小鱼无路可走，只好往岸上跳。鲈鱼对猎物非常贪婪，竟追到浅水处来了，我甚至用手就捉到了三条大鲈鱼。尽管发现有人来打扰，但鲈鱼仍没有停止追逐小鱼。我跑去拿来鱼竿，抓起一条岸上的小鱼做鱼饵，然后将鱼竿甩到鱼群中，一口气钓上来三十余条特别棒的鲈鱼。另一件事就更让人吃惊了：那是一个阴雨天，刮着风，我在磨房附近钓鱼，周围有许多木桩，放好了虾仁做诱饵的中型钓竿勉强地甩了出去。突然，下起了倾盆大雨，于是我赶紧跑到屋檐下避雨。天空中乌云密布，雨下个不停。我听到磨坊主在喊我。我赶紧跑过去一看，原来他正在慌手慌脚地拽着我的鱼竿，鱼竿另一头有一条大鱼。但是已经来不及了，没等我赶到现场，鱼线就从浮子处断了，磨坊主拿着鱼竿和一小截鱼线呆呆地站在那儿……尽管磨坊主的热心肠令人气恼，尽管我损失了一条大鱼和一个很棒的钓鱼竿，但气恼归气恼，事情已经如此了，又有什么办法呢？我不得不抖开另一根大鱼竿，放上一大堆蠕虫和虾仁做诱饵，然后抛进水里。过了一分钟，浮子不见了，我拖上来一条可爱的鲈鱼，有两磅重，最有意思的是嘴里还叼着那半截带着浮子的鱼线。上面的两件事我常讲给那些既不是猎人，也不是打鱼的人听，后者听了以后会狡黠地笑一笑，露出不信任的神色，在他们看来，我讲的故事只有书里有，“不好看又不中听，不妨说说谎吧”。但有的时候，真理和事实是最让人难以置信和难以解释的。

这里还有一个故事，就更让那些不是垂钓者的朋友难以接受了：听说在辛比尔斯克省的科尔孙斯克县里有一个特别深的池塘，塘里有一个特别大的泉眼叫“白嘴”。塘里的水质很好，因此里面放进了大量的圆鳍雅罗鱼，甚至还有小体鲟。这个池塘里的鮈鱼和鲈鱼特别多，每次总能钓到很多，有时甚至让人觉得不可思议：比如渔夫将挂有软体虫的鱼竿投进水里，立刻就会有鮈鱼咬钩，紧接着又会有鲈鱼游过来将已经吞钩的鮈鱼再次吞下，起初猎人觉得非常意外，但马上就明白了是怎么一回事，于是开始利用这种有利条件，也就是利用池塘里自产的鮈鱼做诱饵。有谁想钓鲈鱼，那就在鮈鱼咬钩时，别去管它，自然会有鲈鱼上钩来。

1853 年 7 月底，有一个渔夫用软体虫钓到一条鲈鱼（他没有发现），而鲈鱼竟成了狗鱼的诱饵——有一条狗鱼咬住了鲈鱼，于是渔夫将两条鱼一起拖了上来，好在狗鱼不能一口吞下整条鲈鱼，拖上岸时，鲈鱼的尾巴还在狗鱼的嘴里衔着呢！

圆鳍雅罗鱼

尽管这种鱼的名字看上去像是鱼头很大的鱼（“圆鳍雅罗鱼”在俄语里的拼写词根与“头”这个词相同），但实际上这种鱼的头一点儿也不大，要是看上去觉得它的头比别的鱼大的话，那是因为圆鳍雅罗鱼的额头太宽，看上去似乎与它那长条形鱼身合为一体的缘故。圆鳍雅罗鱼不像圆腹雅罗鱼那样宽，但却比后者长，背也比后者厚实。很多打鱼人证实圆鳍雅罗鱼最长的有一俄尺长，14 磅重，我本人却从未见过九磅以上的圆鳍雅罗鱼。这种鱼比圆腹雅罗鱼漂亮些：它的鳞片很大，是银白色的，每一片鱼鳞边上都有一层薄薄闪着亮光的褐色窄边儿。嘴特别大，眼睛是黑色的，鱼身下面的鳍微红，而上面的鳍特别是尾鳍是深蓝色的。正午太阳直射水面时，你就会凭着那深蓝色或黑色的鱼鳍立刻辨别出圆鳍雅罗鱼来。圆鳍雅罗鱼喜欢干净、经常流动的水域，甚至还在这样冰冷的水里繁衍后代，而圆腹雅罗鱼则不能在这样冰冷的水里生存。我不清楚圆鳍雅罗鱼是否能在大湖里生活，但是在流动的池塘里却有很多这样的鱼，特别是在那种沙质的、多砾石的地方这种鱼特别多，而在涨水时形成的水洼里圆鳍雅罗鱼却很少见到，河流、池塘才是它栖身的地方。从它的体形就可以看出来它的动作灵活迅速，这一点与狗鱼很像。

圆鳍雅罗鱼在正餐之外，再吃些谷物可不是件容易的事，它比圆腹雅罗鱼要谨慎小心得多，但有时也会吞到鱼钩上的谷粒，它喜欢吃软体虫，特别是脱了皮的虾仁，它最喜欢吃了。要想钓到大的圆鳍雅罗鱼，就得使用小鱼做诱饵，还得在秋天的夜里钓，天气转凉，鱼钩上放上一些鮈鱼、红点鲑鱼肉，如果没有这些的话，用欧鲅和拟鲤也可以代替。一般从水底才能钓到大个的圆鳍雅罗鱼。这种鱼咬钩非常快，而且咬到钩后钓竿会抖得非常厉害，之后鱼会拼命往水面跳，像发了疯一样在钓竿周围乱窜，有时甚至整个身体都跃出水面。垂钓者应该尽量把这些危险情况都预想到，在最初鱼儿还没有挣扎之前(只要钓竿稍一下沉)，就应根据水面的情况立即判定鱼儿已经上钩了，不等鱼儿从水底冲到水面上来，就将鱼儿拖到岸上来。圆鳍雅罗鱼的力气特别大，动作很灵活，从不知疲倦。看到一条大圆鳍雅罗鱼钓在鱼钩上，那真是一幅壮观的图画啊！圆鳍雅罗鱼那闪电一般快速、不驯服的跳动，连最有经验的渔夫也会胆战心惊。只有把它打捞到网袋里，它才会平静下来。钓圆鳍雅罗鱼既不要铅坠，也不要浮子，只要往中号浮竿的钩子上放上一些飞蝗、甲虫、苍蝇或是粪便中的软体虫就可以了。钓鱼一般要在水流湍急的地方进行，常常见到的是中等大小的圆鳍雅罗鱼，很少能碰到特别大的，而且大圆鳍雅罗鱼用这种钓线也不可能钓上来。尽管圆鳍雅罗鱼在味道上与圆腹雅罗鱼相似，但前者比后者的味道更醇、更柔和一些。在我看来，钓大圆鳍雅罗鱼是最有意思的事了，不仅是因为这种鱼性情机警、动作灵活，而且还因为大个的圆鳍雅罗鱼很难上钩：一个早晨捉到两三条大圆鳍雅罗鱼就算相当了不起了，简直可以说是满载而归了。对于一个猎人来说，见到大个圆鳍雅罗鱼的机会要比别的鱼多得多，但是为什么大圆鳍雅罗鱼却很少上钩呢？这个问题我怎么也搞不懂。在奥伦堡省、辛比尔斯克省、奔萨省和莫斯科省的一些河流中，圆鳍雅罗鱼随时随地都将我带入一种绝望的情绪中：中午的时候，你常常见到鱼儿成群结队地在水面上游来游去，甚至看见它们在玻璃一样清澈透明的浅滩上、多石或是多沙的水底一动不动地休息，而你却束手无策，这简直太令人懊恼了！即使把它们最喜欢的鱼饵，例如虾、从地里找出来的长长的软体虫、蚼放到它嘴边——也还是没有用！真没见过这样的鱼！有时突然会有一条游过来，看样子好像是凑上来闻了闻鱼饵（此时，你连大气也不敢出），而马上却用头顶开鱼饵，就大摇大摆地游走了！有时候垂钓人直接把一块鱼饵向正在水底休息的圆鳍雅罗鱼扔下去，结果怎样呢？只见这条圆鳍雅罗鱼稍稍向旁边一闪身，又躺到沙子上了，还不时地晃动着那像船尾橹一样的黑尾巴，“它看见上面的垂钓人，才不去咬钩的”——打鱼人常常这样解释，但上帝知道，这种解释对不对：任何一种胆小谨慎的鱼，发现有影子晃来晃去时，都会游走躲起来的，这是可以解释的，但下面的这个问题又无法解释了：为什么圆鳍雅罗鱼即便在水深的地方，在根本看不见渔夫的不透光的水里也很少咬钩呢？不对，肯定有一个我们都不知道的秘密。说到圆鳍雅罗鱼我觉得有必要提一句，就是我上面提到过的：有大鱼咬钩时，绝不能用手去拉钩线。有一次，那是一个早春的午后，我在一个长满芦苇的大池塘上钓鱼。当时我正站在一块三面环水的楔形坝上。大鱼还没有咬钩，我放到水里的三个大钓竿此刻一点儿动静也没有。终于，水下的白色鱼饵——软体虫动了一下，接着又动了两下，到第三次的时候，我突然飞快地一抖钓竿，拖上来一条圆鳍雅罗鱼。结果却不是一条大鱼，我失望地丢开大钓竿，拿起一个中号的由六根鱼线编成的钓竿，放上小虫子，抛入水中，但还没等鱼竿放稳，浮子就不见了，我赶紧抖鱼竿，结果是一条特别大的圆鳍雅罗鱼！柔软的钓竿梢根本禁不住这么一条大鱼，一直弯到手边。起初，根据鱼的运动速度，我判定是一条狗鱼，但是马上我就发现我错了：这是一条大圆鳍雅罗鱼，这么大的一条鱼，我还从未见过，以后也再没有机会见到。只见这条鱼冲出水面，开始绝望地挣扎……我手中的钓线很细，但很结实，钓竿梢又特别的软，最大限度弯曲着，我非常小心地拉着钓竿，过了半个小时，这条鱼终于挣扎累了。我将鱼拖到岸上，打算装到网袋里，但是鱼网太小，太不结实了，根本装不下这条大鱼。这时鱼线上的圆鳍雅罗鱼突然用力一挣，跳进了茂密的苔草丛里了。苔草一直延伸到水里，这时必须非常小心地用手捉或是用网兜，然后慢慢地拖上岸来才行。尽管我是一个谨慎而又耐心的人，可以说是一个很有经验的打鱼人，但当时觉得鱼反正是在岸上，一共不过四分之一俄尺远就可以到达安全地了，我实在耐不住性子，想直接把它拖过来。于是，我用手抓住鱼线，刚要用力——鱼突然发了疯一样向上跳起来——鱼线断了，鱼翻到水里去了……我失去了对于猎人来说如此珍贵的，特别是在早春时节难得见到的猎物，我当时非常伤心，直到今天一想起那条丢掉的鱼，我的心情还是难以平静，后来我还写了一首田园诗来安慰自己，诗的名字叫“渔夫的痛苦”。

冯华英　王冰冰　译

樱 鲷

〔日本〕薄田泣堇

一

春天来自何处?

春天来自嫩草初萌的田原小径,也来自都城大路上女人们穿的和服的颜色。然而,在隔着津轻海峡的北海道平原,听在当地长久生活的农人们说,那里的春天不是来自原野,也不是来自山峦,而是确确实实来自天上。春天不是裸足的美丽的女神,她走过的道路没有百花含笑相迎,它是跃马扬鞭、踏着雄壮的进行曲而来的男性的神。从那充满光明的太空,闪耀着黄金的铠甲,高奏着嘹亮的号角降临了。这就是雪国的春天。

与此相异，我所熟悉的春天，既从广阔的原野上来，它也不失时机地从沙丘对面的蓝色海洋上来。在我出生的故乡，在可以听到濑户内海涛声的小村子，每到春天，樱鲷就上网了。一听到鱼贩子走村串户的响亮的吆喝声，乡亲们全乐了，仿佛这海上的春天就要光临他们清贫的饭桌了。

尽管青麦在拔节，尽管云雀在空中欢叫，但要是听不到海里樱鲷丰产的消息，那么春天也会变得寂寥起来。

二

樱鲷啊。

当你被鱼网捕捞送到竹篓里，你就像在丹尼斯所发现的那座闻名的尼罗河河神的石雕一般，永远横躺着，只露出一只圆圆的眼睛。古时候，马其顿国王亚历山大的名将安契戈纳斯是世界上第一个善作侧面像的人。因为他是个独眼龙，为了不使人窥见他的丑态而煞费苦心。鲷鱼不是安契戈纳斯，它有着完好的两只眼睛。不过作为鱼的生活习性，一侧只有一只眼睛。所以躺在竹篓里，只能用一只眼睛看东西。

英国有位小说家，因做过下院的议员而著名，他叫 A.W. Mason，始终戴着一副单侧眼镜。他热爱游泳，即便在这时候，也很少摘掉眼镜。有一次，他在火车上打碎了眼镜，于是这只眼立刻伤风了。鲷鱼离开咸的海水，直接接触空气，它患了感冒，眼睛因充血而变得鲜红。

鲷鱼啊。你的眼睛看外界的自然只能和自己的行动平行着看。当你划着羽鳍前进的时候，你所看到的外界也一起前进；在你后退的时候，那外界的自然也跟着后退。你的嘴唇所碰到的从正面而来的不是你的眼睛所看到的外界。你永远看不到站立在你前头的东西，不仅如此，你的左眼所见也完全不同于你的右眼所见。你一定有过这样的经历吧：你一只眼看到神仙，同它嬉戏的当儿，另一只眼看到的却是恶魔，正为它的丑陋所惊骇。

鲷鱼啊。当你被从海里捞上来投进竹篓的一刹那，你第一次看到高空里那又大又圆像熟透的南瓜一样的东西，一定很惊奇吧？那叫太阳，是万物光明和生命的本源。然而当你清清楚楚看到它的时候，要不多久你就会死去。

鲷鱼啊。当你用一只眼看着那奇怪的太阳的时候，另一只眼一定看到了滑稽的东西，正在窃笑吧。这是可悲的事，对于鲷鱼来说，这是难以逃避的命运。

三

过去，中国有位老画家叫张风，皈依佛门，二三十年间，不茹荤腥。有一次外出访友，正遇主人烹煮松江鲈鱼。张风一眼望见碟子里的鱼说：

“我没有忘记，这是我家先祖张翰钟爱之物。”说罢立即举箸，津津有味地吃起来。自此以后，他便泰然地吃肉了。

我不像张风那样拒食荤腥。一到春天，看到海面上水汽迷蒙，就想起故乡濑户内海，想起那里捕捉的鲷鱼身上金粉般的细鳞，心中自然升起依依的乡情。

陈德文 译

鲤 鱼

〔日本〕井伏鳟二

从十几年前起，一条鲤鱼就弄得我不胜其烦。当时，我学生时代的好友青木南八（早年故去）抱着满腔盛情把鱼送给了我，还告诉说，此鱼可是从遥远的故乡的池子里捕捞上来的啊！

鲤鱼当初就有一尺来长，全身雪白。

我正在房东家往窗台前的栏杆上晒手帕，青木南八把这条雪白的大鲤鱼盛放在铝锅里，上面覆盖着一层水草，作为进见礼给了我。我为了感谢他的深情厚谊，当即发誓往后绝不加害于白色鲤鱼。接着，我拿出了尺子，一边量鱼的长度，一边和他商量放养的地方。

房东家的当中院子里，倒是有个瓜瓢状的水池，可上面浮满了乱扔的树枝和竹片，把鱼放养在内，我不放心。寻思片刻之后，仍无他法，只好放了进去。鲤鱼随即钻进了池底，几个星期不见露面。

当年冬天，我换了一家不常收住外人的房东，当时很想把鲤鱼一起带走，可是没有捞网，只好撂下。春分过后，终于到了可以钓鱼的季节，于是，我来到以前那个房东家的瓜瓢池边，想把鲤鱼钓上来。第一天，钓上来两条小鲫鱼，我拿给房东老板看，老板像对钓鱼不感兴趣似的说："没想到那瓜瓢池里居然会有鲫鱼之类的东西。"可是从第二天起，他却和我并肩垂钓起来。

第八天，我用春蚕蛹终于把要钓的鲤鱼钓了上来。鲤鱼依然是那么雪白，一点也不见瘦，可是，在鱼鳍尖上长满了透明的寄生虫。我小心翼翼地去除了虫子，然后把鱼放进盛满冷水的洗脸盆里，上面用无花果叶子盖好。

新搬的这个房东家没有瓜瓢状之类的池子，因此，我也曾想过不如下狠心把鱼宰了拉倒，并多次掀开无花果叶子看了看，每次都见鲤鱼的嘴一张一闭，在平心静气地进行呼吸。

我端着洗脸盆到青木南八那里去同他商量。

"你未婚妻家前院的水池像是蛮大的，能不能把鲤鱼寄养一下呢？"

青木南八毫不迟疑地把我领到枇杷树枝垂盖的池边。我在把鱼放入池中之前，竭力提出：虽说此鱼放养在属于他未婚妻所有的池子里，但鱼的所有权一定要属于我。青木南八也许把我的话看成是向他讨好吧，脸上显出了生气的样子。原因是我早就向他发过誓:一定要养好这条鱼的。

鲤鱼随着我脸盆里盛的水,沉进了池子的深处。

往后,到了第六年的初夏,青木南八与世长辞了。

我经常去探望他，却根本没有想到他的病竟有如此严重。我只是考虑到他不能陪我散步而心中焦急,甚至还在他枕边抽烟。

我在博览会的台湾馆里,买了一盆开着大小二十四朵花的仙人掌,决定拿去慰问青木。可是,我把花盆送到他家去的那天,他却已经病逝了。我站在门厅前揌了几次门铃,他母亲方才出来,一见是我,只是眼泪止不住簌簌地直往下淌,却没有说出半句情由来。再一看,堂屋里摆着几双鞋,还有青木未婚妻常穿的一双心爱的女鞋也脱在那里,像是匆忙赶来似的。见此情景,我只好把仙人掌花盆放在窄廊上,转身回家来了。

两三天之后,为他举行告别仪式。那天,在他的灵柩上,并排摆着他常戴的那顶棕色菱角形帽和我送去的仙人掌花盆。我想尽早从他未婚妻家的池子里把白鲤鱼弄回来,因为在放养鲤鱼的事上,青木南八曾经对我生过那么一回气。

我下决心给青木的未婚妻写了封信(为了使青木的灵魂不致误解我,特将信的全文抄录下来)。

敬启者，对青木南八君的逝世，谨致悼念。六年前，经青木君介绍，将小生所有鲤鱼一尾(鱼为白色，当时长一尺有余）寄养在贵府的水池里，特此恳求将鱼赐还。顺告，本星期天，不论晴雨，我将于午前前来贵府池畔垂钓，请予宽许。为此，请从是日早晨起，为我稍开后门。顿首。

对方来了回信（为使青木的灵魂不致误解他的未婚妻，特将该信全文记录在此）

来函敬悉，殡葬刚过，即声称前来钓鱼，此举似有些唐突。但念及此鱼乃属阁下珍品，故同意遵照来函所述之意从事。届时可免入内相见，亦不出门相迎。唯垂钓一事，望勿多虑，任从方便就是。草复。

星期天一大早，我携带饭盒和钓竿、鱼食、脸盆等物，悄悄地进到了已故青木南八未婚妻的宅院里。然而我心中总有些惴惴不安，如果把回信带来作为必要的凭证，那就要好得多。

枇杷的果实已经黄熟，从而引起我想尝尝鲜果的欲望。而且池畔的各种草木全都长得高深茂密，据我观察，不管是从楼上窗口处，还是从阳台上，都无法看到我的身影。因此，我倒握着钓竿，把枇杷的果实敲打下来。由于直到黄昏时分才将鲤鱼钓上来，所以我趁机擅自偷吃了相当多的枇杷。

我把鲤鱼放养在早稻田大学的游泳池里。

夏天来了，学生们开始在池里游泳。每天一到下午，我总要路过池边去参观一番。我把脸贴在池子周围的铁丝网上，望着他们灵巧的游姿，心里不胜羡慕。此时，我正失业，这种参观，对我来说那是再合适不过的了。——日近黄昏时，学生们从水里上来，就那么光着身子躺在漆树底下，或抽烟，或谈笑。我望着他们那健美的肢体和欢乐的游泳情景，不时地流露出深有所感的情调。

等学生们不再乱往水里跳了，池子的水面很快就平静下来。紧接着，几只燕子随即向水面飞来，它们时而翻身翱翔，时而肚皮擦着水面一掠而去。唯有我那白色的鲤鱼钻得很深，从不见露面，说不定它已经葬身池底了。

一天夜晚，实在闷热不过，我一夜未睡直到天明，为此，很想呼吸一些早晨的新鲜空气，便绕着池子周围在转。每当这种时候，人们往往不是哀叹自身形单影只，就是考虑应该奋发图强，再不就是把手插在怀里，长时间地茫然木立。

“鲤鱼！”

就在此刻，我发现我那白色的鲤鱼十分醒目地在池中贴近水面环游。我蹑着脚走进了铁丝网内，为了进行仔细的观察，又爬到了跳水台上。

我的鲤鱼显得十分灵巧，它尽可能舒展地利用了水池所赋予的空间,像这里的霸王似的,任其横冲直撞,来回遨游。不仅如此,在我那鲤鱼的身后还紧紧地尾随着几条鲫鱼,几十条鱲鱼和鲦鱼,足见属于我所有的鲤鱼该是多么威风啊!

我面对如此壮观的情景,感慨之余,不禁流下了热泪。与此同时,我特别注意不要发出声响,悄悄地从跳台上走了下来。

寒冷的季节到了。池子的水面上散落着树叶,不久就结了冰。这一来,我只好决心不去寻找鲤鱼的行踪了,可每天早晨仍然坚持到池边来看看,把几颗小石子向平坦的冰面投去,借以作戏。小石子如果投得轻,就会从冰面上迅速滑去,发出冷清的声音;如果用力正投下去,石子就会扎进冰层里去。

一天早晨,冰面上降了一层薄雪。我拾来一根竹竿,在冰面上画起画来。画的是一条长约两丈的鱼,在我的心里,这就是我那白色的鲤鱼。

画好以后,在鲤鱼的鼻子前方加上了"……",本想写点什么,但未写成,反过来在鲤鱼的尾后添上了许多紧随不放的鲫鱼和鲦鱼。可看上去,那些鲫鱼和鲦鱼显得多么愚蠢而又凄惨!这些鱼有的没有鳍,有的甚至连嘴巴和眼睛都没有画全。我却完全心满意足了。

柯毅文　译

东弗洛里达之鳄(外一篇)

〔美国〕威廉·巴尔特拉姆

鳄鱼的喧闹声使我大半夜不能入眠；早晨起身，和我的预料相反，气氛却十分平静；很少看到鳄鱼，他们正在岸边睡眠。然而我不能压制我的恐惧，生怕将来遭受到他们的袭击；昨天与他们的战斗，我虽然取胜，至少是安全撤退，但在我的心头留下深刻印象，使我的勇气大减。我独自在一条小船上遇见这样巨大的危险，是太势孤力单了。我溯河而上，每天晚上要经过这样一条危险的狭路，对我来说其凶险犹如穿过两排手执大刀和火把的印第安人，遭受他们的杀戮。然而我决定把航程再延长一天，如果我能从下游安全归来，我就会找到对付困难的办法。于是我把一切应用的物品装上船，把枪上好子弹，便小心翼翼地沿着岸边航行。当我经过战斗湖时，我开始发抖并且警惕地瞭望着；突然一条硕大的鳄鱼冲出芦苇，带着巨大的吼声冲来，像箭一般猛奔到我的船下，直立着出现在船边，张大着口，喷吐的水和烟雾暴雨一样落在我身上。我用木棒狠击他的头，把他打走了；他跳入水中，疾速离开我的小船后，笔直穿过水面，用闪电般的速度进入湖角。现在我花费时间把自己调整到最有利的位置，紧紧沿着岸边划行，但不时向后瞧，立刻发现另一条鳄鱼再度逼近。这附近的河水浅而清澈；这个怪物带着通常的吼声和威胁游来，紧挨着我的船边通过，我可以清晰地看到一窝数以百计的幼鳄，尾随着她鱼贯而行，成为长长的一串。他们彼此靠近形成一个纵队，两边一点没有零乱；些幼鳄看来都一样大小，约 15 英寸长，大部分是黑色，身上横列着淡黄色的斑点，色彩很像响尾蛇。现在我又看不到我的敌人了。

仍然得靠着岸边航行，在转向一个河岸的小岬时，我立即看见许多小丘或小金字塔，很像干草堆，军营一般沿河岸排列着。它们兀立在一片地势较高的沼地上，距河水 15 到 20 码远，垂直高出水面不过 4 英尺。我知道这是鳄鱼的巢穴，以前我曾经描述过；现在我期待着一场愤怒的总攻击，因为我看到几条大鳄鱼在这些建筑物前并排游着。我对这些巢穴感到极大的好奇，决定无论如何立即登岸，考察它们一番。于是我把船驶向岸边的一个登陆处，它不过是一个缺口或一个小船坞，从这里我攀上一条斜坡上的小路，走到巢穴所在地的草地边缘;它们大多数都被荒弃了,巨大的厚厚的白色蛋壳已经破碎,散布在附近地上。

这些巢穴或小丘都成钝角锥形,有 4 英尺高,底层直径为 4 或 5 英尺;它们是用泥、草和草本植物构造的。他们先在地上抹一层糅合的灰泥,在它上面储存一层蛋,在这之上又是一层灰泥,约摸 7 或 8 英寸厚,然后又是一层蛋:这样一层又一层,直到顶端。我相信他们通常在每个巢穴内放 100 至 200 个蛋;我猜这些都是经过太阳的热力孵化过的;植物掺和着泥土,由于太阳的作用,会产生低度的发酵,增加这些小丘的热量。这块占地数英亩的巢穴明显地标志它是鳄鱼经常栖息之所;这里的草都被踏倒,很少留下一根挺立的稻草或一片叶子;然而,在四周的一段距离外,草儿都有 5 或 6 英尺高,长得密密麻麻,厚厚实实。我想象母鳄注视着她自己存放蛋的巢穴,直到它们全部孵化;当她照料自己的一窝蛋时,她尽可能设法多照顾和保护一些,她住在自己特殊的巢穴或其他地方;有一点可以肯定,绝不会让幼鳄们自己移动;因为我经常看到母鳄在岸边率领着她的一串幼鳄,好像一只母鸡率领着一群小鸡;她辛勤而勇敢地保护着她照顾的这些幼鳄,给它们提供粮食;当她在温暖的河岸上晒太阳,周围是她的一窝崽子,你可听到幼鳄们不断地哀鸣着,好像一群小狗在吠叫。我认为一窝中只有少数能够充分发育,因为老鳄鱼只哺养他们到自己能捕食为止。

鳄鱼长大成熟后是一个非常巨大可怕的动物,有惊人的力量,在水中行动敏捷。他们有 20 英尺长,有的长达 22 或 23 英尺。他们的身体有一匹马大;他们的形状很像一只蜥蜴,除掉他们的尾巴是扁平或楔形的,身体两边呈侧扁状,从腹部逐渐变小直到两端,全身覆盖着角质片或鳞,是任何活的动物甚至枪弹不能穿透的。据说只有他们的头部和前腿或手臂后面是可以伤害的。一个成熟的鳄鱼的头有 3 英尺长,嘴张开也有这样长;按照比例他们的眼睛较小,深深陷入头中,而额头前凸;鼻子很大,在顶部胀大凸出,当头部浮在水中时,远远看去像一块漂流的木材。只有上颚在活动,它们垂直抬起,和下颚形成一个直角。在上颚前部,紧挨着鼻子,每边各有两颗巨大粗壮的獠牙,不很尖锐,成锥形,白得像精雕细琢的象牙,没有覆盖任何皮肤或唇,使这个畜生看起来总是一副凶恶的样子,在下颚有和这些獠牙相对的接纳它们的孔穴;当他们砰然合上两颚,会发出一阵奇怪的喧声,好像用暴力猛击一块厚板使之落地,在很远的地方也可听到。

更使陌生人骇怪的是鳄鱼惊心动魄的可怕的高声咆哮,特别是在春天孵化季节,他们爱发出这种吼声。它非常像远处的雷鸣,不但引起空气和水振动,而且使得大地颤抖;当他们成百上千条同时吼叫,你会相信整个地球在剧烈地危险地摇动。

一条老鳄鱼,可能是这个小湖的绝对统治者(不算他自己有50条。他们在这个小湾附近趾高气扬,大肆咆哮,踌躇满志),他忽然从隐蔽的芦苇中蹿出水面,笔直向前冲击,最初疾如闪电,逐渐缓慢,到湖中心时便停下来。现在他傲慢地用嘴吸进风和水,在喉中呼噜呼噜地大声响了将近一分钟,立即又从嘴和鼻中喷出,发出一阵高声喧嚣,还在空中挥舞他的尾巴,从他鼻中升起一股如烟的雾气。在其他时候,当他兴奋得要爆炸的程度,便举起头和尾,在水上飞速旋转。他在扮演着一个角色,宛如一个印第安酋长在演习他的武功;然后他退下来,由其他敢于亮相的继续表演,而且力图胜过其余的雄鳄,以博得他所喜爱的雌鳄的青睐。

鱼的天堂

现在我迈开脚步朝我的营帐方向走去,我把它安顿在一个隆起的葱绿山丘上,俯临着晶莹的水潭。靠近我的左面是一片芳香的八角树林,右面和后面是一个果实累累的橘林,其中有棕榈和木兰花相间;前面,在我的脚下就是迷人的清泉,从那些黝黑的石缝里,每分钟喷出成吨的水,形成一个深潭,足够容纳一条大型双桅船行驶。一条水深4或5英尺,宽20码的小溪,弯弯曲曲地流淌6英里,穿过嫩绿的草原,把明净的水注入巨大的乔治湖,在这里它们还保持着纯洁和澄澈。在潭的上部约20码处,正对着小溪的出口,是一个不断迸发的泉眼，在这儿大量的水以惊人的力量涌流，喷出水面2或3英尺高：白色沙子和微小贝壳随同泉水被抛到空中，又与水流一同溅落，沉淀在泉口周围。泉水穿透过一个岩石河床渗出，河床两边参差不齐，露出一排排棱角。这些就是我所知道的真相，我尽可能把它们如实表达出来。然而还有一些景观是妙不可言饶有兴趣的。

例如，你眼前是茫茫一片碧水，水极其清澈，简直像天空那样透明；潭边装饰着多种果实累累或鲜花盛开的树木、灌木丛，沉甸甸的金黄橘子在清澄的水面摇晃，馥郁的空气中回荡着快乐的鸟儿们的美妙歌声，它们是这个芳馨的环形树林的常客。

就在这一瞬间可以见到无数对的鱼，有些穿着色彩鲜艳的衣衫；贪婪的鳄鱼把全身伸开，像一株巨大的树干；贪吃的长嘴硬鳞鱼，怀有敌意的鳟鱼以及各种金黄色的鳊鱼，有倒钩的鲶鱼，可怕的黄貂鱼、鳐鱼、比目鱼，满身斑点的鲈鱼，隆头红鱼和石首鼓鱼；他们都在各自的队伍和群落中自由而毫无猜疑地交往着；没有仇恨的迹象，没有互相吞食的意图，各个队伍都在和睦地彬彬有礼地靠边挪动一点，以便腾出地方让别的鱼通过。

更为奇妙的是可以看到整队的鱼掉进深渊，落入冒着气泡的泉水：他们失踪了！难道他们一去不返？我害怕而惊异地抬起眼睛；我焦虑地一再瞧着下面的泉水，忽然看到他们了，好像来自遥远的另一个世界的蓝色太空；他们最初出现时，不过蚊子或小虫那样大；现在逐渐变大，他们的鲜艳色彩开始在水中绘出一幅美丽的画图。

现在他们飞速前来，吐着透明的水柱，浮现在圆形的潭里：他们徐徐升起，有的直，有的斜，似乎躺在那儿，强大的水流把他们带到水面，宛如蝴蝶遨游碧空；然后又徐徐降入水底，各奔东西；一会儿他们又聚集起来，重新组成一个血缘的家族。

这种令人惊异的欢乐情景，乍看起来像一幅没有画布的优美的图画，想象这图景已映入你的眼帘，你可以毫不困难地摸到任何一条鱼，或者把你的手指放在鳄鱼的眼睛上，它就躺在水下 20 或 30 英尺处。

这个鱼类的天堂展示了大自然中的和平幸福状态，然而它只是一个缩影：因为不论在乔治湖或是在江河中，鱼的本性都是相同的；但是在这儿，他们赖以生存并在其中活动的水是这样清澈透明，使他们彼此伤害或逃避敌人的能力相等（江河中一切肉食的鱼，互相吞食，如同笨拙的鳄鱼一样，靠突然袭击来捕获食物，他们自己隐蔽和埋伏着，当机会到来，便突然朝牺牲品冲去），这儿却没有隐蔽和埋伏之处；在这儿鳟鱼自由地在鳄鱼的鼻子前经过，在他前面放声大笑，鳊鱼在鳄鱼前也是如此。

真正令人吃惊的是，相互安全的意识，或者其他潜在原因改变了他们的行为，在这儿丝毫没有相互伤害相互干扰的企图。

申奥　译

水母

〔法国〕米什莱

我在风光旖旎的依艾尔小城[1]度过了1858年的头几个月，在这儿可以眺望大海、岛屿和沿岸布满浓荫的半岛。从这个距离去观赏海洋，海洋似乎比从岸边看过去更具有吸引力。不管人们是沿着花园之间茉莉花和香桃木的绿篱前往，还是略略爬上去一点，穿过油橄榄和夹杂着月桂树和松树的林子通向那里的小径，都很引人入胜。这树林无论如何还留下了某些空隙足以观赏海景，怪不得人们把这儿叫作美丽的海岸呢。

在相当粗糙的岩石之间，海水留下的环礁湖仍然遗留下

[1] 法国南方瓦尔省傍地中海的一个小城。

一些行动缓慢得无法跟上海洋的小动物。有些贝壳完全收缩在自己身体里面，苦于干涸。它们没有硬壳，无遮无盖，整个被打开了，一片片活生生的伞膜横陈沙间，人们很难听地叫它“墨杜萨”，为什么给这么一种迷人的生物取了个这么可怕的名字呢？[1]以前我从来没有把注意力投射到这种海滨常见的这些海上死难者身上。这是一种极小的动物，只有手那么大，但却异常娇嫩，具有轻轻的柔和色调。她通体呈蛋白色，那温馨的紫丁香色的花冠已经像云彩一样消散了，丁香色泽的、长着无数触须的冠冕在上面漂动，纤细的伞膜(这是她的胴体)在底下，接触到岩石。她受伤了，这可怜的胴体皱缩在一边，部分散裂开来的细微的须子那就是她呼吸、吞食以至做爱的器官。这些都乱七八糟地直接曝晒在外省火辣辣的太阳光下面，霎时间疯狂的旱风猛烈吹过，她才开始醒来。她透明的胴体上的那两道线清晰可见。

她所在的那个环礁湖已经干涸，但邻近的其他环礁湖却都仍然春水盈盈，与大海联通。只要迈过一步就能得救。但是她只能用她起伏的触须蠕动，这一步就是迈不过去。在这样耀眼的骄阳照射下，肯定她马上就要溶解，耗尽，消失了。

没有什么比这些海的女儿生命更加短暂，更加瞬息即逝

---

[1] Méduse，水母。在希腊神话里墨杜萨原是个美女，她得罪了女神雅典娜以致被变得面貌奇丑。谁只要看她一眼就立即变成石头。

的了。她最富流动性，好像蔚蓝色的轻纱飘带一样，因此人们叫她“美神的腰带”；只要一离开水，就立刻消失得无影无踪。水母，则比较稳定一些，难以死去。

她究竟是已经死了，还是正濒于死亡呢？我不那么轻易地相信她已死去，我确信她还活着。碰碰运气吧，把她从这儿挪开，扔到邻近的环礁湖里去也不费什么力气。讲句心里话，接触到她真叫我感到有点恶心。这美妙的东西，带着她看得出的纯洁无邪和色泽柔和的虹晕，仿佛一团轻轻颤动着的果冻，正在滑行，溜走。我才不理会呢。我轻轻从下面伸过手去，仔细地把她那静止不动的胴体托起来，于是她所有的触须又重新垂下，返回到她漂浮时的自然状态。就这样我把她放进紧邻的湖水中间。她沉下去了，没有一点生气。

我在岸边漫步。可是十分钟之后，我又看到了我的水母。她正在下风处随波起伏。真的，她蠕动着，随后又漂浮起来。带着一种独特的优雅的风姿，她那在身子下面摇曳的触须不断游动，悄悄地离开了岩石。她的动作并不迅疾，但总是不停地移动，一会儿我看见她已经渐渐漂远了。

她也许过不多久还会翻倒。运用这样贫弱的器官、这样危险的方式航行是根本不可能的。她们很害怕岸边，因为近岸的地方有许多坚硬的东西会碰伤她们，不如在宽阔的洋面上，风时时吹得她们不住地旋转。这时她们的鳍须在上面，随波逐流上下漂荡。她们为鱼类吞食，许多鸟儿也常常捕捉她们来取乐。

我在吉隆特河岸边度过的一整个季节里,常常看见她们为航道所驱赶,成千上万的被抛到海岸沙滩上,可怜巴巴地全给晒得风干。她们初到时又大又白,娇丽异常,仿佛饰有无数烛台的水晶分支吊灯,闪烁的光芒里迸射出万点繁星。啊!才过了两天就变得多么不同!幸亏沙土下陷,把她们全淹没了。

她们是一切动物的食物,而她们自己吃的只是一些组织不完全的生命,海洋中微小的浮游动物。她们既无牙齿,又无武器,只有一种本领,那就是使猎物麻木,昏醉,不让被她攫住的猎物感到痛苦就被吸食掉。不过,要是有什么动物攻击她们,这时有些水母身上能分泌出一种液汁,像荨麻那样有点螫人。

徐知免 译

论马蜂

〔英国〕赫德逊

初秋风狂雨骤的一天，我正在苏莱[1]的一个果园里散步，中途停下来去观察昆虫生活中一幕奇异的场景——那使我想起过去的一段日子，当时我的心思为疑云所笼罩，对某些昆虫的生活方式，尤其是马蜂的，考虑很多，不然，我本来会把现在看到的一幕称为一出小小的昆虫喜剧的。我们在生活中曾经历过并且又忘掉了震撼过我们的暴风雨，但是很久以后，一件很小的事情——一朵花的香馨，一只野鸟的啼唤，甚至一只昆虫的情状——都会使我们生动地回忆起来，那似乎已经沉埋和过去的感觉因此又复活了。

---

[1] 英国郡名，在伦敦西南。

果园里有一株老梨树，它结的晚梨非常之大，在九月秋风所摇落的果实中有一个熟透的，马蜂在上面挖了一个杯状的深洞，洞内有六至七只马蜂，平卧着一动不动，挤在一起，痛饮那甜蜜的果汁。在梨的表面聚集有三十至四十只反吐丽蝇，对果汁垂涎万分，但明显害怕去尝一口，它们密密地站成一圈，后面的往前紧压，挤到别个背上去；然而，不管后面的压力，最前一排的仍拒绝向前推进越过被咬部分的边缘。时不时其中一只比较富于冒险精神的伸出它的喙，开始在边上吮吸；这个稍有点试探性的举动立即为一只马蜂觉察，它迅速转身面对那只放肆的丽蝇，以威胁的姿态高举起翅膀，丽蝇于是就把喙从杯口缩回。偶尔饥饿会压倒恐惧，丽蝇来一个总动员，好几只同时开始吮吸，那只马蜂在这种情况下似乎认为光是恐吓的神气和姿态已经不够，常常发出一种愤怒的嘤嘤声，渐渐地整个蜂群会展翅而飞，形成一团小小的紫青色的云，盘旋不止，同时发出激昂的嗡鸣。

在我进行观察的时间内，那只担任看守之责的马蜂一次也没有放松它的警惕。当它低下头跟其他的蜂一同吮吸时，它的眼睛依然能把周围蝇群的每个动作都反映到它怀有恶意的头脑里。它们能随心所欲地在洞口爬一圈又爬一圈，然而只要别的昆虫胆敢吮吸一口，它马上进行战斗。

我想到的问题是：在所有这些行为当中多少是可以归结为本能，又有多少可以归因于智力和癖性呢？马蜂当然有马蜂的脾气，容易发怒，对别的性情随和的昆虫十足恶意刁难，专横霸道。它是后者的杀手和吞食者，同时又跟它们共同享用花蜜和果汁；但是当它进行屠杀，以及当一只单独的马蜂把蜘蛛、毛虫和各种昆虫先刺成瘫痪，然后把它们贮存在蜂房内，为最终从现在还没有产生的卵里面孵化出来的幼虫提供可怖的食粮时，马蜂这时的行为是自动的，或者说出自本能，也可说是由一种外在的力量所驱使。以马蜂在梨子上的行为这一情况，以及人们可能亲自看到或读到的其他无数情况来说，则似乎是大量的心理因素在起作用。无疑这种情况在所有的昆虫身上都存在，不过程度有所不同。某些科目比别的科目表现得更聪明。这样，任何习惯于缜密观察昆虫和注意它们细小的动作的人大概会说，比起其他的昆虫，甲虫类更缺乏头脑，而膜翅目昆虫则智力较高；在后者当中马蜂的层次最高。

果园内的情景也提醒我，一群马蜂，大小、颜色、习性虽然大不相同，而它们霸道的脾气却非常相似，这是我青少年时代在一个遥远的地区所习见的。或许由于它们所特有的鲜明色彩和令人生畏的性格，马蜂比别的昆虫更加吸引我，它们是美丽而螫人好痛的生物；如果我插手它们关心的事情而又粗心大意地对付它们，那它们给我造成的痛苦开头是肉体上的，很快就过去，然后是精神上的，更为持久。

对非常幼小的儿童，色彩无疑是自然界最迷人的特性。

大自然给马蜂涂上的色泽使它们可以跟蝴蝶和闪亮的金属般的甲虫匹敌。有的马蜂身上的条纹是黑黄或黑红相间,也有的是一色的金棕,有的像我们的豆娘,看上去仿佛刚刚洗过澡,有一种金属蓝的光彩,其他种类有的身躯钢蓝色,翅翼则是鲜红色,有的身躯绛红,头与足黄色,翅膀鲜蓝,有的身躯黑亮如金,头与足是粉红色,如此等等,达到好几百种之多,你可以不断观察,“如同大自然列表逐一跟她的小儿女游戏”直到你对由半打鲜艳的色彩构成如此之多的品类,以及如此之多的无与伦比和美丽的对比惊异不已。

正是在我开始发现马蜂跟其他昆虫在喂养幼虫的方式上不同时,我对它们的兴趣和痛苦交集起来了。因为它们不像蜘蛛,蚂蚁,蜻蜓,虎甲,或其他肉食性昆虫,马上把它们的猎获物杀死,而是以螯刺其神经中枢的办法使之瘫痪,从而丧失抵抗力,然后把它储藏在封闭的蜂房内,以便让不久以后孵化出来的幼虫可以吃到新鲜的肉食, 不是刚杀死的,但并不陈腐的肉食。

这么一来,那个恼人的问题——这些事实怎么能符合一个仁慈的造物主的观念呢?因为是他设计了这一切的——就出现了。它不是我从书本上读到的,也不是老师提出来的,因为我没有老师,而是大自然本身猛然推给我的。无论如何,不管提得如何尖锐,像别的许多人一样,我遵循传统的信念,把这个伤脑筋的问题撇置一边。有关进化论的论战,已经闹闹嚷嚷地进行了多年,几乎没有影响我;它不过是稍微听到一点的低语,好像是远得不得了的"异国海岸"的暴风雨。但这不可能持久。

一天一位兄长刚从远方旅行归来,随即把一本著名的《物种起源》送到我手上,劝我一读。我读过之后他问我有什么感想。"这没有道理!"我十分激动地嚷道,他笑了,简直不知这对我是多么重要的一件事情。他告诉我如果我喜欢可以留下这本书。我连谢也没有谢就收下了。我把它重读一遍,想了很多问题,可是多年拒不接受它的教导,只是因为我不忍放弃一种生命哲学,如果我可以称之为哲学的话。假使达尔文是对的,它在道理上就讲不通,而缺乏它,生命也就不值得维持。当时我是这么想的;那是人类心理上的一种非常普通的谬见,因为我们看到对我们是如此重要的美好的信念被强行夺走了,而我们忘记了我们的损失,完全像以前一样生活下去。

现在看到达尔文给予那些人的头一个安慰,他们却违反自己的意愿确信这一点,那是奇怪的。他们热心于发现某种逃避的办法,它不致要他们完全放弃自己心爱的信念。不管怎么说,他提出这个想法,使某些有宗教思想的人很快抓住,这个新的解释认为充满地球的无数生命形态起源于一个或若干原生体,这为我们提供一个比传统的观念更为光辉的具有创造精神的观念。它没有经过检验,多半出于作者的善良和同情心而不是他的理智力，但它使人们暂时松了一口气而且达到了目的。确实，对某些人，也许对好些人，它起一个避难所的作用，这个匆忙用稻草盖起来的棚子，尽管风穿雨漏，但对他们来说总比没有要好些。

但在这本书有意抚慰人心的段落中，对我印象最深的是作者提到动物本能和适应作用的片段，例如谈马蜂的那些，是写自然史题材的作家们通常要写到的。他把这种习性说成是“残忍的”，似乎相当确切和自然。举例来说，如写把它的义兄弟从巢中驱逐出去的小杜鹃，悍蚁，以毛虫的活组织为食的姬蜂科昆虫幼体，它们就是在这些毛虫的身体内孵化出来的。作者说这也许不是一个合乎逻辑的结论，但他似乎觉得把这些现象看成“不是特殊天赋或天造的本能而是一条普遍规律的小小的结果”，那会使他更为满意，这条规律乃是生物变异和适者生存。

林荇　译

野蜂

〔美国〕惠特曼

五月是鸟儿结群、歌唱和交配的月份，是蜜蜂的月份，是紫丁香开花的月份(也是我出生的月份)。当我写下这一段文字的时候，我刚在日出之后进入了野外，往小河方向走去。阳光、馨香、旋律——蓝色的知更雀、草丛里的鸟群和鸫鸟在我四周啼鸣不已，好一片喧哗的天籁，那是从喉咙里唱出来的。近处啄木鸟的啄木声和远处雄鸡的啼鸣，是这片天籁的背景。新鲜泥土的气息，色彩——远处柔和的浅褐与淡蓝，两天来温暖湿润的天气，给小草染上的新的翠绿。太阳在辽阔晴朗的天空升起，又开始了一天的旅程，多么宏伟壮丽的景象！和煦的阳光流溢着，它沐浴着万物，亲吻着我的面颊。阳光似乎有一点热了。

不久我便听到池塘里的蛙鸣，看到野茱萸的第一朵白花，随着是繁茂的数不尽的金色的蒲公英，一大片一大片铺满了四处的地面，还有白色的樱花和梨花。我蹒跚地走过林边，野生的紫罗兰抬起它蓝色的眼睛向我的脚点头致敬，苹果树新绽的花朵泛着玫瑰色的红晕，小麦地闪着碧玉般晶莹的绿光。暗绿色的裸麦，空气里弥漫着温暖的弹性，矮杉木缀满了褐色小巧的果实。夏天已经完全苏醒。一大群乌鸦哇哇地吵闹，落满枝头。我坐在它们附近，只听得一片震耳的喧哗。

大自然像部队一样排成阵势，在我面前走过。大千世界给了我数不尽的东西，现在还在给我。但是这两天给我最多的还是那些大个儿的蜜蜂，人们叫作“野蜂”的（孩子们叫它们“贱虫子”）。我从农舍往小河走过去（或者说是颠簸过去），我从那一条甬道经过，那甬道两侧是古老的栅栏，栅栏上有很多裂口、缝隙、窟窿，那是嗡嗡飞鸣的毛茸茸的昆虫的最好的住处。成千上万的蜂正在栅栏上下四方飞舞碰撞。当我在路上慢慢走过时，蜂群结成了阵势，陪伴着我。在我清晨、正午和日落时的散步活动中，它们都扮演着最重要的角色，有时竟以我从来没有想到过的方式独占了我身边的风光。它们不是几十几百而是成千上万地飞满了甬道。大个儿的蜂，活跃、急速，带着巨大的永远时起时伏的嗡嗡声（那声音有时竟能汇合成阵阵呼啸）和一种奇妙的冲击力量撞来撞去，迅速地闪动着，彼此追逐着。这小小的东西给了我一种鲜明的新的感受——力、美、生命和运动。它们是否正在交配期呢？否则，这么大的蜂群，这样的紧张和猛烈，又是什么意思？我总以为跟着我的是某一个固定的蜂群，但是仔细观察之后，才发现蜂群在不断迅速地更换着。

我坐在一株巨大的野樱下书写——偶尔的云翳和阵阵的清风，调剂着这温暖的天气，使它凉爽可人。我在这儿坐了许久，蜂群的嗡嗡的音乐包围着我。数以百计的蜂在我的身边飞掠着、悬浮着、穿梭着——是些身穿淡黄色外衣的大个儿，胖乎乎的身子闪着光，粗短的脑袋，轻绡一样的翅膀——永远发出它们那宏大浑厚的嗡嗡的吟声。（这是否能给我们一点启发？能否以这种嗡嗡声作为背景写出一首叫作蜜蜂交响乐之类的作品来？）旷野、裸麦地、苹果园，这一切都以我十分渴望的方式滋养着我，令我陶醉。两天来的一切：阳光、微风、气温都那么好，真是尽善尽美。这两天我感到十分舒畅，我觉得身体好得多了，精神也宁静安详（然而一个纪念日快要到了，它曾给我的生命带来最沉重的损失和深切的哀悼❶）。

又一次匆匆写了几句话。又一个完美的日子。上午七至九点两个小时被包围在蜂阵和鸟群的音乐之中。在苹果树和附近的一棵杉树下面，有三四只背部褐色的画眉，每一只都

---

❶惠特曼的母亲于 1883 年 5 月 23 日逝世，这里指的就是这个日子。

在快板急腔地欢欣地歌唱。那声音之美妙，真是我从来没有听见过的。我听了两个小时，忘掉了一切，只蒙眬地感到沉醉。我注意到几乎每一种鸟在一年中都有自己特殊的时期。有时不过几天——在那个时期里，它们歌唱得特别动听。现在正是这褐背画眉鸟歌唱得最欢畅的时期，也正是蜜蜂声音最动听的时期。它们在这甬道内外飞舞着嗡鸣着。我回家时，又是一大群蜜蜂跟往常一样前呼后拥陪伴着我。

两三个礼拜过去了。在我写下这一段文字时，我正坐在小溪旁的一棵百合树下。这树有七十五英尺高，正是成熟时期，朝气蓬勃，一片鲜亮的翠绿——多么迷人的形体。每一根枝条，每一片树叶，都是那么尽善尽美。数以千计的野蜜蜂在这树的上上下下飞翔，在花中寻觅甜蜜的花汁。蜂群宏大连绵的吟声形成了整个世界的基调。也形成了我此时此刻的心情的基调。最后我愿从亨利·比尔斯的小诗集中引用一首短诗来结束本文。

我躺在远处的长草丛里，
醉醺醺的蜂儿从我身边飞去。
蜜酿的美酒早已叫它癫狂，
它喝饱了忍冬花美味的糖浆；
喝成了好一个滚圆的大肚，
金色的腰带再也捆束不住。

玫瑰的蜜汁加甜豌豆的酒，
它灵魂里充满了圣乐悠悠，
温暖的夜里它喝了个通宵，
夜露沾湿了它细腿上的绒毛。
它演出了多少幕可笑的喜剧，
世界在睡眠和阴影里交替。
花朵的杯中有香甜的仙蜜，
它扑过去用焦渴的嘴唇吮吸。
光溜溜的花瓣却叫它滑倒，
乱纷纷的花蕊总叫它跌跤。
一跟头它跌进花粉的中心，
爬出来滚了身灿烂的黄金。

有一回那几条沉重的毛腿，
站不住了，只因为磕着个花蕾。
它跌进野草丛里躺着嘟哝，
柔和的男低音，可怜的野蜂！

张玲　译

田园的蜜蜂

〔美国〕布罗斯

春天，蜜蜂从蜂房飞出来，像从诺亚方舟❶飞出来的鸽子一样，许多天之后鸽子衔回一片橄榄树叶，而每只蜜蜂带回来的是沾在臀部的一小团金色的花粉。通常这是从桤树和生长在沼地上的柳树的花上采回的。在一个制造槭糖的乡村，蜜蜂在树液从用来采糖的插管流出，或在树液干燥后凝结在桶边时尝到最初的甜头。有时候它们会迫不及待地飞到熬蜜的地方，被蒸气与烟雾所淹没。可是在春天，蜜蜂对面包表现出比对花蜜更为殷切的心情。它们的粮食供应没有蜜的储存

❶《圣经·创世记》神话：天降洪水，希伯来人祖先诺亚得神的预示造一大方舟，让家人和许多禽兽进入方舟，逃避了这场灾难。许多天之后诺亚放出一只鸽子以试探水势的消长，鸽子叼回橄榄树叶，说明地上的水渐退。

那么完善，因此作为它们的新鲜面包的花粉才是它们要辛勤采集的东西。我的蜜蜂从柳絮取得它们的第一批食品供应。它们好快就找到了。只要有一棵柳树在它们可以达到的范围内扬花吐絮，一只蜜蜂准及时到来把花粉带走。四月的一天，天气晴和，站在蜂箱的附近观看蜂群在它们小小的篮子里满载着春天的第一次收获拥进蜂房，这是一种非常使人高兴的经验，它们会有新的面包了；它们已经在极为认真地把它磨碎；看看它们满是尘土的外衣和带回家的金色粉末吧。

当一只蜜蜂把花粉带进蜂房，走进储藏花粉的蜂巢时，它就从身上把花粉扑掉，如同人扑掉工装服上或橡皮靴上的粉尘一样，用一只脚协助另一只脚；然而它走出来朝后面看也不看；另一只蜜蜂，它是搞内勤的人手之一，走过来用头压下去并在蜂巢内塞紧；如同牛奶场的女工把奶油紧塞进奶桶。头一批春天的野花，它们的羞羞答答的面孔在岩石和枯叶间半掩半露，是这么受人欢迎，但却并不出产花蜜。金莲花，獐耳细辛，血根草，杨梅，数不清的紫罗兰，春天的美女——紫堇，等等，它们引来所有的自然爱好者，但却引不来爱花蜜的蜜蜂。花蜜需要更多的阳光的温暖才能产生糖分。这些森林与灌木丛里浅淡的娇弱的花草的美是它们生存的唯一充分的理由。杨梅长得很矮，一冬都保持青翠，它们长到可以发出香气，但却没有花蜜。

第一批蜜可能是从红色的槭花和金色的柳花采取的。后者散发出一种强烈的甜美的芳香。含糖的槭树稍后开花，可以从它光阔的流苏一样的花采取丰富的汁液。我的蜜蜂可不照我的意愿那样去从这些不同的植物采蜜。槭是一种洁净而强健的树，它的蜜从哪方面看都充满优点，使你想尝一口。苹果树，桃树，樱桃树，榅桲，荼蘼，它们的花蜜也很诱人——你很想有一套卡片把它们不同的特性记下来。苹果花对蜜蜂是很重要的，它的蜜光一个蜂群连续不断地采，已知可达到二十磅。蜜蜂也喜爱成熟的果实，在八月和九月，它们可以在不同的果实上吸吮到微醉的程度，就好像品尝泡在酒里的面包片。

在果树的花期和三叶草及覆盆子花期之间，这段时期在许多地方由采蜜的蝉填补过渡。这些草木在这个季节发出多么令人愉快的嗡嗡声啊。我对它们的蜜的质量一无所知。但应该是不错的。当红色的覆盆子开放时，那才是真的开放了富源；蜂房好一阵忙乱，尤其是广泛栽培这种浆果的地方，例如哈得逊河沿岸。娇弱洁白的三叶草，大约在同时开花，由于它的花素淡而不艳丽，并且差不多没有香气，甚至连同它的蜜也受到忽视。六月间，生长这种浆果的田野一片不断的嗡嗡声，犹如一个巨大的蜂房所发出的声音。覆盆子的蜜不像三叶草那么白，但采集较易。它的花蜜是在一个浅浅的杯子里，而三叶草的则在一根深深的管子里。蜜蜂在日出之前就起身飞向蜜源，得一场爽快的阵雨才能把它们赶进蜂箱。但三叶草稍后开花，而且漫山遍野，是最好的蜜的主要供应来源。红三叶草只让野蜂较长的喙采它的宝藏，在别的方面我们农业地区放养的蜂是无与伦比的。我不知道阿尔卑斯山区著名的夏莫尼蜜是怎么酿制的，但它简直无法超过我们最好的产品，土耳其亚洲地区所产的安那托利亚蜜，洁白如雪，按期送到君士坦丁堡供苏丹和他的后宫后妃们享用，是从棉花上花取得的，这使我想到那儿三叶草准长得不茂盛。白色的三叶草是我们的土产，它的种子似乎埋在地里，一旦人对土地施用什么激素，例如草木灰，那就促使它们发芽，破土而出。

玫瑰，尽管美丽芬芳，对蜜蜂却不产蜜，除开野蜂追逐的野生品种。

在比较低级的植物中别忘了早春遍布在阳光充足的山坡上的蒲公英，蜜蜂懒洋洋地停留在它们的花上采蜜，把它们的脚深埋在蒲公英的金色的但蜜汁并不特别丰盛的花朵中。蜜蜂也从开花的裸麦和小麦以及引人注目的玉蜀黍的花采集花粉。在野草中樟脑草是最受宠爱的。它差不多在整个一季都开花而且花蜜丰富。它在某些地方栽培无疑是有利的，樟脑草蜜在市场是新产品，其中大约含有这种植物的芳香物质。

在仲夏以前采取的藏蜜中，你也许会偶然遇到过一种卡片大小或者也许只不过一二平方英寸的蜂巢，其中的液体透明如水，性质可口，有一点薄荷的香味。这是椴树或美洲椴的花蜜。在我们的森林中，这是蜜蜂最喜爱的树木。梅丽莎，神话中的蜜神，在这种树上留下了她的印记。树林中的野蜂常选择它以获得丰收。我曾见到过密密麻麻满生着椴树的一处山腰，它的笔挺、高大、光滑的淡灰色树干把苍翠的树冠举得高高地，像鹅掌楸或枫树。

西北地区的某些州内生长着大森林，在这一地区，树的花期内据说强健的蜂群储存着大量的蜂蜜，这是不可信的。作为遮阳树或风景树，椴树足以跟枫树匹敌，如果它得到广泛栽培，我们的原蜜供应一定能大量增加。立陶宛著名的蜂蜜就是椴树的产物。

在养蜂人的圈子内流传这样一首古老而朴素的诗——

五月里一群蜜蜂
值一堆干草；
六月里一群蜂
值一只银勺；
但七月里一群蜂
不值一只苍蝇。

五月里的一群蜂确实是个宝库；它像青春期的姑娘肯定发育得疯快，一两个月后很可能又长出另一群；但六月里的一群蜂可不能小看；它不给“苏丹和他的后妃”储存三叶草或椴树蜜，却为穷人提供丰盛而有益健康的玉液琼浆，是平民化的荞麦给太阳晒黑了的产品。荞麦蜜是蜂蜜中的异品，有它的特色。它的味醇正，尤其是在冬天的早餐桌上跟赤褐色的荞麦饼搭配的话。从同一植株上产生的面包和蜜作早餐意味成双的好运。再说，那也不是黑色而是胡桃的褐色，属于赫里克[1]所谓

胡桃褐色表示欢乐，赤褐表示机智。

的同一类好东西。蜜蜂是多么喜爱它啊，它们把开花的荞麦的佳美的香气随身带回蜂房，因而在潮润温暖的黄昏，蜂房内充满荞麦的芳香。

可是显然并非任何鲜花的香气都吸引蜜蜂。它们不理会香气甜蜜的丁香或天芥菜，而注意黄栌、芳草花和讨厌的金鱼草。九月间它们任务紧迫，如果采集到足够的花蜜以应付蜂房的流水开支，那就干得不错。所有的花都凋谢了，只剩下紫色的翠菊，金色的秋麒麟草和其他的菊科植物。

蜜蜂为了找蜜可飞三至四英里，但把蜂房挪近丰富的蜜源好处很大，这是自古以来欧洲的习惯。某个富有进取心的

---

[1]罗伯特·赫里克(1591—1674)：英国诗人。

人，多半是从古代的埃及人得到启发，因为埃及人曾把蜂房放在尼罗河上漂流。此人试验把几百个蜂房放在密西西比河上，从新奥尔良往北浮游，抓住不同地区的开花季节，这样就实现了一种永恒的五月或六月的梦想。主要吸引蜜蜂的是河柳的花，这种树产的蜜是无双的。有些蜂群无疑没有赶上，但采集到的原蜜的总量一定非常之大。在九月它们开始返航，以赶上正消逝的南方的夏季。

最消耗蜜蜂体力的工作是制蜡。如同诗人写诗，诗的形式，也就是贮蜜的容器——蜂巢，比存放到里面的蜜给它的麻烦更多。固然，总是多多少少有空的蜂巢。蜜，它可以采集，但蜡必须自己制造——必须出于自己的心裁。假使要制蜡，制蜡者本身就要先充满蜜，然后退到室内去默默地策划；那好像进行某种庄严的宗教仪式；它们控制住前脚，排成一溜，钩成一团，如同彩饰一样，吊在蜂房箱上，等待奇迹出现。大约二十四小时之后，它们的耐心得到报偿，蜜变成了蜡，细细的薄片从每只蜜蜂的腹部环绕之间分泌出来；它们剥落之后就用作材料建成蜂房。不说所费的时间，据估计要用约二十五磅蜜才能制成一磅蜂房。因此，从经济的观点来看，采用最新的办法提炼蜂蜜而使蜂房保持完好意义非常重大。不过没有蜂房的蜂蜜就等于没有玫瑰花的花香，——它仅有甜味，性质很快降为糖果。蜂房是一种防止味觉为甜得腻人的甜味所破坏的掩体或保护层。

雄蜂的日子是最不值得羡慕的。在蜂房内它们的地位很不安全。雄蜂外表看起来像巨人，似乎是蜂群中的贵族，但实际上是工具。它们高昂的嗡嗡声没有尾刺作后盾，它们的大个子和声音只不过使它们更为暴露，成为鸟类捕食的目标。

到植物的花期将近结束时，比方说七月或八月，自然规律决定雄蜂必然死亡，它们再也没有什么用处了。于是这种可怜的生物，他们四处乱哄哄地聚在一起或四处奔忙，试图找个角落或偏僻地方躲藏起来。这时不再有响亮神气的嗡嗡声了，支配它们的是凄惨的恐惧。它们畏畏缩缩像被追捕的犯罪分子。我看到过十几只雄蜂挤在蜂房与玻璃之间的小小空隙内，在这里工蜂无法逮捕它们，或许它们在这里可以被来临的大屠杀遗漏。它们还会慢慢地爬到外面去，然后躲在蜂房的房檐下。可是迟早它们都会被通通杀死或赶出来。雄蜂并不进行抵抗，除了退缩或设法逃走，别无他途。不过(假定你处在它的地位)一只工蜂抓住你的衣领或头发，你的每一只手或脚又被另一只工蜂抓住，还有一只工蜂用刺触摸你的腰，那形势对你就十分不利了。

另一个奇异的事实是，蜂王并不是生出来而是造出来的。比方说，倘若西班牙或希腊的全部人口都是一母所生，那也许有必要找到一个办法从普通婴儿中制造出一个皇家婴儿来，否则就得放弃皇家形式。一个蜂房里的全部蜜蜂都溯源于共同的家系。蜂王与工蜂在卵中和诞生时并无分别。皇家的特权表现在居住的蜂巢和食物上；蜂王的窝比工蜂大得多，食物则是一种含有特殊激素的浆。在某些偶然的情况下，比如说丧失了蜂王，在皇巢内又没有卵，工蜂这时就选择一只普通的幼虫，把相邻的两个小室打通作为新的蜂王室，抚育它，喂养它，悉心照料它，十六天之后它成为新蜂王。通常情况下，按照事物发展的自然规律，新蜂王要被软禁在她的居室之内，直到老蜂王带领一群蜂离开后才解放出来。没有孵化成虫的蜂王是受到保护的，以防备在位的蜂王的伤害，后者只要有机会就把每一个王位继承者杀掉。同时有两个蜂王时，一个是囚徒，另一个得到普遍承认，两者都向对方表示蔑视，任何人都能辨别到那种细微而刺耳的喇叭一样的声音。这一挑战，不容任何一方接受，一两天之后以在位的蜂王逊位而结束；她领导一群蜂出走，于是，她的继承人从保卫者手中获得自由；以后又轮到新蜂王让位给她的下一个继承者。倘若蜂群决定不能分出新的群体，则容许在位的蜂王对她尚未长成的姊妹使用赐死权。已知有例子证明如同时产生两个蜂王，工蜂会鼓励她们进行生死决斗。蜂群在她们周边围成一圈但不表示偏袒，承认胜者为合法的君主。我们要感谢失明的胡贝尔[1]，他向我们提供了这一事实以及其他许多奇异的情况。

[1]弗朗索瓦·胡贝尔(1750—1831)：瑞士博物学家。

值得注意的是蜂王窝的位置永远是垂直的，而雄蜂与工蜂的蜂巢则是打横的；王倒着立，这个事实也许是整个奥妙的一部分。

有一个想法非常普遍，即人们以为蜂王是一个绝对的统治者，随心所欲地向她的臣民发号施令。因此拿破仑一世在他披的斗篷上象征性地遍绣拿着他的皇朝纹章的蜜蜂；在埃及，蜜蜂被用来作为臣民温顺地服从法老旨令的标识。不过，事实是蜂群是一个绝对民主的国家，专制的君王是得不到授权的先例的。权力完全由广大的群众即工蜂给予。它们为国家出谋划策，考虑长远的利益，管理国家的事务。它们所说的话就是法律，蜂王必须服从。它们规定分群的计划，发出信号要分群的蜂飞离蜂房；它们选择好树林中的某棵树，引导蜂王向选好的地点飞去。

蜂王特殊的职责与其神圣不可侵犯性在于她是蜂群的母亲，蜂群把她作为母亲而不是君主爱戴她。她是蜂房中唯一的阴性，蜂群依恋她因为她是它们的生命之源。失去了生育它们的蜂王，蜂群就丧失了灵魂，它们会很快衰亡，虽然蜂房内蜜很丰富。

普通的蜜蜂绝不用它的刺蜇蜂王；如果要处理她则让她饿死；蜂王自己什么东西也不刺，除非是作为对手的蜂王。

我说过蜂王也就是母蜂，称她为（女）王，授予她王权无疑是向她表示敬意，不过她确实是一个超等生物，全身看上去从头到脚都像一位君王。如果在蜂群停下来时，在一大片蜜蜂中辨别出哪只是蜂王，那是一件有意义的大事，使你感到兴奋。在没有发现前，你纳闷到底是哪只，相比之下，这只或那只似乎比其余的稍大一些，然而又不是。一旦认准了，你一下就不再怀疑。你明白那就是蜂王。那只修长、优雅、光彩照人、外表有点娇柔的生物不可能是别的，只能是蜂王。她逐渐苗条下去的身材多么美丽，她的仪表多么出众，她的行动又是多么稳重安详！其他的蜜蜂并不在她面前跪拜，但是爱抚她，触摸她。雄蜂的个头也大，但是粗鲁，宽肩，外表像壮汉。在蜂王的生活中仅有一件或许偶然发生的事显出她的尊贵或威严，胡贝尔曾加以记叙。如果在位的蜂王的行动受工蜂约束，禁止她伤害在各自的蜂巢中的小蜂王，她会采取一种特殊的态度，发出一种使每只蜜蜂停止活动的声音，叫他们通通低头；只要这种声音不停，没有一只蜜蜂敢动一下；全都显得局促而谦卑，但这种态度是出于对蜂王的畏惧，或敬仰，或同情她的苦痛就难以断定了。当声音停止，她重新走向她的居室时，群蜂又如同过去一样咬她，拉她，侮弄她。

我总是觉得如果我的蜜蜂分群飞离蜂巢时我刚好不在家，那我就失去了欣赏这一奇观的好运气。那是多么叫人高兴的兴旺的声音，两万到三万只蜂，想象一下它们是如何从蜂房一拥而出吧，那仿佛是堤防溃决，让激流排山倒海似的冲出来；那是一股突然腾飞入空中的蜜蜂的洪流，然后看起来变成一条条旋转的黑线形成的云雾,听起来是数不清的轻柔的合唱声。他们这样那样地飘舞,时而压缩,时而扩张,上升,下落,在一根树枝或一丛灌木附近厚聚成团,然后又散开,重新围拢在另一处,直到最后开始认真地停下来,不多一会儿,整群都集合在树枝上,形成一束,大概有两加仑的量具那么大小。在这里它们要挂一至三四小时,或者等找到树林里另外一棵合适的树木为止。要是同时没有为它们提供一个蜂房,它们就腾飞离去。在用蜂房收容它们时,倘若蜂王遇到什么意外的事故,那么这个活动就立刻流产。一天我把一群蜂从一棵小梨树摇落到一只锡盘里,锡盘放在树下一条铺开的披巾上,锡盘上再放一个蜂箱。蜜蜂马上全爬进去,十至十五分钟一切顺利,此时我注意到发生了问题,蜜蜂开始兴奋地嗡嗡直叫,惶惑地四面乱窜,接着振翅而飞,全部回到旧巢。我一举起锡盘就发现蜂王和另外几只蜜蜂爬在盘下。她是第一批落下来的几只蜂之一,在她下落时没有落到盘上,我把盘子放在她上面了。我轻轻地把她放回蜂房,但不是这个意外结束了她的生命,就是小蜂王在这段时间内被解放出来,二者当中有一个在王位争夺中死亡,因为直到十天之后才发生第二次分群。

据我所知没有人看到过蜜蜂在森林中寻觅住房。然而毫无疑问,它们不是在分群之日就是在此之前寻找新居的。因为所有的蜜蜂都是野性难驯的,也就是说,回归自然是它们的本能，重新在森林中定居永远也没有在它们的本能中抹掉。年复一年在蜂房中的生活似乎对它们最终和永久性驯化没有产生明显的效果。每一新的蜂群都考虑到迁徙到森林去，这一事实似乎由它们仅在天气有利的情况下才出动而得到确证。在蜜蜂飞到空中后，一朵浮云或突如其来的一阵风都可以使它们返回旧居。风刮起的浮土或水、沙砾对它们的袭击都会迅速使它们改变计划。我甚至愿意说说在蜜蜂分群时人们的一种明显是荒唐的做法，这种做法已为固定的养蜂者所放弃，但依然为不懂科学的人所采用，那就是敲打锡盘，吹号，普遍造成一种喧闹的声势，这并不一定没有良好的效应。肯定地说，这种做法不是要淹没蜂王的“旨令”，而是想给蜂群一种印象，在大自然中发生了某种不寻常的骚乱。蜜蜂很容易受惊而仓皇失措，我看见过一个正在地里犁田的农民用几把浮土把逃亡的蜂群像阵雨似的打落下来。

我喜欢袖手旁观蜜蜂分群——如果不是我的蜜蜂，如果是我的蜂，我一定要在场照看这个紧张场面。那是非常干脆地按上面讲的原则进行。上一季节我亲眼见到两回。一群在前一天飞出去，没有找到定居点又飞了回来——也许计划出了障碍，也许蜂王发现她的翅膀太嫩。过一天它们又飞出去，这次飞进为它们准备好的蜂房。但是什么事情使它们生气了，不然就是树林中的某棵大树——大概是一棵气派十足的老枫树或桦树，抬着头，长得比别的树木都高，有舒适宽敞的、不规则的居室，走廊，对它们太有吸引力了；因为我发现它们随即飞了出来，遍布在花园的上空兴奋地打旋。渐渐地它们又开始向大街飞去。再过一会儿；它们其中有一群跟其他的蜜蜂分开，聚拢来成为更密集的一团飞离开去，一边嗡嗡地飞走，变成一群飞行的蜜蜂的漩涡，处在中心的是蜂王，其他的蜜蜂环绕着她团团转，把她当作枢轴——它们飞过草地，飞越小河和沼泽，直飞距离约一英里的山的中心——开始是缓慢地，以便让紧迫的幼蜂能赶上来，但加快了速度，快到只有猎狐犬才能不让它们逃逸的地步。我看到它们的追踪者吃力地在山腰攀登；看到他在进入森林时白衬衣袖时隐时现；几个钟头之后他回转来已丧失它们在覆盖着山腰成千上万棵树木当中终于选择作为栖身之所的那棵树的线索。

另一群是在炎热的七月的一天下午一点钟左右飞出的，立刻显示出使养蜂人吃惊的迹象，不过他既没有撒土也没有洒水。房子位于一个陡峭的山坡上，后面地面隆起，约一百杆左右，形成一个近四十五度的角。要是我们追逐蜂群，那就得追到山上去，至少接受对呼吸的考验，因为很快表明，它们的路线是往山上去的。我决心参加追逐以试身手，更确切地说，是试试脚力，趁蜂群还没有充分组织好一个劲儿往前时，我把外衣脱掉，赶紧上阵。道路把我引进一块长得笔挺的裸麦田，每一株麦穗都伸着头长得比我高。我冒冒失失地投身进去，对在下面观看的人，庄稼的摆动与扭曲显示出我的路径。

我从这片小小的森林冒头时刚好赶上看到这群逃亡者在山顶消失，约在我前面五十杆之遥。我尽可能跟它们保持直线，很快也到达山顶，已喘不过气来，皮肤中每个毛孔都不停地冒汗。这个地区的另一面开阔而深远。一个大山谷延伸往北，谷首与两边树木森森。蜜蜂的逃逸立刻显示出很成功，至于它们是停留在山谷的一面还是另一面，或者越过对面的山头以至飞到更远的某处我们不知道的森林，这就完全成问题了。我转身而回，想象出这些地方的某处森林在秋天叶落以前，它的某棵树上丰盛的蜂蜜。

我听说邻里中有一名青年，在一次相同的情况下比我走运。似乎他抢在蜂群的前头，他们的路线像这次我遇到的情况一样，也是越过一个山头。当他爬近山顶时，手里还拿着帽子，蜜蜂刚好飞上来，麇集在他周围。他马上注意到它们围着他的草帽飞舞，停在他的手臂上；几乎短促得像说这件事情的时间一样，整个蜂群追随蜂王飞进了他的帽子。他正好站在一方石墙旁，于是冷静地把他的奖品放在石墙上，迅速离开暂时凑合的蜂群，回家来拿蜂箱。对这个奇妙的情况的解释是，无疑，不习惯这样繁重的长途飞行的蜂王，由于精疲力竭而不得不被迫降落歇息。人们发现蜂群在偏远的田野停憩在一丛灌木和一根树枝上，这并非十分罕见的现象。

要是蜂群以这种方式迁徙到树林，那么个别的蜂群并不像鸟类那样直线或径直迁移，而是兜来兜去，仿佛是旋风中的谷壳。团在一起时它们是嗡嗡不息、旋转不止的云雾般的一片，十到十五英尺宽，高度则刚好不碰着任何物体，除非是越过深谷，当然那也许就要飞得很高。整个群体似乎是由一条信使构成的线所引导，它们可以让人看到经常来来去去（至少是在开端）。由于它们采取的路线是直来直往，总有机会跟踪它们直到那棵它们停栖的树木，——除非是作长途旅行，某些障碍物，像树林啊，沼泽啊，或者高山啊横插在当中——总是有足够的机会让精力充沛的观察者跟踪下去，只要他们喘得过气来。如果要成功地把蜜蜂赶到人们希望它们迁居的地点，有两种办法是可行的：一是马上把树砍倒，另外设法收容它们；可能的话，找到一棵中空的树，让它们在那里安家；另一种办法是保留那棵树直到秋天，那时请你的邻人一同去把它砍倒，看着蜜流一地；前一办法蜜不致有损失，后一办法则是朋友们和邻居推荐的，省事。

在所有分群的蜜蜂中将近有三分之一是在无人时飞走的，因此既没有人看到也没有人听到，偶然在远处田间或山腰上耕作的人除外，他们听到一阵不寻常的嗡嗡声，或看到蜂群在头上模糊不清地飞舞而过，有时追寻而去，有时仅仅听到声音，要是他们迟疑不决，迅速地看看周围，但什么也没看到。夜晚回家后他告诉别人他如何听到或看到成群的蜜蜂一飞而过。可能，下面花园的一个蜂房中一大群蜜蜂失踪了。

对树木的种类它们没有偏爱——松，铁杉，榆，桦，槭，山核桃树，任何树木都行，只要上部或下部有一个良好的空洞。我有一群蜂从我为它们准备的新居逃亡，在一棵跨越界线扩张到邻近的农田的老苹果树的空树干内定居。入口是一个靠近地面的鼠洞。

属于邻居的另一群蜜蜂抛弃了它们的养育者，住进楼外一幢附属小屋的上楣，它盖在大宅后面的常绿树中。但是对蜜蜂的好恶无法解释。如萨姆生发现蜂群栖居在一具他杀死的狮子的尸体里，多半是骨架中的情况那样。

在任何一定的地域，尤其是多山和多树的地方，这样坚持它们的独立性的蜂群占有的百分比颇大。在北方诸州这类蜂群于春天到来之前常常就灭亡了；但在像佛罗里达这样的地区它们似乎成倍地增加，使以树洞为家的蜂群非常普通。在西部常常可以采到大量的野蜂蜜。我注意到不久前在沿海山脉[1]西坡的某些伐木者曾砍倒一棵树，其中蜂蜜的数量可以盛好几桶。

在波多马克河上我们几个人一伙一夜无意中在一棵有蜜蜂的树下宿营，第二天风把树刮倒。为了特殊的爱好，至少我们对蜜蜂的踪迹懂得了辨识。另一次我坐在一处瀑布旁的林子里，四月间树叶还没长出来，我发现一棵山核桃树树梢上的一群蜜蜂。在以前的季节里我已注意到这棵树上可能有

[1]指从美国加州至加拿大夏洛特群岛，与太平洋平行的山脉统称。

蜜蜂，但帘幕般的叶子把它们遮掩起来了。这一次前回的预感出现在我脑海里，仔细观察之后，完全有把握说有蜜蜂，它们是从一个大而不规则的洞口出入。六月间一场凶猛的暴风雨吹倒了这棵树，它陷进一条小河，蜜全部流失了。我在风雨过去两三天之后偶然走过这条路，看到蜂群的残余，这些无疑是逃过了那场灾难的幸存者，或者当狂风刮来时它们没在家。它们形成小小的一团高挂在离它们原来的家不远的树枝上。它们的样子是够孤单可怜的。要是蜂王得救，那么这劫后余生的一群大概会找另一棵树；不然这一群蜂很快会死去。

我看到过在春天如果蜂房长满寄生虫或蜂蜜枯竭了蜜蜂就把蜂房丢弃；在这样的时候蜂群似乎往往漫无目的地流浪，四处停留歇足，最后可能跟别的某群蜂联合。万一发生这种情况，双方是否先展开谈判或这批漂泊者立即被允许享受他们的接纳者所享受的种种权利，尤其是选举权，这是使人感到好奇而想知道的事情。很可能双方都有某种初步的计划和共同理解。

蜜蜂会适应差不多任何居室，然而任何蜂房也比不上一种中空的树木使它们如此欢喜——在南方和西部都把这种树称为“Gums”，因为这种胶皮糖香树生长在美国的这些地区。在某些欧洲国家里蜂房总是拿树干建造的，在当中钻出一个合适的洞来。老式的用草盖的蜂房非常好看，那也是蜜蜂非常喜爱的住房。

一群蜜蜂的生活就像军队的积极而充满危险的军事行动。列兵不断地缺员也不断地得到补充。它们经过洪流与田野会遇到什么样的险情又是多么艰辛地死里逃生！一个强大的蜂群在采蜜的季节平均每月要丧失四到五千名成员，也就是说每天一百五十名。它们被风雨摧残，被蜘蛛捕食，被寒冷冻僵，被牛群踩死，在江河池沼里溺毙，在许许多多说不清楚的情况下断肢致残。在春天主要的死亡原因是寒冷的天气。日落时它们还来不及到家就冻坏了，许多掉在蜂房外面，由于身负重担而无法飞进去。人们可以看到，它们精疲力竭，绝望地跌在自己家门口的草丛里。在它们还没来得及休息过来时，寒冷已把它们冻僵。我在四月和五月出外，可以一捧捧地把它们拾起来，它们的花粉篮里盛满花粉。我让它们在太阳下或室内，或干脆用手温，使它们暖和，直到它们能慢慢地爬回蜂房。热量是蜜蜂的生命，一只表面僵死的蜜蜂可以用温暖的办法使它复生。我在河上行舟时也拾起过蜜蜂，我把它们安全地送回岸上。在雷雨将临时看到它们匆匆回家是挺有趣的。它们成堆地拥进来，直到雨落在头上。那些被雨赶上的则无疑尽力躲在树木和草丛里。蜜蜂由于飞到陌生的没有去过的地方而迷途是不大有的。由于它们数量极大的复眼，蜜蜂对什么东西都看得见；再说，它们对地点的感觉是非常敏锐的，老实说，那是它们主要的特点之一。要是一只蜜蜂记下它的蜂房的位置，或是田野沼泽上一片丰富的蜜源，或是山间林中养蜂人的一箱蜂蜜，它会准确无误地回到这些地点。

蜂蜜作为一种食品对古代人比对我们现代人更为重要。由于他们看来还不知糖为何物，蜂蜜就代替了糖。蜂蜜太腻太刺激，不适合现代口味；它很快使人倒胃口。它要求的是青年人的食欲和生活在户外的人们的强健的消化力。它比糖是更有益于健康的食品，现代的糖果跟它相比简直是毒药。除开葡萄糖，蜂蜜中含有甘露❶，黏液，花粉，酸，其他植物性的芳香物质和果汁。它是外加天然的野生面包的糖。甘露本身既是药物又是食物，辛辣的植物素有许多稀有的优点。蜂蜜通便，分解人体内阻碍消化的黏性与淀粉的沉淀物。

因此古人认为有牛奶与蜂蜜的地方也是各种物产都丰富的地方，这不无道理❷；在儿歌中说王后在厨房中流连不舍，以便饱尝“面包与蜂蜜”，同时国王则在“大厅里数他的钱”；这是合情合理的。爱巴米伦达斯❸据说除开面包和蜂蜜很少吃别的东西。奥古斯都大帝❹一天问一位百岁老人他何以能保持身心健康活到如此遐龄；老人回答他的长寿是因为

---

❶甘露：原文为 manna，一译甘露蜜，植物学中是草石蚕的块茎的别名，可食用。作者这里或指它所含有的蜜糖的成分。

❷典出《圣经·旧约》的《出埃及记》，指迦南，现巴勒斯坦的西部。

❸爱巴米伦达斯（约公元前 418—前 362）：希腊政治家与军事家。

❹奥古斯都大帝（公元前 63—公元 14）：罗马皇帝，帝国建立者。

“不吃油而吃蜜”。西塞罗[1]在他的《老年》一文中把蜜跟肉、奶、干酪列为主要的食品，由一家经营良好的农户供应。

意大利和希腊，事实上所有的地中海国家，似乎都一直是以产蜂蜜著名。希美特斯山[2]，海布拉山[3]，意达山[4]均生产堪称古代正宗的蜂蜜，无疑在各方面跟我们最好的蜂蜜不相上下。雷·亨特[5]的《蜜罐》一文取材于西西里历史与文学，提奥克里特斯[6]为西西里写出最好的作品。西西里从来就盛产蜂种。斯温朋(一百年前的旅行家)[7]说该岛的森林有丰富的野蜂蜜，岛上的居民仍然在住房附近建造许多蜂房。提奥克里特斯的《牧歌》在这一点上写的是本地风光，它涉及蜜蜂的地方很多，在第七首《牧歌》中诗人把它们称为“扁鼻子的蜜蜂”——诗人也做了许多比较，他认为蜂蜜是这个世界上最好吃的东西当中的魁首。他的牧羊人在嘴里灌满蜂蜜，像达夫尼斯[8]一样关在仓库里尽情地把蜂蜜吃个饱，觉得那是无比的幸福；在阿尔西诺[9]给阿多尼斯[10]吃的美

---

[1]西塞罗(公元前106—前43)：罗马政治家与演说家。

[2]希腊山名，绵亘雅典东西与东南部。

[3]意大利西西里岛山名。

[4]希腊克里特岛中部山名。

[5]雷·亨特(1784—1859)：英国作家。

[6]提奥克里特斯(公元前约3—前约2世纪)：希腊诗人，生于西西里的塞拉库斯，作品有《牧歌集》。他是西方田园诗的创始者之一。

[7]斯温朋：英国18世纪旅行家，生卒不详。

[8]达夫尼斯：希腊神话人物，音乐家，被认为是田园诗的始祖。

[9][10]阿多尼斯是希腊神话中一美少年，为美神阿芙洛狄特所爱；阿尔西诺是一个少女的名字。

味中就有“蜂蜜糕”以及其他用“甜润的蜜”制的珍美食品。在提奥克里特斯的故乡据说这种风俗依然盛行;如果一对新人举行婚礼,参加者就把蜂蜜放在他们的嘴里,象征人们希望他们的爱情对灵魂如同蜂蜜对味觉那样甜。

传说荷马曾受一名乳房分泌蜜的女祭师哺育;品达[1]在一次睡觉时蜜蜂将蜜滴在他的嘴唇上。在《旧约》中先知以赛亚预言未来的耶稣降生后将以奶油与蜂蜜为食[2](对原文中的奶油一词后人曾有怀疑)以便让他识别善恶;由于吃了林中的野蜂蜜约拿单[3]的眼睛因而明亮:“你看,我尝了这一点蜜,眼睛就明亮了。”施洗约翰在犹地亚山区和在旷野传道期间吃的是蝗虫与蜂蜜,日子过得不错[4]。就蝗虫或者蚱蜢来说,恕我直言,虽然在以色列是允许儿童吃的,却没有同样多的故事可说。它们大概不是生吃而是用非常原始的炉灶烤热后吃。所谓炉灶也就是在地上挖一个洞,单面点起火烘热。蝗虫与蜂蜜可以一同吃,据说锡兰的贝达人拿猪肉抹上蜂蜜调味。不管怎么说,由于蝗虫常常是巴勒斯坦的大灾难,先知在吃它们时觉得是在为群众造福,也为了使田园间的蜜蜂得到

---

❶品达(约公元前522—前442):古希腊抒情诗人。

❷见《旧约·以赛亚书》与《新约·马太福音》。

❸约拿单为以色列王扫罗的儿子,与非利士人作战时,因困倦以杖蘸蜜而食,眼睛因而明亮,精神重新振作起来。见《旧约·撒母耳记上》。

❹施洗约翰的事迹见《新约·马太福音》第三章与《马可福音》第一章。犹地亚是巴勒斯坦南部的别称。

好处;蝗虫越少,花草越多。由于数量极多的野花和开花的灌木,巴勒斯坦从来就是一个以蜜蜂驰名的国家。巴勒斯坦的蜂群把蜜贮藏在中空的树木里,犹如我们的蜜蜂脱离蜂房时所为,它们都不愿在岩洞栖身。在热带或亚热带的气候下,蜜蜂可能在岩洞栖居,但在冰雪覆盖的地方,像我们这里,那么高高地在森林的一棵树木上营巢就要安全得多。

最好的蜂蜜是温带气候较温和的地区的产品。热带气味难闻和有毒的植物太多了。土耳其某些地区的蜜可以引起头痛和呕吐,巴西的蜜则主要用于医药。海美特斯山区的蜂蜜的优良性质是因为当地所产的蜜源——野生的百里香。波斯与佛罗里达最好的蜂蜜采自橙花。法国南部纳蓬的蜂蜜是从一种迷迭香采取的。苏格兰优良的蜂蜜来源于开花的石楠属植物。

加利福尼亚的蜜色白,细润,香气扑鼻,如今在市场上销售领先。可是在全世界,蜜总是蜜,蜜蜂总是蜜蜂。“人可能退化,”一位老旅行家说,“可能忘记他取得声名的技艺,制造出来的东西可能失败,商品可能低劣,但荒野上野花的芳香和蜜蜂的工业和天然的技艺将不会改变而永久不衰。”

林苻　译

蜘 蛛

〔法国〕米什莱

在肥沃的非洲土地上，猎物十分丰富，因此蜘蛛能在这里过着群居生活。她们围绕大树张起一面公用的巨网，共同把守着每条通路。由于时常要跟强大的昆虫打交道（有时甚至要对付某些小鸟），她们在危难中总是努力协作，互相支持。

不过这种集体生活只是个例外，仅限于某些品种如此，而且，也只是在最优越的自然条件下才会发生。这种动物具有猎手的犷野性格，在一般情况下，出于其机体本能和生活需要，她得靠形形色色的猎物生活，因此她总是处于一种嫉妒、好挑衅、排斥异己的孤独状态。

还要补充说明，她并不像通常猎手们那样，在行猎中只是损失掉一些精力和频繁活动；对她来说，她每次出击花费的代价非常巨大，而且要求一笔经常的重要投资。她的一生中，每天，每个时辰都得抽出新丝去编织那张为她提供食物和更新养料的大网。因此，为了取得营养她甘心挨饿，为了恢复体力她情愿累得精疲力竭，她把自己搞得精瘦，然而心里却时刻巴望着身体壮大肥硕起来。蜘蛛的生活是一种命运的赌博，她把自己交付给千万次无法预卜的偶然性。这样当然使她变成了一种急躁不安的生物，对同类没有丝毫同情心，她在交往中只看到别人是敌手；一句话，这完全是一种自私自利的动物，要不这样，她就得被消灭。

最差劲的就是这可怜的动物长相丑得出奇。她不像有些动物只是肉眼看上去很丑陋，但若是放到显微镜下面去仔细观察一番，就会觉得迥然不同。基于某种强烈的职业特性，我们常常用人的眼光去评价她，某个肢体萎缩了，另外某个地方又过分夸张，以致失去了总体的和谐；铁匠常常总是个驼背。同样，蜘蛛总是大腹便便。在她身上，大自然为了她的专业行当，为了需要，为了满足这种需要而产生某些重要器官，于是把其余的一切都牺牲了。她是个工人，一个制作绳索的工匠，一个纺纱工和一个织工。你别老瞅着她那副尊容，要看她的艺术成品。她不仅是个纺织工，而且她本身就是一个纺织厂。那紧缩的、圆滚滚的胴体，外加八只脚爪，头顶上长着八只高度警惕的眼睛，她那偏过一侧的隆起的大肚子可真叫人吃惊。那副极其难看的怪模样，疏忽而轻率的观察者可能只看到她的饕餮吧。嘿！恰恰相反；这肚子可是她的工作车间，她的仓库，这是制绳工人摇纱时擎在身边盛棉纱的一只口袋；不过，她这只口袋可只是专门装养料的，她拼命樽节，这样才能使自己变得肥硕。你看看她的全身吧，其他部分瘦削得像个柴枝似的，但总是腆着个肚子，鼓鼓的像个宝贝，这里是她劳动的必需资料，她经营的工业的希望所在，也是她未来的唯一保证。真是个典型的工业家。"假如我今天忍饥挨饿，"她说，"兴许我明天可以饱餐，但万一我的工厂关了门，那就一切都完蛋了，所以我的肚子必须停止活动，永远节食。"

我头一回跟蜘蛛打交道可一点也不是什么愉快的事。在我生活拮据的童年时代，我独自一个在我父亲开的那家小印刷所里干活(我在《人民》一书里谈过)，当时印刷所已濒于倒闭。临时车间设在一个"地窖"之类的房子里，光线还可以，在我们居住的大马路这一边是地窖，而在巴斯街那边却是间门面房子。到了中午，才有一小道阳光从带栅栏的大气窗里斜斜地透进来，映照在我排字用的那个小小的铅字盘上。这时，我总是清楚地看见墙角上一个怯生生的蜘蛛向字盘爬去，可能她认为阳光会给她带来某些晕乎乎的蠓虫作午餐吧。尽管我心里感觉有些嫌恶，我还是仔细观察着她那份腼腆、舒缓而乖巧的细微动作，她似乎在察访她准备委托甚至自己生命的这个人的性格。她用八只眼睛着着实实地打量着我，仿佛在思忖着："这是，还不是一个敌人呢？"

我没有分析她的形状，也没有仔细辨认她的眼睛，我感觉到我自己正为她所注视，所考察；过了好一会儿，看来她在观察中对我颇有好感。也许是由于劳动的本能吧（比起同类来这只蜘蛛很大），她感觉到我大概还算是个温和的劳动者，像她一样，我也在那儿忙着织我的网吧。不管怎么说，她不再那么躲躲藏藏了，也不那么小心翼翼了，下定决心，就像已经作出了某种坚定但有些冒险的步骤似的。她不乏优雅地、从蛛丝下降，落在我们的共同疆界，我的铅字盘的边沿，这时淡淡的太阳正射出一道金黄色的光芒，照在那上面。

我心里蓦然产生了两种感情。我自认从来不曾有过如此亲密的交往关系；我也想不起曾有过一位像她这样的朋友；另一方面，这个谨慎小心酷爱观察的小小生灵并没有认错人，没有虚掷她的信任，她在对我说："喂！为什么我不可以稍微享受一下你这儿的阳光呢？……尽管彼此如此不同，但我们都是从清苦的劳动和阴冷的暗处过来光临这温暖而辉煌的盛宴的……请接受我的这颗心吧，让我们兄弟般地友好吧。你让我共享这道阳光，那么也请从我这儿接受我心中的阳光吧，收下吧……它将在半个世纪里，永远照亮你的冬天。"

徐知免　译

蜗 牛

〔法国〕蓬热

与以热灰为家的未燃尽的煤屑相反，蜗牛喜欢潮湿的土地。Go on，它们全身贴地往前走。它们身上带着泥土，泥土是它们的食物，也是它们的排泄物。泥土穿过它们的身体。它们穿过泥土。这是情趣奥妙的相互渗透，因为可以说这是同一颜色的深浅的变化：其中一个是积极成分，一个是消极成分，消极成分围绕、喂养积极成分，而积极成分边移动边进食。

关于蜗牛，还有许多别的话要说，首先，它们自身的湿润。它的冷血。它的延伸性。

此外，我们无法想象一只抛开背上甲壳而静止不动的蜗牛，它休息时立即将身体缩进壳内。相反，由于腼腆，它一露出它赤裸的身体，一露出它脆弱的外形，就赶紧往前运动，刚一暴露就迅急前进。

干燥的季节，它们隐居在壕沟里，而且它们的存在似乎有助于住地的潮湿。那儿，也许有其他冷血动物与它们为邻，如癞蛤蟆、青蛙。可是，它们离开壕沟采用不同的方式。蜗牛更有资格住在那儿，因为它们离开时要付出更大的代价。

然而要记住，它们虽然喜爱潮湿的土地，但并不喜欢那泽国的湿土：如沼泽、池塘。它们当然更喜欢坚实的土地，但这种土地必然是肥沃和湿润的。

它们也爱吃蔬菜和水分充足的绿叶植物。它们懂得挑选最嫩的叶子，食后仅仅留下叶脉。比如，它们是蔬菜的大患。

它们待在壕沟底干什么？它们喜欢那儿的环境，但那儿终不是久留之地。它们是壕沟的常客，但它们向往浪游的生活。而且它们在沟底和在泥土的小径上一样，背上的甲壳依然使它们显得矜持。

当然，到处背着这样一个壳儿确实是个累赘，但它们并不抱怨，相反，它们把这当成一件幸事。无论走到什么地方，它们随时可以躲进自己家里，使那些居心叵测的人无可奈何。这实在是一种可贵的长处，为此付出代价完全值得。

它们由于有这个能耐、这个方便而洋洋自得。我是一个如此敏感、如此脆弱的生命，怎么能够固若金汤，不怕那些讨厌的东西的袭击，享受幸福和安宁？于是，这背上的掩蔽所应运而生。

我如此紧紧地附着于地面、如此令人怜悯、如此缓缓、如此一往直前、如此有本事离开地面缩进我的家屋，我还有什么忧愁？任你把我踢到什么地方，我有把握在命运放逐我的土地上重新站起来，重新附着于地面，而且在那儿找到我的饲料——泥土，这最普通的食粮。

啊，当一只蜗牛是多么幸福、多么快乐！它还用自己的流涎在它接触过的一切东西上面留下印记。它身后是一道银光闪闪的轨迹。

蜗牛是孤独的，的确如此。它的友人寥寥无几。可是，为了生活得幸福，它并没有这种需要。它同大自然如此亲密地黏附在一起，它如此亲切地享受大自然的恩宠；它是它所拥抱的土地和菜叶的朋友；它是天空的朋友。它骄傲地抬起头颅和那双敏锐的眼珠：高贵、从容、睿智、自豪、自负、骄傲。

请不要说蜗牛在这方面和猪相似。不，它没有那种平庸的小脚、那种惴惴不安的碎步小跑。

程依荣　译

绿色的草地蚱蜢

〔保加利亚〕约尔丹·拉迪奇科夫

九月末光景，我们家里出现一只绿色的蚱蜢。落在那盆挂满红花的多年生中国玫瑰[1]的枝桠上。

这只蚱蜢的体形大得异乎寻常。硕大的头颅，壮实的躯干，眼睛像田鹬的那样鼓胀着向外凸出。它笨重地在玫瑰的枝条上爬行，看上去好像随时都有把花株压断的危险。每动一下都是对那些嫣红花朵的一种威胁，给它们造成一阵惊恐和颤抖。

说起来，不晓得缘于何故。这只蚱蜢的降临居然能以某

---

[1] 朱槿花（拉丁文为 Hibiscus Rosa Chinensis）。保加利亚文中（俄文亦然）把朱槿花叫作“中国玫瑰”，这里是直译过来的。

种特殊的方式唤起我的情趣，使我兴致盎然。我开始在脑海里把它同其他绿色的生命加以比较，我比较了业已绝迹的绿色蜥蜴，越来越罕见的绿色乌龟，绿羽的山鸡，绿脚的葭凫，绿背的林莺……而这只蚱蜢近乎是直接来自于《圣经》里叙述的那些久远的古老年代。据说那时上帝操纵着蝗虫群的走向，差遣它们去惩罚那些有罪过的民众，而圣徒约翰在沙漠里饥肠辘辘时曾经用野蜜和蚱蜢充饥。古代的旅行家们讲到过，在东方的一些城市里有人把蚱蜢穿成串拿到集市上去叫卖，说是阿拉伯人把它们直接放在炭火上烤，放在炉里烘或在锅里烧煮，吃的时候撒上一些盐。有位旅行家说阿拉伯人把蚱蜢的头比拟为马头，把它们的胸比拟为狮胸，触须比拟为姑娘的鬓海，说它们长有骆驼的腿，蛇的身，蝎子的尾巴……我猜想这只蚱蜢也许就是受上帝驱使去施行惩罚的那些蚱蜢的远房亲属，抑或是供圣徒约翰果腹的那些蚱蜢传下来的后代。

早在人类的远古时代，人们就知道移地远迁的蝗虫群是极为可怕的祸患。庞大的蝗虫群会突然腾空而起，连续不断地飞行好多小时，每个蝗虫都靠与它相邻而飞的个体定向。飞行中，它们相互加热，一种生理上的强制作用阻遏它们降落。直到傍晚时分或遇到降雨时，它们才冷却下来，于是下降着陆，袭击和啃啮所有的东西，不管它们所啃咬的是否都适于做它们的食物。一路上，它们把所到之处，真真实实的洗劫一空。蝗虫群可以不停地飞行两千公里而不着陆。有人曾观察到一只蝗虫群长达一百多公里，宽达二十公里；还观察到一次大规模的蝗虫袭击，蝗虫的数量竟多达一百亿只，超过了地球全部人口的两倍。

我们，这些终日忙忙碌碌奔波于地球之上的五十多亿居民怎么能够也像移地远飞的蝗虫那样，全部腾空而起，也都以相邻的伙伴定向，凌空飞翔！……或许哪一天也会发生这样的事！既然我们在吞噬着地球上的一切，也像蝗虫那样要把地球啃个精光，那我们就没有任何其他出路，只有升到空中，远走高飞到宇宙里去寻找另外的星球。但是现在，我们别再远离正文，还是回到我们这只绿色的草地蚱蜢这里来。

它的到来不只引发了我的兴味，也给我的妻子（虽然她惧怕昆虫、爬虫和蜘蛛），还有家里的孩子们——两个孙子和一个孙女增添了乐趣，他们也都兴致勃勃。立刻围拢到中国玫瑰这里，凑到跟前观看这只蚱蜢，他们开始摸它，拉它的触须。这只昆虫安安静静不动声色地停在玫瑰上，似乎很喜欢孩子们和它玩耍和抚摸它。

当孩子们同这个奇特的造访者打趣嬉戏的时候，我们一直反复琢磨，它可能是从什么地方来到这里的，是什么时候和怎么进到我们的家里，又为什么偏偏选择了中国玫瑰作为落脚点，而没有选择我们屋里其他的那些花卉。而最使我们感到不可思议的则是这个不速之客的硕大无朋的个头。

几天来，这只蚱蜢成了我们家庭生活中的一个主要内容。大家的谈话也多半是围绕这个话题。说是这个昆虫不比寻常，对此，大家都是异口同声，毫不怀疑，然而除了它与同类相比有不寻常的个头之外，它的不寻常之处究竟在哪里，这点大家都感到茫然，似乎无从说起。

一天清早，蚱蜢活跃起来，开始灵巧地在中国玫瑰上爬行，还从一个枝桠跳到另一个枝桠，结果碰落了几株花朵，有些懊恼，索性振起翅膀飞到空中，横越房间之后就贴在了窗子的玻璃上。孩子们惊呼起来，说有可能跑掉，嚷嚷着要我抓住它把它关到什么地方。我设法捉住了蚱蜢，找来一个大肚子的玻璃的罐头瓶把它放了进去。在瓶盖上打了一些小窟窿眼，让它透气，免得把蚱蜢憋死。我顺手把玻璃罐头瓶放到大家用餐的桌子上。蚱蜢在瓶子里开始遨游起来，想要考察一下这所新居，它慢悠悠地走着，不慌不忙。最后终于静下来，纹丝不动地停在瓶底上，看样子它已经从命，耐着性子忍受这种囚禁了。

稍后，大家坐下来进餐。关在瓶子里的那只绿色蚱蜢就在我们眼前，它用那两只鼓凸的大眼睛瞧着我们，这时我告诉孩子们，中国人常用绘有蚱蜢的画装饰自己的餐桌，画上的蚱蜢是用绿色的竹叶剪贴的。为什么绘制蚱蜢？因为他们很尊重蚱蜢。接着我给他们讲了一个中国神话。从前有一个很贫苦的人，在官老爷的府里当用人，专门饲养老爷的蟋蟀。

那些蟋蟀里，有的很有名气，或是善于搏斗，或是鸣叫得极为动听。中国人经常举办善斗或善鸣的蟋蟀比赛。一天，这个穷人回到家里时心事重重，满面愁容。他的儿子看到后问他为何这样忧愁。他说，老爷最喜欢的蟋蟀今天死了，明天叩见老爷禀报他的宠物已经死去的不幸消息时，老爷必定会下令治他砍头之罪。儿子很爱他的父亲，听了之后也很忧伤，心急如焚。

为了挽救他可怜的父亲，这孩子竟在这天夜里变成了蟋蟀。翌日清晨，这个穷苦人忽然在自己的房间里发现了一只特好的蟋蟀。他喜出望外，拿起这只蟋蟀就匆匆赶去老爷的府邸。这里需要补充说明的一点，是中国人对父母的热爱之深，甚至达到了崇敬的程度。

我们家慢慢对这只蚱蜢习惯了，但是我很担心，说不定会出什么差错伤害了它。因此，有一天我决定带上它去自然博物馆给那里的人员看看，并咨询一下今后对这个蚱蜢我该怎么办。在去博物馆的路上遇见了我国著名的毒理学教授，他对这只蚱蜢表现出浓厚的兴趣。他拿到手里仔细审视了一番。给他印象最深的是它那庞大的个头。他说这个蚱蜢很可能是一个变异体，还告诉我说，他在切尔诺贝利核事故之后曾和科学考察队到斯塔拉山脉❶沿山脊一线进行考察，在那

---

❶即横贯保加利亚境内的巴尔干山脉。

里发现了很多体形巨大的变异体。

自然博物馆里非常拥挤。在前厅和阶梯上布置了巨型蜥蜴、乌龟、毒蛙、蛇类和热带蟑螂的展览。蛙和蟑螂族的模样看上去最令人可怕。蛙像是用生铁铸造出来的,张着嘴蹲在那里,两只眼睛直勾勾地看着前方。它们的姿势和神态里有一种凶恶的,令人感到恐怖的东西……它们像是从地狱直接来到这里,熙熙攘攘地麇集在一起,盘踞了博物馆的阶梯,让我们这些命中注定终将归阴的凡人见识见识它们,要我们看看当我们迁往阴间时,在那里等候我们的将是什么,这个阴间很可能就是苦海无边的世界。我紧紧抱着装有蚱蜢的玻璃瓶,蹑手蹑脚地从这些骇人的景象旁边走过去。我觉得蚱蜢也因为看到这些东西而胆颤心惊了,因为它已经畏缩在瓶底,悄悄蛰伏在那里,不敢轻举妄动一下。

迎面走来一位身材矮小的女人,肤色略为发暗,两只眼睛大而有神。她把我拦住,问是不是我打过电话说有一只罕见的蚱蜢。"是我!"——我回答说,并赶紧把装有蚱蜢的罐头瓶递过去。

"您到我们这里来,做得很对——"这位女士说,"您拿来的这只昆虫是绿色草地蚱蜢,是个相当大的个体。一般是夏末时分在草地上能碰到这样体形巨大的个体。假如您想饲养它,需要每天给它青草和水。"

我对博物馆的访问就到此结束了。我带着蚱蜢回家时,从国民议会旁边经过。偶遇几位我熟识的议员，他们停下来和我寒暄并问我手里拿着什么。我把蚱蜢给他们看，给他们讲了这段经历的始末。议员们开始围绕这只蚱蜢是不是变异体的问题争论起来。正当他们唇枪舌剑之际，我突然惊讶地发现他们的头颅竟开始膨胀，变大，变得像绿色蚱蜢那样大头大脑。他们的眼睛也随之变得越来越向外凸出。来了几辆小轿车，把议员们拉走了，可小轿车的尊容也是大头大脑，也有鼓胀着外凸的眼睛。

我把蚱蜢拿回家里。留神一看，它的眼睛有些颓唐，无精打采地闷在瓶子里。见状，我立即揭开了瓶盖把它放出来，让它获得了自由。它动了动腿脚，嗡的一声飞了起来，又落到那枝中国玫瑰上。沿着一个枝条向上爬去，到了顶端就安然自若地停在那里了。

夜间，我们家里出现了一个打着赤脚的小男孩。他长着一双蒙古人种特有的眼梢上挑的眼睛，身着一件白色短衫。他走到中国玫瑰那里停下来，看到了那只蚱蜢，对它说："喂，兄弟，走吧！"蚱蜢立刻欢实起来，振起双翼飞向他那里。男孩随即拉起它的手，两个手牵手地离开了我们家。我听到了很响的关门声，之后立即传来了街头野狗的吠叫，汽车的报警也随之鸣响起来。

以后，我再也没有见到那个眼梢上挑的小男孩，也没有见到过那只绿色的蚱蜢。对这只蚱蜢的回忆经常萦绕在我的心头，每当想起它的时候，我总是心情郁郁，有一种忧伤之说是伤感——委实伤感！……可那只令我感到亲切可爱的蚱蜢现在究竟是在世间的何方游荡。

谭颂椒　于景斌　译

蛇

〔英国〕杰弗里斯

蛇有三种，按庄稼人的说法——水蛇、草蛇[1]和黑蛇[2]。水蛇经常在小河、池塘和柳树苗床活动；草蛇生活在小丘和树篱间，出来到草中寻找食物；黑蛇特易识别，因为颜色较黑。庄稼人因为在夏天看到那么多，应该是知道的；但是同样的蛇他们每每叫出不同的名称是简单地因为在不同的地方看到它。其实普通的蛇都偏爱水，见到水很快下去。虽则确实有的蛇比其他的黑一些，如此一直便认为是明显的一类。

蛇这种动物，像别的动物有他们偏爱的地方；在你搜索

---

❶草蛇：学名欧洲无毒环纹蛇，一译游蛇。
❷黑蛇：毒蛇的一种，学名向导黑锦蛇，一译黑脊游蛇。

整个的田野一无所获的同时，你也许有时沿着一条干燥的沙垄却会找到五六条，他们年复一年在老地方出没。一当紫罗兰茁长出来，在早春温暖的阳光下开花，香气袭人，蛇便大胆出洞，在沙垄的南面晒太阳。你在寻找紫罗兰时，常常听到依旧散布在地面的死叶间的沙沙声，看见蛇的尖尖的尾巴在枯叶覆盖下拖在身后。

夏天时有的蛇身体显得粗大——差不多像手腕那么滚圆。这是雌蛇，即将产卵。她们可在靠近牛栏处见到。夏天牛群在田野吃草，栏圈是空的；但大的牛粪堆上长满杂草，蛇便在这里产卵。

等割草人把高高的草捆扎好，常常可以在于草堆上下发现蛇，晒干草的人用叉或耙把草耙开，摊成一大片，好让太阳晒干。他们无情地把蛇杀死，因此死的蛇数量不少。他们大小不一——长度从十八英寸到三英尺。我看见过不下于四英尺长的标本，有耙柄那么粗。

有人相信蛇能跳跃——或蜷曲起来再跳——这个看法极为普遍。所有干农活的人会告诉你蛇能跳过壕沟。这不真实。蛇如果受惊会向树篱窜过去，比人们设想的快得多。一等抵达沟“岸”亦即边，他把脑袋伸过边缘，脖颈大约有六英寸至八英寸长，然后身体的其余部分从斜坡滑下。要是遇上陡峭的坡度，他常常失去平衡，一下滚到坡底；人们一直把这误会成跳跃。在他爬上小丘时，他走的是一条弯曲的路线，而且马上进入一个小洞或一根朽烂的匍匐枝的空穴。在爬过一段距离之后每每遇到障碍，他不得不一半在内一半在外，然后再硬挤进去。通常他占领一个鼠洞，也似乎不能为了格外的方便就能扩大。你若在他溜进草里时拿棍子敲他的头，他的身子会蜷曲翻滚，差不多把自己打成一个结。

我从未见到蛇蜕皮的实际过程，但是好几次干扰他们，把他们从草中赶走时而发现蛇蜕。曾经有一方旧墙，非常低矮，多少颓圮了，长满大麦一样的荒草。我连续几次在这里发现蛇蜕，好像这是一个受到偏爱的适合于蜕皮的地方。蛇蜕的颜色是淡淡的；上面没有蛇的天然色留下的痕迹。刚蜕的皮表面好像涂过漆——不是说棕色的漆而是一种平滑的光泽。薄薄的透明的膜代表眼睛，所以庄稼汉说蛇把眼睛剥离下来了。

一根叉状的棍子是逮蛇最好的工具。叉子把蛇头钉在地上而不致让他把你咬伤。你若抓住他的尾巴——那是农村小伙子逮蛇的办法——蛇不让头垂着，会尽力抬起。无论如何他好像无法附着自己的身体往上爬——也就是说在那种状态下他无能为力。若是让他碰到胳臂他马上就缠绕起来。

偶尔可以听到从草间发出长而尖的叫声。你一瞧，那是一只青蛙在极端垂死的恐怖中发出的。蛇咬住它的一条后腿，已经吞下去大部分。青蛙挣扎叫唤，但徒劳无用；蛇一旦得手，会慢慢地把它吞下去。青蛙的背部宽阔，至少是蛇身的两倍，蛇如何能把这么大的东西咽下去令人惊异。

在鸟儿营巢的季节，对在低矮的灌木间筑窝的鸟儿蛇是可怕的祸害。我从未在树上看到蛇（虽然我听说他们上树，但是我见到他们在离地数英尺的山楂树间，显然从容地沿着树枝爬行。有一回我在鸟巢内发现一条；巢是空的——无疑蛇已经饱餐了一顿，正在享受吞咽消化的过程。在有些蛇挺多的地方，男孩子掏鸟巢时总是先拿棍子轻轻地捅捅，再用手进去掏，生怕没掏到鸟蛋却抓住蛇。人们指责蛇捣毁并吮吸鸟蛋——有人说他更喜欢壳硬的。究竟是否这样难说，反正蛋被人发现时总是碎的，卵黄已经没了。还有，如果雏鸟从巢内掉在地上，他们就有被蛇吃掉的危险。

夏天我常划着一只平底船，到离岸一百来码处，停下来观看蛇游过湖心。这里的湖面约有三百码宽。在隔着一段距离的地方，只可见一个黑点平稳地在水面移动。这是蛇的脑袋，它抬出水面，身体用力把它往左右摆动。他游近时，每边稍稍有一道波浪起伏，标志他的前进。蛇除非在周围环境完全平静的情况下似乎是从不轻易游这么远的。他的身体的运动完全跟在陆地上一样——蛇在水面滑行，身体的弯曲动作好像一个螺丝钉。他的速度挺快，表面极为从容不迫。我在草地的小河边散步时，不是在任何地方，而是在这种爬行动物常见的地区，你偶尔会见到一条蛇从岸上入水朝对岸游过去，在绿色的菖蒲茎上缠绕蜿蜒，再爬到泥泞地里的水草中消失不见。

有些乡下人说他们能从特殊的气味确定一道树篱是否经常有蛇出入。我能说的是假如那里有一条蛇被杀死，尤其是给狗撕碎，肯定存在难闻的气味。

一般人都知道蛇在冬天蛰伏不动；但尽管我留神翻掘许多树篱，目的在注意发现的东西，却从未见到受干扰而从冬眠中苏醒的蛇。不过这也可以解释为在斧子砍击蔓生的荆棘和白蜡树坚硬的树根时，泥土的震动惊醒了他们，从而逃逸了。除此之外，也很可能这些作为试验的特定的树篱不是他们最喜欢潜伏的地点。

倪庆饩　译

追蝴蝶

〔英国〕米尔恩

最近一场官司泄露出一事实：我们国里有一位绅士，一年花一万金镑来收集蝴蝶，这件事在1892、1893年时会比今日更使我烦闷。我现在能够冷静地忍受着，但是二十五年以前这消息一定会伤及我对于自己的收集的自负，为了那个收集我已经花去我一星期三便士的零用钱的大部分了。然而，或者我会安慰自己，以为两人里我是更真实的热心人；因为当我这位仇敌听到巴西有一种罕见的蝴蝶，他就派一个人到巴西去捕拿，可是当我听到园里有一个"暗淡黄"种的蝴蝶，我就留心除开自己外不让谁去图谋杀死它。并且我可说我们的目的是不同的。我本来存心把巴西放在我的收集范围之外。

到底追蝴蝶是有益或者有害于个人的性格，我不能去下个断言。无疑地，追蝴蝶也能够有很充分的理由同猎狐一样。若使狐吃有小鸡，蝴蝶蛹却吃有生菜；若使猎狐能够使马种进步，猎蝴蝶能够使小孩的身体强壮。但是最少，我们总未曾对自己说过蝴蝶喜欢被人们追捕，像(我听说)狐那样爱被人打猎。我们关于这点都还老实。最后我们安慰自己，相信许多有名的自然科学家所说的话："昆虫不会感觉到苦痛。"

我常常纳罕自然科学家怎么敢这样断然地说着。难道他们晚上绝没有梦着在别个世界里的一种来生，在那里他们被巨大的昆虫追赶着，它们也是热心想增加它们的"自然科学家的收集"——这班昆虫随随便便地互相安慰道"自然科学家不会感觉到苦痛"？也许他们有这样梦过。可是我们，无论如何，是睡得很好的，因为我们从来没有武断过一个蝴蝶的感觉。我们不过是引用聪明人的话。

但是若使对于一个蝴蝶的感觉性有怀疑的余地，对于它的特征却是绝无可疑的。由我们看来，这真是奇怪，有这么多成人的同(仿佛是)受过教育的男女不懂得一个蝴蝶的触角尖端有许多圆球，而蛾却没有。这许多年来他们到底是到哪里去会弄得这么无知？好心肠但是走到错路了的姨娘们神秘地答应带一个新种的蝴蝶来增加我们的收集，却从一个信封里取出个普通的"黄翼里"，不懂得(这点还是可恕的)只有亲手的捕获对于我们才是有价值的，但是不可恕地不晓得一个

"黄翼里"是一个蛾。我们并不收集蛾;它们的种类太多了。蛾又是晚上出现的动物。一个猎人,他睡觉的时间是随着别人的高兴,是不宜于夜间的狩猎的。

但是蝴蝶是当太阳出来的时候出现,那刚是小孩子该出来的时候;在英国蝴蝶的种类也没有太多。我曾经全能够说出它们的名字,随便碰到一个都能认清是属于哪一种的——真的,甚至于晓得"罕普斯忒❶的阿尔比温眼睛"(或者是叫作阿尔比温的罕普斯忒眼睛吗?),关于这类蝴蝶在英国只采集有一个标本;当然是罕普斯忒所采集的——也许是阿尔比温采集的。在我们想里,那第二个标本是我所捕获的。但是他是无貌的家伙,也许若使我得到一个"坎柏卫尔的美人",一个"紫皇帝",或者一个"燕尾",我会更喜欢些。不幸得很"紫皇帝"(书里这样告诉我们)只常在树顶上飞着,这真是太欺侮一个长得不到他的年纪所应有的高度的小孩了,"燕尾"常在诺福克那里出现,这也是同样地不顾到在南方度放假日子的家庭了。"坎柏卫尔的美人"听起来是更有希望的,但是我想煤车使他们灰心,不肯来临了。我怀疑当我在那里时候,他曾经飞到坎柏卫尔过。

每星期只有三便士,自然是要小心点才行。杀蝶箱同保蝶板是非买不可的,但是扑蝶网可以用家制的。一根竿子,一

❶罕普斯忒是伦敦郊外的一个地方名字。

串铜丝同一块洋纱，所需要就是这么多了。我们喜欢用绿色洋纱，因为我们觉得这大约总可以瞒得过蝴蝶；当他看网子走近时候，他会想这不过是柏喃森林自己走到丹息能来了[1]，后面这个怪样子的东西不过是那地的一种花丛。因此他还在那里拈花惹草，他一生中最惊愕的时候是当这东西一变变做一个小孩同一个蝴蝶网的时候。那么，洋纱是要用绿色的，可是竿子只须一个通常的藤杖。绝不用你们那种可收缩的鱼竿——“宜于捕‘紫皇帝’用的”。这些东西让大富豪的儿子去买吧。

我现在忽然记起，我今天下午是做二十五年前我所做的事情；我是写一篇文章说怎样去做一个蝴蝶网。因为我生平的第一次投稿是关于这个题目。我把稿送到一种小孩子看的刊物的编辑去，他没有把我登出来，使我很莫名其妙，因为里面每字（那时我很有把握）都是正确地拼着。自然，我现在看出你们对于一篇文章还要求其他的好处。但是在莫名其妙之外，我又是极端地失望，因为我非常需要这稿所应当有的代价。我要用那钱来买一个做好了的蝴蝶网；所谓竿子，铜丝同绿洋纱是（在我手里，无论如何）更宜于做一篇文章的材料。

梁遇春　译

[1]这是莎翁悲剧《麦克白》里的一段故事。

草百灵

〔日本〕小泉八云

他的笼子刚好是两寸高，一寸半宽[1]，笼子的木门可在枢轴上转动，几乎容不下我的小指尖。但他在笼子里有足够的余地，——可走，可跳，可飞；因为他那么小，你要瞥他一眼非得通过笼子四边褐色的纱网仔细地看不行。我总把笼子在明亮的光线下转了又转，若干次才能发现他在何处；这样才常发现他待在上面的一个角落里——朝下的笼顶上，紧抓着纱网。

请想象一下，一只跟平常的蚊子大小差不多的蟋蟀，——一双触须比身体长得多，这么纤细，要对着光你才能分

[1]这里指的是日本的长度计量单位，1 日寸等于 $1\frac{3}{16}$ 英寸。

辨出来。Kusa—Hibari 是他的日本名称，即“草百灵”；在市场上他刚好值一角二分钱；这就是说，比他的体重相等的黄金价值高出很不少。一角二分钱买一只蚊蚋似的玩意儿！……

白天他睡觉或冥思，除非在专心吃小片茄子或黄瓜的时候，这必须用小棍拨弄进去……要让他保持清洁或吃饱喝足是多少有点麻烦的：要是你看到他，你会想为了这么一个小得可笑的生物劳神是荒唐的。

可是一到日暮这小极了的灵魂就醒来了；于是室内充盈着那纤微幽渺的音乐，无法用言语表现它的甜美——宛如最玲珑小巧的电铃发出的细细的丁零声，清脆而颤动。夜色愈浓，声音也变得更加甜润，——有时它增强到整个屋子似乎都因那清幽的共鸣而摇振——有时又减弱到如一丝似乎凭想象才能听出来的最最细微的声音。但是忽高忽低，它保持一种不可思议的穿透空间的性质，整晚这小精灵就这么唱着：他只有在寺院的晨钟宣布黎明到来时才停止。

这小小的歌是一首爱之歌——对无形和无名的对象的模糊的爱。在他现今的生存状态下他要看到或知道这种爱是完全不可能的。即使他的祖先，上溯到许多代以前，也不可能了解田野的夜生活，或这支歌的爱的价值。他们是在某个卖昆虫的商人的店铺里，用陶盆从卵孵化出来的；此后他们就以笼子为家。但是他现在唱着这一种族的歌，如同一万年前唱出来的一样，无懈可击地仿佛他明白每个音符确切的意义。当然他没有学过这首歌，它是一首有机的记忆里的歌，——对别的亿万生命的深沉而蒙眬的回忆，那时这些生命在夜晚从山间带露的草丛里唧唧地欢鸣。那歌给歌者带来爱——和死。这只草百灵已经忘掉有关死的一切，但他记住了爱。因为现在他——为永远不会来的新娘而歌唱。

结果他的渴望是无意识地追溯性的：他对往昔的尘土呼唤——他向寂静和神灵们要求时间的倒转……人类的情人做的是同样的事，不过没有认识到而已。他们把自己的妄念称为理想；他们的理想终究不过是人类这一族的经验的影子，有机的记忆的幽灵。现在的生活跟它关系很小……也许这只小精灵也有一种理想，至少一种理想的雏形；可是，不管怎样，这小小的渴望必然要徒劳地发出他的悲鸣。

过失不完全是我的。我曾经得到警告，如果这生物经过交配，他将停止啾鸣而迅速死亡。但是，夜复一夜，那哀怨，甜美，没有应和的鸣声触动着我像是责难——最后变为困扰、苦恼和良心的折磨；于是我试图买一只雌虫。季节太迟了；再没有草百灵出售了。卖昆虫的商人说：“它本应该在九月二十日左右死去的。”(已经是十月二日了)但卖虫的商人不知道在我的书斋里有一个不错的炉子，把室温保持在华氏七十五度以上。因此我的草百灵在十一月末依然歌唱，我希望这能使他活到大寒。然而他的同辈恐怕都已死亡：我怎么也无法替他找到一个伴侣。倘若我给他自由，让他自己去找，即使走运地避开花园里他的天敌，蚂蚁啦，蜈蚣啦，和可怕的地蜘蛛而活过白天，他也未必能活过一个晚上。

昨晚——十一月二十九日，我坐在书桌旁，一种奇异的感觉油然而生：室内的空虚之感。于是我发觉我的草百灵一反它的常态，沉默了。我走到笼子那里一看，他躺在干成一团的茄子旁死了，茄子是灰色的，硬如石头。明显地已经有三四天没人喂他；可是就在他死去的前一天晚上他还唱得欢极了——所以我愚蠢地以为他比平常更心满意足。我的学生阿木，他喜爱昆虫，经常喂他；但阿木到乡下度假去了，假期有一周，照看草百灵的任务就转托给女仆花子。花子这女仆却缺乏同情心。她说她没忘记这小虫，——可是没有茄子了。她绝没想到用一片葱头或黄瓜代替！……我对花子责备了一通，她恭顺地表示后悔。但那飘飘的仙乐已经绝响；寂静是无声的责备；尽管有火炉，房间里冰凉。

荒唐！……我为了半颗大麦粒大小的一只昆虫使一位好姑娘不欢！一个小极了的生命的熄灭困扰我，超过了我认为可能的程度……当然，仅仅习惯地考虑一个生物的需要——即便是一只蟋蟀的需要——不知不觉地，也可以产生出一种富于想象的乐趣，一种恋恋不舍的爱好。只有在这种关系割断了的时候，人才意识到。我深深感觉到，在夜深人静的时刻，那个纤细的声音的魅力，——它表明那是一个依赖着我的意愿和自私的乐趣而存在的极为短暂的生命存在，如同依赖一个神明的恩惠，——也告诉我在那小小的笼子里的灵魂，以及在我的身体内的灵魂，在无限的生命的深渊里永远是同一样的，并无高低之分……接着，想起那小小的生灵，夜复一夜，日复一日地既饥又渴，而同时他的守护者则在一心编织他的幻梦！……然而他是多么勇敢地一直唱到生命的结束啊——一个残酷的结局，因为他吃掉了自己的足部！……愿神灵宽恕我们全体，——特别是女仆花子。

可是，对赋有歌唱才能的生物，因为饥饿而吃掉自己的足部，遭遇还不算最坏。人类中的蟋蟀为了歌唱而必须吃掉自己的心，也有的。

孟修　译